POLLY HORVATH

# MARTHAS BOOT

POLLY HORVATH

# MARTHAS BOOT

Aus dem Englischen von Anne Brauner

VERLAG FREIES GEISTESLEBEN

Die Originalausgabe mit dem Titel *Pine Island Home* ist 2020 bei Margaret Ferguson Books / Holiday House, New York USA erschienen.

1. Auflage 2021

**Verlag Freies Geistesleben**
Landhausstraße 82, 70190 Stuttgart
www.geistesleben.com

ISBN 978-3-7725-2974-0

ⓔ auch als eBook erhältlich


Umschlagillustration: Julie Morstad

Satz: Bianca Bonfert
Druck: GGP Media GmbH, Pößneck
Printed in Germany

FSC www.fsc.org MIX Papier aus verantwortungsvollen Quellen FSC® C014496

Klimaneutral Druckprodukt ClimatePartner.com/53248-2106-1005

FÜR ARNIE, EMILY, REBECCA, MILLIE,
LADDIE, BO UND MURPHY.
UND FÜR KEENA, ZAYDA, ANDREW UND BONNIE.

# INHALT

# DER BRIEF

Die McCready-Schwestern, Fiona, vierzehn, Marlin, zwölf, Natasha, zehn und Charlie, acht, waren in einer Missionarsfamilie aufgewachsen. Fröhlich und sorgenfrei waren sie von einem Posten zum nächsten durch die ganze Welt gezogen, bis ihre Eltern zum ersten Mal in ihrem Leben Urlaub machten. Ein älterer Onkel hatte ihnen eine kleinere Geldsumme zukommen lassen und sie nach Thailand in sein kleines Hotel eingeladen, da es ihm «zu schaffen machte», dass ihnen nicht einmal Flitterwochen vergönnt gewesen waren. Die drei waren mitsamt dem Hotel von einem Tsunami fortgeschwemmt worden. Zu der Zeit lebten die vier Mädchen auf Borneo im tiefsten Dschungel in einem Häuschen ohne Internet oder Telefonverbindung, wo sie von einer ehrenamtlichen Mitarbeiterin der Kirche versorgt wurden. Sie konnte sich jedoch nicht länger um sie kümmern, da sie bereits anderweitige Verpflichtungen hatte. Deshalb sandte die Kirche eine Mrs Weatherspoon aus Australien zu ihnen, die so lange bei ihnen bleiben sollte, bis die Familie eine Lösung gefunden hatte. Das dauerte ein Jahr.

Mrs Weatherspoon sandte Anfragen an sämtliche Verwandten, die sie und die Kinder ausfindig machen konnten, außer an ihre Großtante Martha McCready, die vor der Küste von British Columbia wohnte. Die Mutter der Mädchen hatte sie, wenn sie Marthas jährlichen Weihnachtsgruß öffnete, stets als «die seltsame Frau, die sich in den Wäldern versteckt» bezeichnet. Mrs Weatherspoon sagte, sie sollten sich die Tante als letzten Ausweg aufsparen, denn sicherlich würde sich vorher jemand Passenderes melden. Die Mädchen hatten Tanten und Onkel in Tampa, Florida, in Lansing, Michigan, Shreveport, Louisiana und in Kingsport, Tennessee. Das war eine ganze Menge. Es dauerte ein Weilchen, bis die Antworten auf Mrs Weatherspoons Bitte eintrudelten. Der Versand und Empfang von Post gestaltete sich im Dschungel schwierig – unzuverlässig und verzögert. Außerdem mussten die Verwandten erst einmal überlegen, nachdem sie die Anfrage erhalten hatten. Die Mädchen waren die Kinder ihrer Schwester oder ihres Bruders, das schon. Aber gleich vier davon. Es war keine Kleinigkeit, vier Kinder in einen bestehenden Haushalt einzugliedern. Einige schrieben an Mrs Weatherspoon, ob sich schon jemand anders gemeldet hatte. Nach Mrs Weatherspoons Antwort verfielen sie erneut ins Grübeln. Das nahm Zeit in Anspruch. Dazu kam, dass keiner von ihnen die McCready-Schwestern kannte. Mr und Mrs McCready hatten sich schon vor Jahren von ihren Geschwistern entfremdet, als sie die aus deren Sicht «höchst sonderbare Entscheidung» getroffen hatten, in eine Kirche einzutreten, von der sie alle noch nie gehört hatten, die sie aber aus einem Grund, den niemand den Mädchen je erklärt hatte, einstimmig missbilligten.

Es war ein sehr trauriges Jahr, doch immerhin warteten die Mädchen gespannt auf die Nachricht, wie es schließlich mit ihnen weitergehen sollte. Fiona, die sich dafür verantwortlich fühlte, die Prinzipien der Familie zu bewahren, erinnerte sich an den Leitspruch ihres Vaters, schwierigen Themen niemals auszuweichen, sondern darüber zu reden.

«Wohin würdet ihr am liebsten ziehen?», fragte Fiona zum Beispiel beim Abendessen.

«Nach Tampa», antwortete Natasha. «Dann können wir im Meer schwimmen.»

«Liegt Tampa *am* Meer?», wollte Marlin wissen.

«Es liegt in Florida», erklärte Natasha.

«Aber nicht ganz Florida liegt am Meer», meinte Marlin.

«Haie», sagte Charlie, die überall Gefahren witterte.

«Nicht an Land.»

«Ich bin sicher, dass sie uns zwingen werden, schwimmen zu gehen», jammerte Charlie. «Alle wollen einen ständig dazu bringen, schwimmen zu gehen, auch wenn man gar keine Lust hat. Sie werden uns einen Schwimmkurs aufs Auge drücken.»

«Schwimmkurse finden im Schwimmbad statt. Außerdem hast du bereits schwimmen gelernt,» versuchte Marlin sie zu beruhigen. «Ich glaube nicht, dass du dir Sorgen machen musst.»

«Wahrscheinlich halten sie den Schwimmunterricht im Meer ab, wenn sie schon am Meer *leben*, und dann fressen uns die Haie», prophezeite Charlie düster.

Marlin hatte angesichts der jüngsten Tragödie Verständnis dafür, dass Charlie Angst vor dem Meer hatte. Doch sie fand, dass Charlie sich vor den falschen Dingen fürchtete. Sie sollte Angst vor Tsunamis und nicht vor Haien haben.

Sie war kurz davor, Charlie darauf hinzuweisen, wollte ihr dann aber lieber doch keinen Grund für weiteren Anlass zur Sorge liefern.

Mrs Weatherspoon hielt sich in diesen Gesprächen stets sehr zurück. Es schmerzte sie, dass die Kinder ihre Eltern verloren hatten, und es schmerzte sie, dass ihr Schicksal so ungewiss war. Sie hätte sie gern dauerhaft bei sich aufgenommen, doch sie musste irgendwann nach Australien zurückkehren.

«Jedenfalls nicht nach Lansing, Michigan», fuhr Natasha fort.

«Warum nicht?», fragte Charlie.

«Es klingt am langweiligsten. Was gibt's schon in Lansing? Nichts.»

«Lansing ist die Hauptstadt von Michigan», erklärte Fiona.

«Das sagst du nur, um anzugeben», entgegnete Natasha. «Das mit der Hauptstadt ist dir doch ganz egal.»

«Das war eine reine Information», sagte Fiona. «Weil ich es eben wusste. Wenn ihr euch an den Stundenplan halten und Geografie lernen würdet, wüsstet ihr es auch.»

Fiona war die große Schwester in Person.

«Nach Kingsport, Tennessee», verkündete Charlie. «Ich glaube, da ist es am besten. Es hört sich an, als gäbe es da jede Menge Schlösser.»

«Weil ein König im Namen vorkommt?», kicherte Marlin. «Dann wirst du enttäuscht sein. Dort wäre es nicht nur langweilig, sondern du würdest noch dazu kein Wort verstehen, weil die da mit diesem extremen Südstaatenakzent reden. Das klingt so, als würden sie versuchen, mit einem Mund voll heißer Kartoffeln zu sprechen. Und vermutlich stehen alle auf Elvis Presley, tragen große Sonnenbrillen und weiße Overalls.»

«Du meinst wohl Graceland», sagte Natasha.

«Graceland ist keine Stadt, sondern so heißt das Haus von Elvis», stellte Marlin klar.

«Wo ist Graceland?», fragte Charlie.

Fiona wusste es auch nicht und beschloss, nach ihrem Kommentar über Geografie das Thema zu wechseln.

«Man versteht den Akzent in Tennessee immer noch besser als den in Shreveport», sagte sie. «Trotzdem bin ich für Shreveport, Akzent hin oder her. In Louisiana gibt es Bayous. Ich wollte schon immer an einem Bayou wohnen.»

«Was ist ein Bayou?» Charlie wollte es genau wissen.

«Weiß ich nicht», gestand Fiona. «Es hört sich einfach gut an.»

«Es ist eine Art Sumpf, über den Pelikane fliegen», erklärte Natasha, die Vögel liebte und wusste, wo die verschiedenen Arten lebten. «Ich hätte auch nichts dagegen, irgendwo zu leben, wo es Pelikane gibt.»

Zu diesem Zeitpunkt fing Mrs Weatherspoon normalerweise leise an zu weinen. Ihre große Angst, die, wie sie wusste, den Kindern gar nicht erst in den Sinn kam, bestand darin, dass überhaupt *niemand* sie haben wollte – und was dann? Diese hoffnungsvollen Diskussionen trafen sie wie spitze Pfeile ins Herz.

Es stellte sich heraus, dass keines der vier Tante-Onkel-Paare die Kinder wollte. Es täte ihnen schrecklich leid und sie bedauerten es sehr, aber selbst nach langem Abwägen und in dem Wissen, dass sich auch sonst niemand freiwillig gemeldet habe, sahen sie sich dazu einfach nicht imstande.

Sobald eins dieser Ablehnungsschreiben eintraf, war Mrs Weatherspoon außer sich vor Sorge. Als das Jahr, das sie mit den Mädchen verbringen sollte, sich dem Ende näherte, schrieb sie schließlich doch an Martha McCready. Mrs Weatherspoon war im Dschungel von Borneo geblieben, weil sie fest davon überzeugt gewesen war, dass sich jederzeit jemand aus der engeren Familie bereit erklären würde, die Mädchen bei sich aufzunehmen. Doch jetzt war das geschehen, was sie am meisten befürchtet hatte. Sie lief auf und ab, zerkrümelte die Brötchen fürs Abendessen und verlor vollkommen die Kontrolle, während sie verzweifelt versuchte, jedes Mal Ruhe zu bewahren, wenn ein bedauerndes Nein eintraf.

Fiona *war* dagegen tatsächlich die Ruhe in Person. «Was wird jetzt aus uns?», fragte sie, nachdem der vierte Brief angekommen war.

«Das Jugendamt», erwiderte Mrs Weatherspoon unter Tränen, «ist (schluchz, schluchz) sicherlich eine Möglichkeit.» Dann schnäuzte sie sich in ihr allzeit griffbereites besticktes Taschentuch.

«Von der sonderbaren Großtante haben wir immer noch nichts gehört», sagte Marlin.

«Nein, Liebes», schniefte Mrs Weatherspoon, «das stimmt, aber sie ist ein bisschen zu alt, um vier Kinder aufzunehmen. Und wenn ich es recht verstanden habe, lebt sie seit eh und je wie eine Einsiedlerin. Ich würde keine allzu große Hoffnung auf sie setzen.»

«Worauf sollen wir unsere Hoffnung denn dann setzen?», fragte Natasha.

«Wie gesagt, aufs (schluchz, schluchz) Jugendamt», keuchte Mrs Weatherspoon. «Auf der Straße werdet ihr nicht enden, aber du liebe Güte (sie versuchte, das Schluchzen zu beenden, indem sie sich das Taschentuch in den Mund stopfte, sodass das Ende des Satzes recht gedämpft klang), ausgerechnet das *Jugendamt*!»

«Wieso ist das denn so schlimm?», wollte Charlie wissen, die Mrs Weatherspoons abgrundtiefen Kummer nicht verstand.

«Ich glaube, Mrs Weatherspoon meint eine Pflegefamilie», antwortete Fiona. «Nicht schön, aber auch nicht das Ende der Welt. Sie werden doch eine finden, die uns alle vier nimmt, oder? Sie werden uns doch nicht aufteilen?»

«Das ist es ja», schniefte Mrs Weatherspoon. «Ich habe es schon zu oft erlebt, und ich habe große Angst, dass genau das passieren wird. Ihr werdet getrennt und möglicherweise in Pflegefamilien irgendwo in den USA gesteckt. Hunderte von Meilen voneinander entfernt. In alle Winde verstreut!»

Nun brach Mrs Weatherspoon endgültig zusammen, legte sich vor ihnen auf den Boden und bebte vor Traurigkeit. Fiona war enttäuscht. Sie hatte Mrs Weatherspoon gern und war ihr dankbar für alles, was sie in diesem Jahr für sie getan hatte. Auch dafür, dass sie ein Jahr lang auf ihr eigenes Leben und ihre vertraute Umgebung verzichtet hatte, um für sie zu sorgen. Aber es erschien ihr ungehörig, dass sie derart die Beherrschung verlor.

Außerdem merkte Fiona, dass sich ihre Schwestern angesichts dieser erwachsenen Zurschaustellung von Verzweiflung und der Nachricht, sie könnten einander verlieren, beinahe selbst in die Hose machten vor Angst. In diesem furchtbaren Jahr hatten sie sich an ihre Tapferkeit und Hoffnung geklammert und fanden es hochgradig unfair, dass ihnen nun etwas noch Schrecklicheres bevorstehen sollte. Das betraf insbesondere Fiona, die sich verpflichtet fühlte, für ihre verbliebene Familie zu sorgen und sie zusammenzuhalten. Die Vorstellung, dass ihre jüngeren Schwestern und insbesondere Charlie in eine fremde Familie gesteckt würden, noch dazu möglicherweise Hunderte von Meilen von ihr entfernt, wo sie sie nicht im Blick behalten konnte, war zu abscheulich, um sie in Worte zu fassen. Sie schmiedete den Plan, zu viert in den Dschungel zu flüchten, falls es soweit kommen sollte. Lieber stellten sie sich gemeinsam den Schlangen, als dass jede für sich den Kummer und Schrecken ertragen musste, sich täglich zu fragen, wie es den anderen wohl ergehen mochte.

Eine Woche lang machte Fiona sich solche Sorgen, dass sie nichts essen konnte, doch als sie in der darauffolgenden Woche aus dem Schulbus stiegen und auf ihr Haus zugingen, sahen sie Mrs Weatherspoon auf der Vordertreppe auf und ab tanzen und ein Stück Papier schwenken. Erst dachten sie, sie hätte den Verstand verloren, aber als sie näherkamen, sahen sie, dass es sich um einen Brief handelte.

«Was ist das?», fragte Fiona, als Mrs Weatherspoon fröhlich damit vor ihren Gesichtern wedelte. Fiona wagte nicht zu hoffen, dass es sich um die ersehnte fünfte Antwort handelte.

«Meine Lieben, meine Lieben, ihr seid *gerettet*!», rief Mrs Weatherspoon beglückt.

Nachdem die Kinder sich auf die Stufen gesetzt hatten, las Mrs Weatherspoon ihnen den Brief ihrer Großtante ganze achtzehn Mal vor. Zum Glück war er kurz.

*Liebe Mrs Weatherspoon,*

*vielen Dank für die Mitteilung, in welch missliche Lage meine Großnichten geraten sind. Ich nehme sie bei mir auf. Das ist doch selbstverständlich. Hier sind meine Adresse, meine E-Mail-Adresse und meine Telefonnummer für die Mädchen, wenn sie in die Zivilisation zurückkehren, wo diese Dienste funktionieren. Bitte teilen Sie mir ihre Flugdaten mit, damit ich sie am Flughafen hier auf Pine Island in British Columbia abholen kann. Ich wohne außerhalb von St. Mary's By the Sea, aber sie werden auf dem einzigen Insel-Flughafen landen, der auf der Nordseite von Pine Island in Shoreline liegt. Ich freue mich darauf, sie dort abzuholen.*

*Mit herzlichen Grüßen*
*Martha McCready*

«Sie *freut sich* darauf!», deklamierte sie immer wieder, wenn sie nicht gerade vorlas, als könnte sie ihr Glück nicht fassen. Allmählich fühlte Fiona sich richtig unerwünscht. Andererseits verstand sie, was Mrs Weatherspoon meinte. Sie wurden nicht einfach nur aufgenommen und geduldet. Da war jemand, der sie haben wollte.

Als Mrs Weatherspoon keine Lust mehr hatte, den Brief noch einmal vorzulesen, sprang sie auf und ging ins Haus, um einen Kokoskuchen zu backen. Obwohl sie gute einhundertzehn Kilo wog, war sie der festen Überzeugung, dass sich Freude mit einem Kuchen am besten ausdrücken ließ. Die Mädchen sahen darin eine ihrer bewundernswertesten Eigenschaften und bestärkten sie stets in diesem Glauben.

Als die Schwestern später in dem großen gemeinsamen Schlafzimmer in ihren Betten lagen, sagte Fiona: «Es war nett von ihr, dass sie sich so mit uns gefreut hat.»

«Mindestens so wie für sich selbst, wetten?», sagte Marlin. «Jetzt kann sie nach Hause fahren.»

«Das ist nicht besonders mitfühlend von dir», schimpfte Fiona, die diesen Satz von ihrer Mutter übernommen hatte. Überhaupt stellte sie fest, dass sie immer mehr wie ihre Mutter sprach, als wollte sie mit ihrem Wortschatz und ihrer Ausdrucksweise an sie erinnern. «Sie war ein Jahr hier, da darf sie sich wohl freuen, nach Hause zu kommen.»

«Und was für ein trauriges Jahr», fügte Natasha hinzu. «Es war sicher nicht einfach, dabei zu sein. Eine Zeit lang habe ich fast jeden Tag geweint.»

«Ich weine immer noch», meinte Charlie.

«Ja, aber du hast schon geweint, bevor Mom und Dad gestorben sind», sagte Marlin. «Das liegt in deiner Natur.»

«Ich bin keine Heulsuse», protestierte Charlie.

«Nein, Schatz», beschwichtigte Fiona. «Du bist sensibel.»

«Mrs Weatherspoon weint auch», sagte Charlie. «Sie weint die ganze Zeit. Als wir darüber geredet haben, wohin es uns wohl verschlagen würde, hat sie jeden Abend geweint.»

«Sie ist auch sensibel.»

«Jetzt muss sie nicht mehr weinen», bemerkte Natasha. «Wir sind gerettet.»

«Hoffentlich gibt es dann keinen Grund mehr zu weinen», sagte Marlin.

«Ja.» Das hoffte Fiona auch. «Mom hat immer gesagt, man kann sich die Welt anschauen und all das Elend sehen oder man kann sie sich anschauen und all die Freude sehen. Am besten freuen wir uns auf dieses Abenteuer in Kanada. Konzentrieren wir uns auf das Positive.»

«Ich will Mommy und Daddy wiederhaben», wimmerte Charlie.

Danach war es still. Es war nicht fair so zu tun, als wollten sie das nicht auch alle und als hätte Charlie nicht einfach ausgesprochen, was sie ebenfalls empfanden. Doch Fiona nahm sich insgeheim vor, den anderen zuliebe den Dingen möglichst optimistisch gegenüberzutreten. Sie würde mit gutem Beispiel vorangehen und sich auf die Freude konzentrieren. Dann schliefen sie ein.

Wenn Mrs Weatherspoon nicht gerade Kuchen backte, weil sie auf der Zuckerwelle eines Feierrausches schwamm, fuhr sie im Laufe des darauffolgenden Monats mit dem Jeep die lange Strecke in die nächstgelegene Stadt. Dort überwies sie Geld für die Mädchen nach Kanada, kaufte ein Handy für Fiona und sorgte dafür, dass die Papiere und Ausweise in Ordnung waren. Zu Hause half sie Fiona beim Packen. Mrs Weatherspoon würde zurückbleiben, aufräumen und das Häuschen im Dschungel abschließen, bevor sie selbst nach Hause flog. Es gab viel zu tun, aber schließlich setzte sie die Kinder mit allerlei Anweisungen, Warnungen und mit in Frischhaltefolie verpackten Kuchenstücken ins Flugzeug. Die Reise konnte beginnen.

«Gibt es da Kiefern?», fragte Charlie. «Die Insel heißt Pine Island.»

«Es gibt hohe Bäume», antwortete Natasha. «Ich habe British Columbia im Schullexikon nachgeschlagen. Tannen, Sitka-Fichten und Kiefern.»

«Alte Regenwälder», erklärte Marlin, die sich ebenfalls informiert hatte.

«Voll mit wilden Tieren!», rief Charlie. «Wusste ich's doch.»

«Ein paar, ja», gab Natasha zu. «Wölfe, Bären, Pumas.»

«Die dringen bestimmt nicht in die Stadt vor, Nat», sagte Fiona. «Ich kann mir nicht vorstellen, dass sie in St. Mary's By the Sea herumspazieren.»

«Tante Martha hat gesagt, sie lebt *außerhalb*», meinte Charlie.

«*Groß*tante Martha», verbesserte Marlin.

«Das sind zu viele Worte. Ich werde sie einfach Tante Martha nennen.»

«Ich auch», stimmte Natasha zu.

«Okay, ich auch», gab Marlin nach.

«Es wird schön, Charlie», versprach Fiona. «Wart's nur ab, es wird anders sein als an allen Orten, an denen wir bisher waren. Weißt du noch, wie viel Angst du vor den Schlangen auf Borneo hattest, und keine hat dich je gebissen?»

«Hmmm», brummte Charlie, die sich nie so einfach überzeugen ließ, und schlug ihren Comic auf.

Viele Flugzeugwechsel und viele Jetlag-Stunden später landeten die Mädchen endlich auf dem Flughafen von Shoreline. Da er so klein war, dass es nicht einmal Flugsteige gab, stiegen die Mädchen auf dem Rollfeld aus. Sie waren bereits in Vancouver durch den Zoll gegangen und begaben sich nun direkt zu dem Gepäckförderband, wo ihre Großtante sie abholen wollte. Doch niemand kam auf sie zu. Hoffnungsvoll musterten sie jede alte Dame, die vorbeikam, doch keine von ihnen erkannte sie oder sprach sie an.

«Offenbar steckt sie im Stau», sagte Fiona. «Wir holen jetzt unser gesamtes Gepäck, setzen uns hin und warten. Außerdem rufen wir Mrs Weatherspoon an, damit sie weiß, dass wir gut angekommen sind.»

«Sollten wir damit nicht warten, bis Tante Martha hier ist?», fragte Marlin.

«Nein, lasst uns jetzt anrufen, dann können wir sofort los, wenn Tante Martha kommt. Ich kann es kaum erwarten, mich hinzulegen. Es ist einfach schrecklich, wenn man versucht, im Flugzeug sitzend zu schlafen.»

Fiona rief also an und Mrs Weatherspoon sagte: «Ja, meine Lieben, dann gibt es nun tatsächlich ein wunderbares Happy End für euch. Unsere Kirche ist auf der Insel nicht vertreten, aber ihr könnt mir immer schreiben, wenn ihr geistigen Beistand braucht. Das ist für mich selbstverständlich. Sagt das eurer Tante.»

«Das machen wir», versprach Fiona.

«Und ruft mich an, wenn ihr etwas braucht.»

«Vielen Dank für alles, Mrs Weatherspoon.»

«Es war mir ein Vergnügen, Liebes.» Mrs Weatherspoon legte auf.

Die Mädchen setzten sich auf die Stühle neben den Gepäckbändern und warteten eine Stunde. Sie warteten zwei Stunden. Wenn sie ihre Tante anriefen, ging nur die Mobilbox dran. Obwohl Fiona jedes Mal eine Nachricht hinterließ, rief niemand zurück.

«Fiona», fragte Marlin, «was sollen wir tun?»

«Wir fahren mit dem Taxi zu ihrer Adresse», beschloss Fiona. «Ich habe jede Menge Bargeld. Wenn wir da sind, sehen wir weiter.»

Sie waren von der Reise, die neununddreißig Stunden gedauert hatte, erschöpft, und außer dem Taxifahrer hatte niemand einen Einwand. «Das ist eine weite Fahrt nach St. Mary's By the Sea. Es wird euch eine Stange Geld kosten.»

Als Fiona ihm eine Hand voll Geldscheine vor die Nase hielt, zuckte er mit den Schultern, warf ihr Gepäck in den Kofferraum und sagte nichts mehr. Es dämmerte bereits.

Anfangs herrschte noch viel Verkehr, doch auf den Straßen, die sich um die Klippen wanden, wurde es bald stiller. Auf der einen Seite erstreckte sich weiter unten das Wasser und auf der anderen bildeten Kiefernwälder eine dichte grüne Fläche.

«Da, Kiefern.» Fiona wollte sie Charlie zeigen, doch Charlie war eingeschlafen.

«Wunderschön», schwärmte Fiona von zwei Weißkopfseeadlern, die den thermischen Auftrieb nutzten, um in Spiralen über dem Wald zu kreisen. «Ich wusste, dass es hier schön ist. Adler, Natasha.»

Doch Natasha war ebenfalls eingeschlafen.

Die Sonne hinterließ auf ihrer eigenen Reise nach Westen eine samtene rosige Spur am Himmel und bog um die Ecke der Welt, wo sie anderen Menschen einen neuen Tag brachte – Menschen, die die Mädchen auf Borneo und anderswo zurückgelassen hatten.

«Das wird schon», sagte Fiona zu Marlin, der immer wieder die Augen zufielen, und dann noch mal, wie ihre Mutter zu sagen pflegte: «Alles wird gut.»

Aber so schnell ging es dann doch nicht. Der Taxifahrer passierte schließlich den Ortseingang des bezaubernden Seebads St. Mary's By the Sea, dessen alte Schindelhäuschen sich aneinanderlehnten. Auf den Bürgersteigen standen altmodisch wirkende Straßenlaternen und aus ordentlichen Hängekörben rankte sich eine üppige Pflanzenpracht. Am Ortsausgang fuhr er an gepflegten kleinen Häusern und den dazugehörigen Grundstücken vorbei und verließ den Ort wieder. Dann ging es erneut auf langen waldgesäumten Straßen in die Wildnis bis zu Martha McCreadys Farm. Nachdem Fiona dem Fahrer das Geld gegeben hatte und er wieder weggefahren war, klopften die Mädchen an die Tür des kleinen zweigeschossigen Hauses mit seiner umlaufenden Veranda. Schlussendlich klingelten sie, doch niemand öffnete.

«Ich glaube, hier ist keiner», verkündete Marlin, was offensichtlich war und lehnte sich an die Tür. Wie sie alle konnte sie sich nur noch mit Mühe auf den Beinen halten und wurde fast verrückt vor Müdigkeit.

«Nein.» Zum ersten Mal wirkte Fiona zu verdutzt, um zu wissen, was als Nächstes zu tun war.

Marlin suchte unter der Fußmatte und fand einen Schlüssel unter einem Blumentopf.

«Gut gemacht», murmelte Fiona hundemüde und schloss die Tür auf.

Das Haus war blitzblank und leer. Im Obergeschoss standen vier bezogene Betten nebeneinander in einem großen Schlafzimmer.

«Die sind bestimmt für uns», verkündete Marlin. «Wenigstens wissen wir jetzt, dass wir erwartet wurden.»

Das zweite Schlafzimmer gehörte eindeutig ihrer Tante, doch auch dort war niemand.

Nachdem die Schwestern im Erdgeschoss Lebensmittel im Kühlschrank und in den Schränken entdeckt hatten, aßen sie rasch eine Mahlzeit aus Müsli und Obst, duschten und fielen in die vier Betten. Fiona schrieb eine Nachricht für Tante Martha und legte sie für den Fall, dass sie später noch kam, auf den Küchentisch.

«Ich kann mir nicht vorstellen, was mit ihr passiert ist», sagte Fiona.

«Ist mir inzwischen egal», murmelte Marlin. «ich bin einfach froh, dass ich endlich liege. Ich bin so froh, dass ...» Bevor sie den Satz beenden konnte, war sie wie Natasha und Charlie tief und fest eingeschlafen.

Nur Fiona blieb wach, müde wie sie war, und dachte angestrengt nach. Sie wusste nicht, wie sie mit dieser erneuten Wendung ihres Schicksals umgehen sollte. Ihr fiel kein vernünftiger Grund für das Verschwinden ihrer Tante ein. Fiona überlegte und überlegte und überlegte, bis auch sie aufgab und einschlief.

# TANTE MARTHAS NACHBAR

Als die Mädchen am nächsten Morgen aufwachten, hegte Fiona für einen Moment die Hoffnung, ihre Tante wäre in der Nacht zurückgekehrt. Als sie in den Flur schaute und die Zimmertür ihrer Tante weiterhin offenstand, beschloss sie, nachzusehen. Das Bett war unberührt und ein Rundgang durchs Haus bewies, dass die Tante nach wie vor nicht da war.

Fiona stellte erneut Müsli und Milch auf den Tisch. Obwohl sie sicher war, dass ihre Tante nichts dagegen haben würde, hatte sie ein komisches Gefühl, die Lebensmittel ohne ihre Erlaubnis zu verbrauchen. Nachdem die Schwestern heruntergekommen waren, machten sie es sich in den bequemen alten Stühlen auf der Veranda gemütlich. Es roch nach Kiefern, Erde und nach dem Meer. Sie waren noch nie an einem Ort gewesen, der so roch. Es war weder wie im Dschungel noch wie in der Wüste und auch nicht wie in der Stadt. Es roch nach Frühling, ein Prickeln lag in der Luft, als brächte der Wind frische Energie für neue Pläne – voller ungeahnter Möglichkeiten.

«Mom hat immer wieder gesagt, wie seltsam sie ist», meinte Marlin. «Vielleicht gehört es zu den seltsamen Dingen dazu, dass sie einfach ohne Vorwarnung verschwindet.»

«Wir könnten die Nachbarn fragen», schlug Natasha vor.

«Hat sie überhaupt welche?», fragte Charlie, denn vor ihren Augen erstreckten sich nur eine riesige eingezäunte Wiese sowie rundum Kiefernwald, während hinter dem Grundstück Berge aufragten.

«Sie muss doch *irgendwelche* Nachbarn haben», erwiderte Marlin. «Wir können sie nur von hier aus nicht sehen. Nach dem Frühstück sollten wir rübergehen und bei ihnen klopfen. Vielleicht hat sie jemandem gesagt, wohin sie gegangen ist.»

Die Mädchen räumten das Frühstück ab, kümmerten sich um das Geschirr, machten die Betten und zogen sich an. Dann gingen sie auf die Straße hinaus. Charlie hielt die ganze Zeit Fionas Hand, blickte unverwandt in den Wald und wartete auf Bären. Als Erstes stießen sie auf ein kleines freies Grundstück, auf dem ein Wohnwagen stand. Ein Fliegengitter hing halb losgelöst an einem Fenster, die Stufen, die zur Tür führten, waren kaputt, und auf der Wiese standen ein alter Kühlschrank und eine Badewanne.

«Vielleicht sollten wir nochmal weitergehen», schlug Natasha nervös vor, als ein großer Mann mit einem ungepflegten weißen Haarschopf, der ein schmutziges Unterhemd und eine zerrissene Hose trug, die Fliegengittertür aufriss und die Mädchen böse ansah.

«WAS?», schrie er. «Wer seid *ihr*?»

«Unsere Großtante wohnt nebenan», antwortete Fiona.

«Jetzt nicht mehr», sagte der Mann. «Hat sich vor zwei Tagen begraben.»

Fiona verließ der Mut. Obwohl sie sich die ganze Nacht

die schlimmsten Dinge ausgemalt hatte, war sie auf diese allerschlimmste Möglichkeit nicht gekommen.

«Man kann sich nicht selbst begraben», sagte Marlin unfreundlich. Sie war die Einzige von den Vieren, die kratzbürstig wurde und sich streiten wollte, wenn ihr jemand quer kam. «Wie soll das gehen?»

«Meine Mutter hat gesagt, sie hat sich in den Wäldern versteckt», erklärte Natasha.

«Sie hat sich nicht in den Wäldern versteckt, sie war nur keine, die was auf Klatsch und Tratsch gab», erwiderte der Mann. «Sie hat mit keinem geredet. Ich war zwölf Jahre ihr Nachbar und wir haben kaum ein Wort gewechselt. Sie mag – mochte die Menschen nicht.»

«Was meinten Sie damit, dass sie sich begraben hat?», fragte Fiona höflich.

«So wie ich es sage. Nicht *körperlich* natürlich, wenn du das meinst. Ihre Leiche hat sich keine Schaufel gegriffen oder den Sarg in der Erde versenkt, bevor sie reingesprungen ist.»

Angesichts dieser drastischen Beschreibung zuckten die Mädchen zusammen.

«Sie hat alles vorbereitet, das wollte ich damit sagen. Es gab niemanden, der sich gekümmert hat. Anscheinend hatte sie zu *niemandem* Vertrauen. Sie hat ein Grab auf dem Friedhof von St. Mary's By the Sea gekauft. Der Grabstein wurde schon fünf Jahre vor ihrem Tod aufgestellt. Das ging einigen Leuten zu weit, sie fanden das krankhaft. Sie behaupteten, ihnen würde ein Schauer über den Rücken laufen, wenn sie jeden Tag auf dem Weg in die

Stadt an ihrem wartenden Grabstein vorbeikämen. Aber eure Großtante hat sich der Wirklichkeit immer gestellt. Sie wusste, dass man in unserem Alter einfach so sterben kann.» Er schnippte mit den Fingern. «Und genauso war's. Sie ist im Baumarkt tot umgefallen. Schwerer Herzinfarkt. Ist nur sechzig geworden, aber sie hat alles geregelt. Sie hatte einen Bestatter beauftragt, ihr Testament gemacht und ihre Papiere geordnet. Da sie wusste, dass nur wenige Leute zu ihrer Beerdigung kommen würden – Moment – seid ihr deshalb hier? Nein, ihr seid nicht zur Beerdigung gekommen. Wetten, dass ihr nicht einmal wusstet, dass sie tot ist? Ihr seid die vier, die sie erwartet hat.»

«Ich dachte, Sie hätten nie mit ihr geredet», entgegnete Marlin.

«Marlin ...», sagte Fiona warnend.

«Tja, ihr seid zu spät gekommen.» Er überging Marlins Einwurf. «Wie gesagt, sie ist tot. Sie hat mir ihr altes Angelzeug und euch das Haus und alles andere hinterlassen. Vor zwei Wochen hat sie ihr Testament geändert. Wenn ihr nicht aufgetaucht wärt, hätte ich alles geerbt. Aber das ist mir egal. Hiram Pennypacker, ihr Möchtegern-Anwalt, hat mich gestern telefonisch informiert. Er wusste anscheinend nicht, dass ihr kommt. Er wollte nämlich herausfinden, wie er euch die Nachricht von eurem Erbe zukommen lassen kann. Ich hole das Angelzeug in den nächsten Tagen aus eurem Schuppen.»

«Wieso Sie?», fragte Marlin.

«Weil das Angelzeug *jetzt mir* gehört», antwortete er in Zeitlupe, als wäre Marlin ein bisschen beschränkt.

«Nein, ich meine, warum hat sie es *Ihnen* hinterlassen?»

«Marlin ...», warnte Fiona erneut.

«Wieso, er hat gesagt, er kannte sie kaum», gab Marlin zu bedenken. «Deshalb ist die Frage berechtigt. Warum sollte man jemandem etwas vererben, den man nicht kennt? Und wenn es nur das Angelzeug ist? Wieso sollte man ihm überhaupt etwas vererben?»

«Niemand kannte sie. Und mich kennt auch keiner. Dafür habe ich keine Zeit. Ich habe sie gewarnt, vier Kinder aufzunehmen, aber sie ließ sich nichts sagen. Sie war ...» Mit einem Mal war der Mann sprachlos – offenbar vor Rührung –, drehte sich um und knallte die Wohnwagentür zu.

«Nun ja», stammelte Fiona, während sie in einer Mischung aus Schock und der Erwartung, der Mann würde wieder hervorkommen und seinen Satz beenden, wie angewurzelt stehen blieben. Er kam aber nicht. «Ich würde sagen, der Zweck unseres Besuches hat sich erfüllt. Wir wissen jetzt, warum sie nicht zum Flughafen gekommen ist, um uns abzuholen.»

Sie gingen wieder nach Hause. Als wäre es ihr gerade eingefallen, meinte Marlin unten an der Einfahrt: «Damit sind wir genau so weit wie vorher. Beim Jugendamt.»

Charlie heulte los und bekam einen Schluckauf. «Dann bringen sie uns weg? Wir können nicht mehr zusammen bleiben?»

«Doch», sagte Fiona. «Sie bringen uns nicht weg. Wir besitzen jetzt ein eigenes Haus. Wir wohnen nicht nur zur Miete. Da Tante Martha uns alles vererbt hat, bedeutet das sicher auch, dass noch irgendwie Geld zu dem von Mommy und Daddy hinzukommt. Wir müssen rausfinden, wie das alles funktioniert. Dafür sollten wir uns wohl mit ihrem Anwalt Mr Pennypacker treffen. Das Geld muss auf ein Konto überwiesen werden, so wie damals, nachdem Mommy und Daddy gestorben sind. Mrs Weatherspoon hat mit Tante Martha darüber gesprochen, wie das alles angelegt ist, und ich habe es selbst auch irgendwo schriftlich. Unser Geld von Mommy und Daddy liegt auf der Canadian Imperial Bank of Commerce, die eine Filiale in St. Mary's By the Sea betreibt. Im Moment können wir davon bestimmt ganz gut leben, vielleicht sogar recht lange, bis wir alt genug sind, um zu arbeiten.»

«Wie wär's, wenn wir Mrs Weatherspoon anrufen und ihr berichten, wie es gelaufen ist?», schlug Natasha vor.

«Nein», entgegnete Fiona nachdenklich. «Obwohl ich glaube, dass sie ein schlechtes Gewissen hätte, würde sie dennoch das Jugendamt informieren.»

«Also haben wir keinen Erwachsenen», stellte Marlin fest. «Meinst du nicht, dass jemand was dagegen hat?»

Fiona dachte nach. Wer wäre in diesem Fall dieser *Jemand*? Beim letzten Mal war es die Kirche gewesen, doch die Kirche war nicht mehr für sie zuständig, oder? Diese Leute hatten sie sicher in einem neuen Heim bei einer Verwandten untergebracht und damit ihre Pflicht erfüllt. Wenn die Mädchen niemandem erzählten, dass kein Erwachsener bei ihnen wohnte, wer sollte dann davon erfahren? Wer sollte sich dafür interessieren, was von nun an aus ihnen wurde?

«Schreiben wir nochmal Briefe? An die Tanten und Onkel und flehen sie an, dass einer von ihnen uns aufnimmt? Vielleicht sollten wir ihnen Geld anbieten?», meinte Marlin halb im Scherz.

Fiona schwieg kurz. Etwas, das gerade gesagt wurde, hatte sie auf eine Idee gebracht, aber sie bekam sie nicht richtig zu fassen, so betäubt war sie von diesem neuerlichen Hindernis, das ihnen im Weg stand.

«Nicht weinen, Charlie. Ich glaube, ich habe eine Idee. Sie muss nur noch ein wenig reifen.»

«Was sollen wir bloß machen?», wimmerte Charlie, ohne auf Fionas Ermahnung, nicht zu weinen, einzugehen.

«Erstmal erkunden wir unseren neuen Besitz. Wir schauen nach, was es in den Schränken zu essen gibt, und wenn es Trockenhefe und Mehl gibt, backe ich ein Brot. Mom hat immer gesagt, die besten Ideen wären ihr beim Teigkneten gekommen. Wisst ihr nicht mehr, dass sie das immer als Erstes getan hat, wenn wir irgendwo neu eingezogen sind? Damit das Haus genauso roch wie all unsere anderen Häuser davor? Sie hat gesagt, Brotbacken riecht überall gleich, ganz egal, wo man landet.»

«Einverstanden!», rief Charlie.

Die nächste Stunde verbrachten sie damit, ihr Grundstück zu erforschen. Sie stießen auf einen Obstgarten in einer Ecke der eingezäunten Wiese, auf der noch weitere Bäume standen und auf mehrere große Unterstände.

«Die sehen aus wie Ställe. Anscheinend hatte sie irgendwann mal Pferde», meinte Natasha. «Schade, dass keine mehr da sind.»

«Pferde können wir uns nicht leisten», sagte Fiona. «Ich fürchte, wir müssen sehr sparsam mit dem Geld umgehen. Ich habe mich kaum damit befasst, wie viel Geld wir haben, weil Mrs Weatherspoon sich um alles gekümmert hat, und weil ich dachte, wenn wir hier sind, wäre Tante Martha dafür zuständig. Aber jetzt muss ich mir das alles genau ansehen. Deshalb, fürs Erste keine Pferde.»

Ein steiniger Weg führte hinunter an einen kleinen Strand. Gerade war Ebbe, das seichte Wasser reichte weit ins Meer und wurde von der Sonne gewärmt.

«Gehört der Strand uns?», fragte Charlie.

«Würde ich so sagen», antwortete Fiona.

«Also, so was hatten wir noch nie.» Charlie wurde allmählich munterer. «Und *das* kostet nichts.»

Sie wateten ins Wasser, steckten die Finger in Seeanemonen und schauten zu, wie ihre winzigen Fangarme sich um ihre Finger schlossen. Zwischen den Felsen entdeckten sie große purpurfarbene Seesterne mit vielen Armen, die Charlie zunächst für Tintenfische hielt. Natasha erklärte ihr, was es war und warnte davor, den durchsichtigen, schwer erkennbaren Quallen, die hier und da im Meer trieben, zu nahe zu kommen. «Das brennt.»

Als es Mittag wurde, hatten sie, windzerzaust, eine Salzkruste auf der Haut und eine gehörige Portion Sonne getankt. Sie gingen zum Haus zurück, wo Fiona aus dem großen Vorrat an Aufschnitt, den ihre Tante ganz eindeutig für sie gekauft hatte, ihr Mittagessen vorbereitete. Anschließend scheuchte sie ihre Schwestern aus der Küche, damit sie ihre Bücher lasen oder Ketten aus Wildblumen bastelten, während sie in den Schränken und Schubladen kramte und zu ihrer Freude feststellte, dass alle Zutaten zum Brotbacken vorhanden waren. Nachdem sie Hefe mit Wasser vermischt hatte, geschah zu ihrer Verwunderung nicht das Gleiche wie früher bei ihrer Mutter. Sie rief Marlin, die es sich ansah, das Rezept im Internet auf Tante Marthas MacBook Air durchlas, den Finger in das Hefewasser hielt und meinte: «Ich glaube, dein Wasser war zu kalt.» Sie schüttete es aus. «Lass mich mal.»

Fiona schaute zu, wie Marlin von vorne anfing und die Hefe diesmal wie gewünscht schäumte. Marlin gab die anderen Zutaten hinzu und knetete den Teig immer von Neuem auf dem kleinen Küchentisch durch. Als sie ihn endlich in eine Schüssel gelegt, mit einem Geschirrhandtuch zugedeckt und die Küche geputzt hatte, war Fiona in der Zwischenzeit ihrer Idee ein gutes Stückchen näher gekommen und rief die anderen auf die Veranda.

«Wie ich bereits gesagt habe, haben wir Geld, zumindest etwas», setzte sie an. «Und wir besitzen ein Haus. Morgen können wir uns in den jeweiligen Schulen anmelden. Mir gefällt es hier und ich bin sicher, dass es besser ist als in Lansing, Michigan oder in Kingsport, Tennessee. Außerdem sind wir zusammen. Das sind unbestreitbare Vorteile.»

«Ich finde es auch gut hier», bestätigte Marlin.

«Ja, ich auch», sagte Natasha.

«Ich will Mommy und Daddy», flüsterte Charlie.

Darauf gingen sie nicht ein. Sie wussten, dass Charlie irgendwie noch dem Gefühl nachhing, sie könnte ihre Eltern durch die schiere Kraft der Sehnsucht wiederbeleben, wenn sie den Wunsch nur oft genug wiederholte. Sie ermunterten sie nicht dazu, aber sie redeten es ihr auch nicht aus. Fiona fand es traurig, das mitansehen zu müssen, doch wenn Charlie damit aufhörte, wäre es noch schlimmer.

«Wir haben alles, was wir brauchen. Das Einzige, was andere zusätzlich für nötig befinden werden, ist eine erwachsene Person. Ich bin aber der Meinung, dass ich für uns sorgen kann. Wir *brauchen* keine Erwachsenen.»

«Was du denkst, spielt keine Rolle», entgegnete Marlin rundheraus. «Sobald jemand rausfindet, was wir hier machen, lassen sie uns nicht mehr allein leben.»

«Genau darüber wollte ich mit euch reden», fuhr Fiona fort. «Wir können allein hier wohnen, vorausgesetzt, niemand *weiß es.* Tante Martha hat anscheinend mit niemandem geredet, außer mit ihrem Nachbarn und ihrem Anwalt, und der wusste nicht einmal, dass wir nach hierher unterwegs waren, bis der Nachbar ihn informiert hat. Also hat vielleicht, ganz vielleicht, sonst niemand etwas von uns gehört.»

«Sie werden merken, dass es uns gibt, sobald wir in der Schule auftauchen», wand Natasha ein.

«Dann gehen wir eben einfach nicht zur Schule», schlug Charlie vor.

«Wir müssen zur Schule gehen», entschied Fiona. «Mom und Dad wollten, dass wir alle eine Collegeausbildung bekommen.»

«Und wie sollen wir das *bezahlen*?», fragte Marlin.

«Keine Ahnung. Ich hoffe, das kriegen wir irgendwie hin. Aber bis dahin werden wir nicht schwänzen.»

«Dann werden sie in der Schule auf uns aufmerksam», wiederholte Natasha.

«Stimmt, aber sie werden nicht erfahren, dass wir allein leben, wenn wir es ihnen nicht verraten», fuhr Fiona fort. «Und das ist der schwierige Teil. Wir dürfen es, und damit meine ich uns *alle*, Charlie, mit keinem Wort erwähnen. Das wird sehr schwer. Es darf uns nicht zufällig rausrutschen, bei niemandem, weder bei unseren zukünftigen Freunden, gegenüber dem Anwalt, mit dem wir einen Termin vereinbaren müssen, noch bei unseren Lehrern oder irgendwem sonst. Schaffen wir das?»

«Ja, klar», erklärte Natasha.

«Also, ich schon», bestätigte Marlin. «Ich mache mir nur Sorgen wegen Charlie.»

«Ich werde nichts verraten», versprach Charlie feierlich. «Geheimnisse sind bei mir sicher.»

«Das ist das wichtigste Geheimnis, das du jemals für dich behalten musstest, Charlie», beschwor Fiona. «Davon hängt alles ab, wirklich *alles*.»

«Wie verhalten wir uns, wenn jemand nach unseren Eltern fragt?», gab Natasha zu bedenken.

«Keine Ahnung. Was das angeht, bin ich noch nicht so weit. Weicht am besten erstmal aus, bloß keine komplizierten Lügengeschichten. Versucht, das Thema zu wechseln oder sagt etwas über sie, das der Wahrheit entspricht, ohne zu erwähnen, dass sie tot sind.»

«Klar, als ob das funktionieren könnte», schnaubte Marlin. «Diesem Plan gebe ich höchstens eine Woche.»

Charlie fing wieder an zu weinen.

«Weinen nützt dir auch nichts», sagte Marlin. «Du musst dich hier echt zusammenreißen. Du musst stark sein.»

«Ich kann stark sein», erklärte Charlie und wischte sich die Augen trocken.

«Gut», sagte Fiona. «Jetzt genießt erstmal den Rest des Tages. Morgen gehe ich mit euch in die Schule, melde euch an und dann sehen wir, ob ihr direkt anfangen könnt. Danach gehe ich in meine Schule und mache das Gleiche. Ich habe auf Tante Marthas Computer nachgeschaut. Ihr drei geht in die Greenwillow-Schule, und ich gehe auf die weiterführende Schule von St. Mary's By the Sea. Die beiden Schulen liegen einander direkt gegenüber. Vermutlich haben wir sie gesehen, als wir durch den Ort gefahren sind, aber ich kann mich nicht daran erinnern. Wir waren alle zu k.o.»

«Und wie kommen wir dahin?», wollte Natasha wissen.

«Morgen früh müssen wir laufen. Dann melde ich uns für den Schulbus an, der uns hoffentlich – falls es einen gibt – nicht allzu weit weg von Tante Marthas Haus abholt. Eins nach dem anderen.»

Der Rest des Tages verging damit, dass Marlin das Brot fertig backte, Natasha und Charlie die Heuböden über den Ställen erkundeten und alle vier unten am Strand das frische Brot mit Butter zum Abendessen aßen, während sie auf einem angeschwemmten Baumstamm saßen und zuschauten, wie die Flut kam.

«Seht mal», Natasha zeigte auf ein paar linkische weiße Vögel.

«Möwen», sagte Charlie.

«Nein, Küstenseeschwalben, Zugvögel, die zurück nach Norden fliegen», widersprach Natasha, die bereits alle hiesigen Vogelarten nachgeschlagen hatte. Küstenseeschwalben hatte sie allerdings nicht erwartet, obwohl sie die Art kannte und auch wusste, dass es sich um Zugvögel handelte. Sie hatte nur nicht gewusst, dass sie auf Pine Island Station machten.

Als die Vögel sich von einer Seite zur anderen neigten, sahen sie wie kleine Papierflugzeuge aus und durchschnitten die Luft in einer klaren Linie, während sich das Licht in ihren glänzenden Flügeln fing, als wären sie aus Glas.

*«Küstenseeschwalben!»*, wiederholte Natasha und hob voller Ehrfurcht die Magie, die in ihrem Namen lag hervor, weil sie einen Vogel zu sehen bekam, mit dem sie nicht gerechnet hatte.

An diesem Abend räumten sie zwei Betten in Tante Marthas Zimmer, sodass Marlin und Fiona, die gerne länger wachblieben, lasen und noch redeten, Charlie und Natasha nicht störten, wenn diese eingeschlafen waren. Als sie im Bett lagen, legte Marlin plötzlich ihr Buch weg: «Das klappt nie. Dafür kann echt zu viel schiefgehen.»

«Es muss klappen», erwiderte Fiona. «Wir haben keine andere Wahl.»

«*Muss* und *wird* sind zwei verschiedene Dinge», sagte Marlin praktisch wie immer.

«Du musst dran glauben, Marl. Nur mit meiner eigenen Hoffnung kann ich uns nicht weiterbringen.»

«Okay», versprach Marlin – gerührt von dem Vertrauen

ihrer Schwester. Insgeheim dachte sie jedoch: *Ich behaupte, dass ich daran glaube, aber das heißt nicht, dass ich wirklich daran glaube, genauso wenig wie daran*, muss klappen *und* wird klappen *wären dasselbe.*

Fiona plagte derweil der Gedanke, dass sie eine Trennung von ihren Schwestern nicht ertragen würde. Jede von ihnen hatte ihre Eigenarten und Eigenschaften, die miteinander verschmolzen waren, als bildeten sie gemeinsam eine Einheit. Ein Wesen. Fiona glaubte seit jeher, dass sie mit der Macht ihrer Entschlossenheit die retten konnte, die sie liebte, während Charlie wie der Wachhund der Familie stets auf drohende Gefahren achtete. Natasha schwebte wie eine Dichterin durchs Leben, beobachtete Vögel, sah die Dinge stets in einem anderen Licht, und lebte im Hier und Jetzt, ohne darüber nachzudenken, was als Nächstes geschah. Marlin dagegen stand mit beiden Beinen hartnäckig auf dem Boden der Tatsachen. Es war, als ob sie jene Eigenschaften miteinander teilten, die die jeweils anderen nicht hatten. Und alle hatten ihre guten und ihre schlechten Seiten. Doch Fiona würde keine von ihnen ändern wollen. Fiona wollte um nichts in der Welt von ihnen getrennt sein. Sie fürchtete die Einsamkeit für sich selbst, aber noch mehr für ihre Schwestern. Es war furchtbar, sich den Schmerz, den sie deswegen empfinden würde, überhaupt nur vorzustellen, doch der Schmerz, den die anderen erleiden würden, war noch undenkbarer.

# MISS WEBSTER

Bevor sie aufbrachen, schaute Fiona auf Google Maps nach, wie lange sie zu Fuß zur Schule brauchen würden und kam auf fünfundvierzig Minuten. Sie scheuchte die anderen aus dem Haus und dachte gleichzeitig, dass es wahrscheinlich nicht viel ausmachte, wenn sie zu spät kämen. Schließlich würden sie sich vermutlich fürs Erste nur anmelden und noch nicht am Unterricht teilnehmen. Sie hatten weltweit viel Erfahrung mit neuen Schulen gesammelt und festgestellt, dass jede anders war. Während sie an der Straße entlang gingen, befürchtete Fiona, dass man ihnen ohne ein Elternteil, das alles Mögliche unterschrieb, die Anmeldung verweigerte, doch sie behielt diese Sorge für sich und wies fröhlich auf große alte Scheunen, riesige Bäume und andere interessante Dinge hin.

Als sie an der Grundschule angekommen waren, sich durch die ankommenden Schüler geschlängelt und das Sekretariat gefunden hatten, wusste sie nicht, wohin mit ihren Händen und begann unruhig, sie zu kneten. Marlin versetzte ihr einen festen Stoß mit dem Ellbogen und da merkte Fiona, wie nervös sie wirkte. Also riss sie sich zusammen und betrat kampfbereit das Sekretariat.

Doch statt wegen ihres elternlosen Daseins Zweifel zu äußern, lief die Schulsekretärin zum Tresen vor und sagte: «Da seid ihr ja. Ihr seid doch sicher die McCready-

Kinder, oder? Eure Lehrer wissen, dass ihr kommt, denn eure Großtante hat euch letzte Woche angemeldet. Eigentlich hatten wir euch schon gestern erwartet, aber – wie dumm! – ich hatte den Jetlag ganz vergessen. Den ganzen weiten Weg von Borneo, du meine Güte! Ich bin noch nie weiter gekommen als bis Vancouver. Ihr habt bestimmt mindestens einen Tag gebraucht, um euch in der richtigen Zeitzone zurechtzufinden? Liebes, wenn du Fiona bist, dann weiß ich von deiner Großtante, dass du auf die weiterführende Schule von St. Mary's gehst, die direkt gegenüber liegt. Ich kümmere mich um deine Schwestern, wenn du gleich rübergehen möchtest.»

«Wir wüssten gern, ob es einen Schulbus gibt», erkundigte sich Fiona.

«Ja, also, eure Großtante hat gesagt, sie würde euch hin- und zurückbringen», meinte die Sekretärin. «Oder, oh mein Gott, das habe ich ja vergessen, sie ist ja verstorben. Das tut mir furchtbar leid. Hat es eure Familie noch rechtzeitig zur Beerdigung geschafft?»

«Äh, nein», antwortete Fiona, während die anderen drei unbehaglich dreinblickten und versuchten, nicht zu zeigen, wie viel Angst sie hatten, dass ihr elternloser Zustand jeden Moment enthüllt werden und ihre Hoffnungen und Pläne zunichtegemacht würden.

«Wie schade, aber wie ich hörte, passierte alles ganz plötzlich. Nun ja, ich kümmere mich um den Schulbus. Das ist kein Problem. Ihr könnt alle mit demselben Bus fahren. Die beiden Schulen teilen sich zwei Busse, einer fährt nach Westen, der andere nach Osten. Ihr müsst den nach Westen nehmen, der am Parkplatz von Fionas Schule abfährt. Die meisten Schüler fahren mit dem nach Osten, der auf unserem Parkplatz hält. Also denkt dran, den nicht nehmen. Ich sorge dafür, dass ihr auf die Liste kommt und ein Halt für euch eingeplant wird. Das wird alles geregelt sein, bis der Unterricht zu Ende ist. Ihr müsst dem Fahrer nur sagen, dass ihr die McCreadys seid, seine letzte Haltestelle, falls er es vergisst. Nicht zu fassen, dass ihr so weit draußen bei Miss McCready auf der Farhill Road wohnt. Sie hat, beziehungsweise hatte eine hübsche alte Farm. Allerdings hat sie nie viel angebaut. Sie war mehr aufs Fischen aus, stimmt's? Aber sie hat sich da wirklich eine wunderschöne alte Farm gekauft. Die alten sind doch immer besonders charmant, findet ihr nicht auch? Früher gab es da eine große Apfelplantage, aber mit den Äpfeln kann sie nun wohl nicht mehr viel anfangen, die Ärmste.»

«Sie kann mit nichts mehr so richtig viel anfangen», flüsterte Marlin Natasha zu.

«Soweit wir das beurteilen können», wisperte Natasha zurück, denn ihr war beigebracht worden, dass alle Menschen in den Himmel kamen und sie dachte, *irgendetwas* müsste es dort doch auch zu tun geben. Man saß sicher nicht nur herum und drehte Däumchen.

Fiona warf den beiden einen bösen Blick zu, damit sie aufhörten zu flüstern.

«Oh je, jetzt ist es wieder mit mir durchgegangen. Wegen der Äpfel. Ich liebe alte Streuobstgärten und sie hat viele verschiedene alte Obstbäume, nicht nur Äpfel. Aber das ist auch schon alles, was ich über sie weiß. Sie war gern für sich, habe ich gehört.»

«Immerhin haben wir genug Obst», stellte Natasha fest und Marlin stupste sie mit dem Ellbogen an. Die Sekretärin schien nichts zu merken, als sie zu ihrem Schreibtisch zurückkehrte, um die Papiere abzulegen.

«Ich bringe euch drei jetzt zu euren jeweiligen Klassenräumen. Du kannst ruhig gehen, Liebes», sagte sie zu Fiona, die sich bedankte und über die Straße lief. In ihrer Schule wurde sie ähnlich begrüßt und zu ihrem Klassenraum gebracht. Sie war so erleichtert, dass alles viel einfacher gewesen war als sie sich vorgestellt hatte, dass es ihr noch nicht einmal etwas ausmachte, dass sie kein Mittagessen eingepackt hatte. Nach der Schule würden sie zwar alle kurz vor dem Verhungern sein, aber es gab Schlimmeres und am nächsten Tag würde sie daran denken, Pausenbrote einzupacken. Wer die Verantwortung trug, lernte eben ständig dazu.

In den meisten Schulen, die Fiona bisher besucht hatte, musste man für jedes Fach das Klassenzimmer wechseln. In anderen, die oft an abgelegenen Orten lagen, war es üblich gewesen, dass sich Kinder aller Altersstufen einen Raum teilten. In dieser Schule schien es genügend Kinder für eine neunte Klasse mit einem Lehrer zu geben.

Kam man in eine neue Schule, war der schlimmste Moment immer der, wenn man zum ersten Mal das Klassenzimmer betrat, aber hier waren alle sehr freundlich. Fiona entschied, dass die Schule nicht das Problem sein würde. Freunde auf Abstand zu halten, damit niemand die Lage der Mädchen durchschaute, ohne dass die McCreadys als unfreundlich galten – das würde dagegen sicher schwierig werden. Doch das würde sich mit der Zeit erweisen. Fiona schöpfte jedenfalls neue Hoffnung, dass ihr riskanter Plan funktionieren könnte.

Als Fiona nach der Schule auf dem Parkplatz ihre Schwestern suchte, wartete stattdessen die Sekretärin der Grundschule auf sie. Sie kam lächelnd auf Fiona zu und sagte: «Komm doch bitte mit, Fiona, wenn es dir nichts ausmacht. Wir stecken im Sekretariat in einer gewissen Zwickmühle.»

«Was denn für eine Zwickmühle?», fragte Fiona nervös.

«Das wirst du gleich sehen», antwortete die Sekretärin nicht unfreundlich.

Im Büro saßen Charlie, Natasha und Marlin mit betretenen Mienen bei der Schulleiterin, die jünger war als die meisten Schulleiterinnen, denen Fiona bisher begegnet war. Die junge Frau war hübsch, hatte kurze dunkle Haare und ein freundliches Gesicht. Sie lächelte, als Fiona hereinkam.

«Oh, hallo, meine Liebe. Ich bin Miss Webster. Wir wollen nur kurz abklären, was mit euren Eltern ist. Die Lehrer der Mädchen haben jeweils etwas anderes erzählt.»

«Oh», sagte Fiona.

«Also, Charlie behauptet, eure Eltern wären tot ...»

«Sind sie auch», nickte Charlie.

Die Schulleiterin hob die Hand, während Marlin ihre Augenbrauen hochzog, um Fiona zu warnen.

«Marlin sagt, sie hätten zu tun. Und Natasha sagt, sie wären noch in Borneo und würden bald nachkommen.

Da ich weiß, dass eure Großtante verstorben ist, Liebes, wollte ich es doch lieber genau wissen. Im Grunde geht es nur darum, wer sich zurzeit um euch kümmert, damit wir jemanden anrufen können, falls es Probleme gibt.»

Fiona sah die Schulleiterin an, dann die Sekretärin und schließlich die Wand. Sie strengte sich an, eine gute, vertrackte Lügengeschichte zu erfinden, mit der sie die drei Versionen ihrer Schwestern sinnvoll verknüpfen konnte, aber ihr Verstand glich einem Reh im Scheinwerferlicht und verweigerte jegliches Tun. Die Sekretärin hatte ihre Sachen genommen, weil sie für heute fertig war und verabschiedete sich fröhlich, bevor sie die Tür schloss. Nun waren sie nur noch zu fünft.

*So schnell. Nein, nein, nein! Das kann uns so schnell doch nicht passieren*, dachte Fiona. Sie hatte in Erwägung gezogen, dass sie eines Tages auffliegen würden, aber doch nicht gleich am ersten. Charlie begann zu weinen.

«Oh, nicht weinen, Liebes», sagte Miss Webster. «Ihr bekommt keinen Ärger. Aber eine Geschichte muss die richtige sein und ich würde sie gern von eurer Schwester hören, weil sie die Älteste ist.»

«Na ja, irgendwie sind die Geschichten auf ihre Art alle wahr», stammelte Fiona und überlegte, ob sie sich irgendwie doch noch rausreden konnte.

«Wie kann das sein, Liebes?», wollte die Schulleiterin wissen, die hinter ihrem Schreibtisch Platz nahm und sie freundlich fragend ansah.

«Ja, also, Sie kennen das doch sicher, bei Umzügen verliert man schon mal das ein oder andere?»

«Willst du damit sagen, dass ihr eure Eltern verloren habt?»

«Nein, nein, das Wort *verlieren* ist hier zu stark, obwohl es in gewissem Sinne, selbstverständlich, ja, genauso ist, aber kann man jemanden je wirklich verlieren, das ist hier eher die Frage.»

«Verstehe. Hören wir auf, um den heißen Brei herumzureden», sagte die Schulleiterin, die immer noch nicht wütend, sondern besorgt wirkte. «Wer kümmert sich im Haus eurer Großtante um euch? Schließlich weiß ich, dass es nicht eure Großtante sein kann. Außerdem müsst ihr wissen, dass ich früher eine unverbesserliche Lügnerin war und mir alle Tricks vertraut sind, wie man die Wahrheit verschleiern kann.»

«Niemand», antwortete Fiona ausdruckslos. «Im Moment.»

Marlin, Natasha und Charlie sahen Fiona entgeistert an. Hatte sie ihnen nicht eingeschärft, genau das nicht zuzugeben?

«Heißt das, jemand *kommt*?»

«Oh, mit Sicherheit, könnte man sagen, oder meinen Sie nicht?»

«Dazu sage ich nichts. Aber netter Versuch. Ich hab euch gewarnt – unverbesserliche Lügnerin. Erste Liga. Aber jetzt sag mir bitte, warum Charlie behaupten sollte, eure Eltern wären tot, wenn das gar nicht stimmt? Und wenn sie tot sind und eure Großtante auch, wer wohnt dann jetzt bei euch? Mit wem kann ich Kontakt aufnehmen?»

«Im Augenblick mit mir», antwortete Fiona.

Die Schulleiterin schwieg. Die Stille zog sich in die Länge, während sie die Wand anschaute, als würde sie nachdenken.

«Aber wir kommen sehr gut allein klar», sagte Natasha. «Das hat Fiona gesagt.»

«Natasha», rief Marlin erschrocken.

«Wieso, hat sie doch gesagt», protestierte Natasha.

«Das heißt, es ist niemand da? Kein Vormund? Niemand von der Kirche? Eure Großtante hat gesagt, die Kirche würde euch herschicken. Sie hat mir *nicht* gesagt, dass eure Eltern gestorben sind. Eure Tante hat nie mehr gesagt, als unbedingt nötig war, aber selbst nach ihren Maßstäben hat sie da etwas Wichtiges ausgelassen.»

«Wir haben uns», sagte Natasha.

«Natasha ...», warnte Marlin. Sie hielt nichts davon, jetzt zu improvisieren. Fiona sollte für alle sprechen. Schließlich sahen sie ja, was dabei herauskam, wenn jeder seine eigene Geschichte zum Besten gab.

«Unbedingt, unbedingt», murmelte die Schulleiterin.

Charlie wählte diesen ungünstigen Moment, um zu sagen: «Ich will nach Hause. Ich habe Hunger!»

Darauf sprang Miss Webster sofort an. «Habt ihr nichts zu essen bekommen?»

«Es gab nichts zu Mittag», jammerte Charlie.

Diesmal stieß Marlin ihr den Ellbogen so fest in die Rippen, dass Charlie «AUA!» schrie.

«Ich habe vergessen, etwas einzupacken!», gab Fiona zu. «Das war ein Fehler und wird nicht wieder vorkommen.»

Darauf folgte erneut ein nachdenkliches Schweigen,

bis die Schulleiterin sich unvermittelt gerade hinsetzte, als hätte sie eine Entscheidung getroffen. «Ich muss das Jugendamt anrufen und mich erkundigen, was ich mit euch machen soll.»

Als sie zum Telefonhörer greifen wollte, sah Fiona zu ihrer eigenen Verwunderung, wie sich ihre Hand wie von selbst um das Handgelenk der Schulleiterin schloss, sodass sie den Hörer nicht aufnehmen konnte. So war sie noch nie mit einem fremden Menschen umgegangen, und mit einer Erwachsenen schon gar nicht. Natasha schnappte nach Luft, Marlin riss die Augen auf und Charlie schrie leise auf.

«Tun Sie das nicht», flehte Fiona. «Rufen Sie nicht das Jugendamt an. Bitte! Warten Sie wenigstens so lange, bis ich Ihnen die ganze Geschichte erzählt habe.»

Miss Webster ließ das Telefon los, lehnte sich zurück und wartete.

Mit vielen Pausen und Einwürfen und Unterbrechungen von Natasha, Charlie und Marlin kam alles heraus.

«Es gibt nichts», fasste Fiona zusammen, «nichts, was schlimmer sein könnte, als getrennt zu werden. Sie können sich das nicht vorstellen. Sie können sich nicht vorstellen, wie es ist, wenn man plötzlich seine Eltern verliert und dann erfährt, dass man auch noch seine Schwestern verlieren soll. Ich laufe weg, ehe ich das geschehen lasse. Ich laufe weg und nehme sie mit. Wenn es sein muss, gehe ich in die Wälder. Es ist mir egal, was aus uns wird, Hauptsache wir bleiben zusammen. Wenn Sie das Jugendamt anrufen, sind wir weg, noch bevor sie herkommen können.»

«Droh mir nicht», forderte Miss Webster. «Bleib einfach sitzen und lass mich kurz nachdenken.»

Zum dritten Mal legte sich Stille über den Raum, doch diesmal dauerte sie sogar noch länger an als zuvor. Schließlich sagte Miss Webster: «In einem Punkt habt ihr euch geirrt. Ich weiß, wie es sich anfühlt, seine Familie zu verlieren. Ich bin weggelaufen, als ich nur ein Jahr älter war als du. Meine Wohnsituation war ... nun ja, brenzlig. Ich bin abgehauen und habe lange auf der Straße gelebt. Dann hat sich das Blatt gewendet und ich habe eine Ausbildung gemacht. Ich hatte sehr viel Glück, mir wurde oft geholfen. Und jetzt bin ich die jüngste Schulleiterin, die es in St. Mary's By the Sea je gegeben hat.» Sie wurde rot, als wäre ihr dieser Ausbruch peinlich, und fügte hinzu: «Nicht, dass St. Mary's By the Sea besonders groß wäre oder es hier besonders viele Schulleiterinnen gegeben hätte.»

«Nein, aber das ist *dennoch* ein großer Erfolg!», bestätigte Natasha aufmunternd, wie es ihre Mutter getan hätte.

«Danke.» Miss Webster hüstelte. «Ich wollte eigentlich nicht von mir sprechen. Gut, ihr scheint nette Mädchen zu sein und ihr habt Glück, dass ich euer Geheimnis als Erste aufgedeckt habe. Hoffentlich bin ich auch die letzte, denn jetzt erkläre ich euch, was ich für euch tun werde und warum. Da ich das Jugendamt aus eigener Erfahrung besser kenne als mir lieb ist, habe ich mehr Mitleid mit euch als viele andere es hätten. Außerdem ist eure Angst hinsichtlich einer Pflegefamilie meines Erachtens berechtigt. Ihr würdet wahrscheinlich *tatsächlich* genau wie befürchtet getrennt werden, denn es ist zwar wichtig, aber nicht das erste Anliegen des Jugendamts, euch zusammen zu lassen. Das wäre nämlich, Pflegefamilien zu finden, egal welche. Und ich bin ganz eurer Meinung, dass es *euer* erstes Anliegen sein *sollte*, zusammenzubleiben. Solange ihr das schafft, und vorausgesetzt, du, Fiona bist bereit, die Verantwortung zu tragen, denn das Meiste wird auf dich zukommen, weil du die Älteste bist. Aber ich weiß, dass eine verzweifelte Vierzehnjährige mehr schafft als man ihr zutraut. Ich habe sehr viel mehr erreicht als irgendwer glaubte, aber es ist dennoch sehr schwer, wenn man auf sich allein gestellt ist. Schwerer als ihr bisher ahnt. Ich habe das schon so empfunden, ohne, dass ich noch für drei andere sorgen musste. Doch ihr habt auch einiges, was ich nicht hatte. Ihr habt ein Zuhause und Geld auf dem Konto. Und ihr habt viel Erfahrung, weil ihr schon an vielen Orten auf dieser Welt gelebt habt. Ihr könntet klarkommen. Dennoch mache ich mich schuldig, wenn ich einfach wegschaue. Und ich trage die Verantwortung für das Ergebnis dieses Experiments.»

«Nein, das Gefühl müssen Sie nicht haben», widersprach Marlin. «Wir würden Ihnen nicht die Schuld geben.»

«Mit euch hat das nichts zu tun. Ich nehme die Verantwortung auf mich», erwiderte Miss Webster. «Und deshalb komme ich einmal die Woche vorbei und sehe nach dem Rechten. Habt ihr das verstanden?»

Die vier Kinder nickten eifrig wie eine Reihe von McCready-Wackeldackeln. Beinahe hätte Miss Webster hysterisch gelacht. Angesichts der Tragweite dessen, was ihr drohen könnte – zum Beispiel ihren Job zu verlieren oder eine Anzeige zu bekommen oder wer weiß was noch – fühlte sie sich etwas erschlagen.

«Als Gegenleistung dafür, dass ich euer Geheimnis wahre, müsst ihr mir auch etwas versprechen. Ihr dürft nie irgendwem verraten, dass ich mit dieser Abmachung einverstanden war. Wenn ihr erwischt werdet und das Schlimmste zu befürchten steht, bringt es nichts, wenn die Leute erfahren, dass ich eingeweiht war. Versprochen?»

«Ja», erklärte Fiona feierlich. «Sie haben mein Wort, Sie haben unser aller Wort.»

«Wir sind Ihnen so dankbar», fügte Marlin hinzu.

«Vielen Dank», sagte auch Natasha.

«Wir haben den Schulbus verpasst!», rief Charlie und sprang auf, als sie merkte, dass der Parkplatz so gut wie leer war.

«Kein Problem.» Miss Webster griff nach ihrer Handtasche und den Schlüsseln. «Ich bringe euch nach Hause. Bei der Gelegenheit kann ich mir gleich ein Bild machen, wie es da aussieht. Nur um mich zu vergewissern.»

Miss Webster fuhr sie nach Hause und Fiona zeigte ihr das Haus.

Miss Webster fiel auf, wie sauber es in der Küche war, und dass die Betten gemacht waren. Und weil es so ein schöner Tag war, zeigten die Mädchen ihr die Wiese, den Obstgarten und am Ende des Privatwegs auch noch ihren kleinen Strand.

«Einfach bezaubernd», seufzte Miss Webster, als sie mit dem Rundgang fertig waren, am Zaun standen und über das Grundstück blickten. «Ich wollte schon immer eine

Farm haben, aber diese hier am Meer ist besonders entzückend. Hier gibt es von allem etwas, stimmt's? Wetten, dass eure Großtante sie damals günstig bekommen hat? Ich bezweifle, dass ich mir so etwas jemals leisten kann. Glück gehabt, Kinder!» Dann riss sie sich zusammen. «In mancher Hinsicht. So!» Sie klatschte in die Hände, als hätte sie eine Entscheidung getroffen. «Ich bin sicher, dass uns Steine in den Weg gelegt werden und mir vorzustellen, was alles schieflaufen könnte, wird mich wahrscheinlich nächtelang wach halten. Aber für heute lassen wir es gut sein. Der Bus holt euch morgen früh um halb neun am Ende der Farhill Road ab. Ich gebe euch noch meine Handynummer, dann könnt ihr mich anrufen, wenn ihr etwas braucht oder irgendwie in der Klemme steckt.»

Die Mädchen begleiteten sie zum Haus, winkten zum Abschied von der Veranda und bedankten sich noch einmal.

«Keine Ursache. Vergesst nur nicht, etwas zum Mittagessen einzupacken», rief Miss Webster über ihre Schulter hinweg. Die Mädchen hörten, wie sie auf dem Weg zum Auto vor sich hinmurmelte: «Das werde ich bereuen. Ich weiß, dass ich es bereuen werde. Eine dumme Entscheidung. Eine dumme, dumme Entscheidung.»

«Sie ist nicht dumm», fand Charlie, als sie sich auf die Verandastufen setzten und zuschauten, wie Miss Webster abfuhr.

«Nein», sagte Fiona nachdenklich. «Ich finde sie sehr mutig.»

«Wahrscheinlich hat sie gelernt, mutig zu sein, als sie in

unserem Alter allein gelebt hat», meinte Marlin. «Und jetzt kann sie es, wenn es sein muss.»

«Tja», lachte Fiona, «da sind wir noch mal mit einem blauen Auge davongekommen. Wie wollen wir das feiern?»

«Mit Kuchen!», rief Marlin. «Mrs Weatherspoon hat mich wohl angesteckt, bei jeder Gelegenheit einen zu backen.»

«Wir haben keinen Kuchen», gab Natasha zu bedenken.

«Nein, aber das muss ja nicht so bleiben», erwiderte Marlin. «Ich schaue mal nach, was ich in Tante Marthas Schränken finde.»

«Das sind jetzt unsere Schränke», verbesserte Fiona sie geistesabwesend.

«Stimmt. *Unsere* Küchenschränke. Und aus den Vorräten backen wir einen Kuchen.»

«Wir haben kein Kochbuch», erinnerte Natasha. Sie hatten Tante Marthas Bücherbestand bereits am Vortag durchsucht, als sie ein Brotrezept gebraucht hatten. Daher wussten sie, dass es Regale über Regale voller Bücher gab, doch kein einziges Kochbuch.

«Dann sehe ich eben wieder im Internet nach», sagte Marlin. «Da finde ich alle Rezepte, die ich brauche. Da fällt mir ein, Fiona, werden Dinge wie das Internet nicht abgestellt, wenn Tante Martha die Rechnungen nicht mehr bezahlt?»

«Sie ist erst vor vier Tagen gestorben. Das können wir mit dem Anwalt besprechen, wenn wir in die Stadt gehen, um mit ihm zu reden.»

«Und zwar ohne irgendwie preiszugeben, dass wir die Rechnungen selbst bezahlen», mahnte Marlin.

«Ja, das wird nicht so leicht sein», seufzte Fiona und stützte den Kopf in die Hände. «Wie auch immer, am besten machen wir unsere Hausaufgaben, während Marlin den Kuchen backt. Und ich rufe in der Kanzlei an, solange ich mich noch traue. Wir brauchen bestimmt einen Termin.»

Mit einem Gefühl, als hätte sie Felsbrocken im Bauch, schloss Fiona sich in Tante Marthas Arbeitszimmer ein und rief den Anwalt an. Als Mr Pennypackers Sekretärin Fionas Namen notierte, sagte sie «Oh!», als hätte sie den Namen schon einmal gehört und wäre jetzt überrascht, sie persönlich am Apparat zu haben. Doch dann gab sie ihr reibungslos und ohne weiteren Kommentar einen Termin.

Während Fiona telefonierte, durchforstete Marlin die Küche und fand unter anderem Mandelmehl sowie Kirschen in der Tiefkühltruhe. Nachdem sie sich im Internet schlau gemacht hatte, beschloss sie einen Mandelkirschkuchen zu backen. Es handelte sich um ein einfaches Rezept und sie bereitete den Kuchen in einer mittelgroßen gläsernen Form zu. Als sie schließlich mit den Hausaufgaben fertig waren und ein Abendessen aus Dosensuppe und überbackenem Käse verspeist hatten, war der Kuchen so weit abgekühlt, dass man ihn essen konnte.

«Der schmeckt richtig gut», lobte Fiona und nahm einen großen Bissen.

«Du bist die geborene Bäckerin», sagte Natasha.

«Ja, das glaube ich auch», erklärte Marlin, die anschließend noch ihre Schularbeiten machte, während die anderen die Küche aufräumten und Fiona Pausenbrote für den nächsten Tag vorbereitete.

Am Ende fielen sie erschöpft von diesem aufregenden Tag in ihre Betten und schliefen zu dem lauten Orchester der Baumfrösche ein, die sich in ihrem Märzdrang, einen Partner zu finden, die Kehle aus dem Leib quakten.

Auch Miss Webster fiel todmüde ins Bett, abgekämpft von den schwierigen Entscheidungen, die sie hatte treffen müssen, doch es war ein Irrglaube gewesen, dass sie wach liegen und sich Sorgen machen würde, was alles schiefgehen konnte. Sie schlief sehr gut. Fiona dagegen wachte immer wieder auf und grübelte. Denn ihr war noch etwas eingefallen.

*Das kann nicht funktionieren*, dachte sie mit Blick auf den Großen Wagen, der in der oberen rechten Ecke ihres Fensters hing und großzügig Sternenlicht über den tintenschwarzen Himmel ergoss. *Wir brauchen eine erwachsene Person, die so tut, als würde sie für uns sorgen. Hätten wir so jemanden gehabt, hätte Miss Webster nie herausgefunden, wie es wirklich um uns steht.*

Auf den ersten Blick war das eine schwierige Aufgabe, weil die Mädchen in St. Mary's By the Sea bisher niemanden kannten. Doch auch diesbezüglich hatte Fiona schon eine Idee.

# AL FARBER

Als die Mädchen aufgestanden waren, peilte Natasha die Kuchenplatte an und wollte Mandelkirschkuchen zum Frühstück naschen. Da rief Fiona: «Finger weg vom Kuchen!»

«Sogar Mrs Weatherspoon hat uns Kuchen zum Frühstück erlaubt», protestierte Natasha. «Sie meinte, das wäre auch nicht schlimmer als Donuts.»

«Mrs Weatherspoon war kugelrund», sagte Marlin. «Willst du auch so enden?»

«Das ist nicht nett, Marlin», schimpfte Fiona. «Außerdem ist das nicht der Grund, weshalb ihr den Kuchen stehen lassen sollt. Ich habe etwas mit ihm vor.»

«Was denn?», fragte Charlie.

«Nicht so wichtig», wiegelte Fiona ab. Sie wollte nicht, dass in der Pause oder über Mittag drei Münder drei Versionen ihres Plans ausplauderten und ein weiterer Nachmittag in Miss Websters Büro dabei heraussprang. «Erzähle ich euch nach der Schule, wenn wir wieder zu Hause sind.»

Es war ein herrlich ruhiger Tag und die Mädchen genossen das neue Gefühl, endlich mal wieder Bus zu fahren und die letzten vier zu sein, die abgesetzt wurden, so wie sie am Morgen beim Einsteigen die ersten vier gewesen waren. Charlie fand, dass sie das irgendwie hervorhob.

«Wir waren noch nie die ersten und die letzten in einem Bus.»

«Wen interessiert das?», fragte Natasha.

«Dadurch sind wir etwas Besonderes», beharrte Charlie.

«Du wohnst nur mit uns und keinem Erwachsenen zusammen», erklärte Marlin. «Du bist bereits etwas Besonderes.»

«Genau und hoffentlich bleibt das so», sagte Fiona trocken.

Nachdem sie einen schnellen Imbiss in der Küche gegessen hatten, packte Fiona den übrigen Kuchen in Frischhaltefolie.

«So», verkündete sie. «Jetzt bringen wir den nach nebenan.»

«Was – zu dem bösen Mann im Wohnwagen?», fragte Charlie entgeistert.

«Ja. Ich habe über einem Plan gebrütet, seit Marlin im Scherz meinte, wir sollten den Tanten und Onkeln, die uns nicht haben wollen, Briefe schreiben und ihnen Geld anbieten. Es hat mich ganz verrückt gemacht, das war so, wie wenn es einen juckt und man an die Stelle nicht rankommt, aber letzte Nacht hatte ich endlich die zündende Idee. Ich hab mir verschiedene Situationen ausgemalt, in denen wir erwischt werden könnten, weil sich kein Erwachsener als unser Vormund ausgibt. Da ist mir der Nachbar eingefallen. Umsonst wird er es wohl nicht machen, aber vielleicht, wenn wir ihn dafür *bezahlen*.»

«Warum ausgerechnet er?», fragte Marlin.

«Weil er so aussieht, als hätte er keine Skrupel und kein

Geld. Außerdem ist er im Notfall in der Nähe. Falls wir jemanden brauchen, der rüberkommt und so tut, als würde er auf uns aufpassen.»

Marlin nickte bedächtig. Sie erkannte die Vorteile des Plans. «Und mit dem Kuchen willst du ihm die Sache schmackhaft machen? Gute Idee», meinte sie beim Gedanken an die Wampe, die sich über seinen Hosengürtel wölbte. «Er macht den Eindruck, als könnte er einem guten Kuchen etwas abgewinnen.»

«Ich will nicht mitgehen. Er ist unheimlich», bat Charlie.

«Musst du auch nicht», antwortete Fiona. «Du kannst hierbleiben, und Natasha auch. Marlin natürlich auch.»

«Oh nein. Ich lasse dich nicht allein in die Höhle des Löwen gehen. Komm.» Sie hakte sich bei Fiona ein und ging mit ihr und dem in Frischhaltefolie verpackten Kuchen im Gepäck die Vordertreppe hinab.

«Bleibt aber *im* Haus, Charlie und Natasha!», rief Marlin noch über ihre Schulter.

«Und macht eure Hausaufgaben!», fügte Fiona hinzu.

Als Fiona und Marlin an die Tür des Wohnwagens klopften, dauerte es sehr lange, bis der Mann öffnete. Er sah ziemlich benebelt aus.

«WAS!», brüllte er genau wie zwei Tage zuvor. «Wer seid *ihr*?»

«Wir sind die Großnichten von Martha McCready», antwortete Fiona geduldig. «Wir haben uns bereits kennengelernt. Dürfen wir reinkommen?»

«Nein», sagte der Mann, wankte rückwärts und landete auf einem Sofa gegenüber der Tür. Fiona betrat dennoch den Wohnwagen und wich vorsichtig den leeren Bierdosen und Flaschen aus, die überall auf dem Boden lagen.

«Entsorgen Sie Ihren Müll nicht?», fragte Marlin.

«Marlin», flüsterte Fiona warnend.

«Was?», fragte der Mann, dem sie offenbar den Wind aus den Segeln genommen hatten. «Hey, wer hat gesagt, dass ihr reinkommen dürft?»

«Wir statten Ihnen einen freundlichen Besuch ab», erklärte Fiona. «Und wir wollen Ihnen ein Angebot machen.»

«Ach, ja?», sagte der Mann, vergrub den Kopf in den Händen und stützte die Ellbogen auf seine Knie. Er sah sterbenselend aus und roch nach nasser Wolle.

«Ja. Wissen Sie, wir brauchen einen Vormund», begann Fiona. «Da haben wir an Sie gedacht.»

Bei diesen Worten hob der Mann den Blick und brüllte vor Lachen. «Ich soll euer *Vormund* sein?»

«Ja», fuhr Fiona fort. «Nur dem Namen nach. Wir wohnen allein in Tante Marthas Haus und bekommen Ärger, wenn das rauskommt. Wir brauchen einen Erwachsenen, der Formulare unterschreibt und müssen den Anschein erwecken, dass wir nicht auf uns alleine gestellt sind. Obwohl es natürlich so ist.»

«Also, das könnt ihr vergessen. Ich kann Kinder nicht ausstehen. Grässliche Dinger mit klebrigen Marmeladenfingern. Ich habe keine und will auch keine. Geht NACH HAUSE.»

«Wir haben Ihnen Kuchen mitgebracht», sagte Marlin und nahm Fiona das Päckchen aus der Hand, das diese angespannt umklammert hielt. «Ich habe ihn selbst gebacken. Er ist sehr lecker.»

«Oh ... Kuchen», erwiderte der Mann ein wenig besänftigt. Er nahm ihn entgegen und stellte ihn auf seinen Schoß. «Ja, also, ich kann mich nicht erinnern, wann ich das letzte Mal frisch gebackenen Kuchen gegessen habe. Dagegen habe ich nun wirklich nichts.»

Er dauerte ein bisschen, bis er mit seinen zittrigen Fingern die Folie abgezogen hatte. Dann hielt er inne, sah die Mädchen erneut voller Wut an und rief: «Soll das ein Scherz sein? Das ist kein Kuchen. Das ist Matsch.»

Fiona betrachtete den Mandelkirschkuchen, der die kurze Wegstrecke nicht gut überstanden hatte. Wegen der Kirschen war er von Anfang an recht feucht gewesen und der Transport in ihren klammen Händen hatte die Sache nicht gerade besser gemacht. Tatsächlich beinhaltete die Frischhaltefolie eher einen pinken Brei.

«Das ist eklig. Das will ich nicht.»

«Eklig? Was fällt Ihnen ein?», ärgerte sich Marlin und beugte sich vor, als wollte sie sich auf ihn stürzen.

«Psst, Marlin», mahnte Fiona. «Anscheinend habe ich den Kuchen unterwegs zerquetscht. Aber er schmeckt *fantastisch*. Probieren Sie doch mal.»

«Nein.» Der Mann weigerte sich.

«Ach bitte, probieren Sie», meinte Fiona aufmunternd.

«Nein, ich habe es mir anders überlegt.» Marlin nahm ihm den Kuchen wieder ab. «Er hat meinen Kuchen nicht verdient.»

«Da hast du vollkommen recht.»

«Wie auch immer, hören Sie zu, das ist nicht gut gelaufen», sagte Fiona. «Ich finde, wir sollten uns erstmal anständig vorstellen. Ich bin Fiona, das ist Marlin und meine kleinen Schwestern, die zu Hause geblieben sind, heißen Natasha und Charlie. Sie haben sie vorgestern kennengelernt.»

«Charlie ist die Heulsuse», stellte der Mann mit ungewohntem Scharfblick fest.

«Genau!», flötete Fiona, als würde sie ihm ein Fleißkärtchen überreichen.

«Ich erinnere mich an sie. Sie war ohrenbetäubend laut. Mann, ich hasse es, wenn jemand heult. Erst recht so schrille kleine Klageweiber wie sie.»

«Und wie heißen Sie?», fragte Fiona in der Hoffnung, ihn von seinem Hass auf Kinder abzulenken.

«Al.»

«Al und weiter? Wir können nicht nur Al auf Formularen und Ähnlichem vermerken.»

«Al Farber, aber ihr vermerkt meinen Namen nirgendwo, weil ich da nicht mitmache.»

«*Sie* müssen gar nichts tun. Deshalb ist unser Angebot ja so toll. Wir werden Sie kaum belästigen. Wir brauchen nur Ihren Namen, Ihre Telefonnummer und wenn jemand anruft und nachfragt, sagen Sie einfach, Sie wären unser Vormund. Und in dem unwahrscheinlichen Fall, dass jemand vorbeikommt, kommen Sie rasch rüber und tun ganz kurz so, als würden Sie sich um uns kümmern. Mehr nicht.»

«Das könnt ihr vergessen.»

«Wir bezahlen Sie auch dafür», lockte Fiona.

«Wie viel?»

«Zwanzig Dollar in der Woche.»

«Zwanzig Dollar in der Woche?» Al fing an zu lachen. «Da gebe ich ja mehr für Bier aus.»

«Wahnsinn, wie viel Bier trinken Sie?», fragte Marlin.

«Das geht dich GAR NICHTS an», schnauzte Al. «Genau deshalb kann ich Kinder nicht leiden. Ständig stecken sie eine Nase in fremde Angelegenheiten.»

«Kennen Sie Kinder, die mehr als eine Nase haben?», hakte Marlin nach.

«Was willst du damit sagen?»

«Das klang gerade so, als würde eine Kindernase in Ihren Angelegenheiten stecken und eine andere woanders.»

«Du lieber Gott.» Al vergrub erneut den Kopf in den Händen. «Eine kleine Schlaumeierin!»

«Marlin, sei still», befahl Fiona. «Marlin hat sich nur nach Ihren, äh, Trinkgewohnheiten erkundigt, weil wir die Kosten für Ihren Bierkonsum übernehmen könnten. Falls sie nicht zu hoch sind.»

«Oha!» Al hob den Kopf und sah Fiona scharf an. «Da kann sich jemand ausdrücken. Ich würde dir das hoch anrechnen, wenn du kein Kind wärst und ich Kinder nicht so verabscheuen würde. Aber du bist nun mal eins und dabei bleibt's.»

Marlin ließ den Blick durch den verdreckten Wohnwagen und über die geöffneten Bohnendosen schweifen, in denen jeweils eine Gabel steckte, als hätte Al eine geöffnet, eine Gabel reingesteckt, ein bisschen was gegessen, die Dose weggeworfen und vergessen, um dann die nächste zu öffnen, eine Gabel reinzustecken und sie dann woanders abzustellen.

Wo man etwas abstellen konnte, war der Wohnwagen mit offenen Dosen dekoriert, in denen Gabeln steckten. In gewissem Sinne, dachte sie, sah es wie eine moderne Kunstinstallation im Museum aus. Ihr Vater war oft mit ihnen in Ausstellungen zeitgenössischer Kunst gegangen, wenn sie in der Nähe größerer Städte stationiert gewesen waren. Marlin hatte die Erklärungen zu den Installationen immer albern gefunden, unabhängig davon, wie viele sie bereits gesehen hatte. Und die hier war so gut wie alle anderen. Dann sammelte sie sich und kam wieder auf den Punkt.

«Und wir bringen Ihnen jeden Abend etwas zu essen», fügte sie plötzlich inspiriert hinzu.

«Ein Abendessen?»

«Ein *warmes* Abendessen», betonte Marlin.

«Du kannst nicht kochen.» Der Mann warf einen demonstrativen Blick auf den Kuchen.

«MIT MEINEM KUCHEN IST NICHTS VERKEHRT!», rief Marlin empört. «Außerdem kocht Fiona das Abendessen. Sie bereitet viele leckere Gerichte zu, zum Beispiel Brathähnchen mit Kartoffelbrei, Rinderbrust mit Gemüse, Gemüsesuppe oder auch Schweinekoteletts in Champignonsoße.» Marlin ratterte die Speisen herunter, die ihre Mutter früher gekocht hatte.

Ein seltsam träumerischer Ausdruck trat in Als Augen.

«Hausgemachte Schweinekoteletts habe ich schon ewig nicht mehr gegessen», brummte er.

«Na also. Sie müssen sich nur als unser Vormund ausgeben», ergriff Fiona die Gelegenheit beim Schopf.

«Abgemacht. Wir probieren es aus. Aber keine Matschkuchen.»

«Mit meinem KUCHEN ...», setzte Marlin erneut an und wurde immer lauter, bis Fiona sie rasch aus der Tür und die Treppe hinunter schob.

«Und morgen müssen Sie mit uns in die Stadt fahren. Wir haben einen Termin bei Hiram Pennypacker, dem Anwalt unserer Großtante», sagte Fiona in der Hoffnung, das Gespräch schnell zu beenden, noch eben über ihre Schulter hinweg.

«NEIN!», schrie Al von der obersten Stufe des Wohnwagens. «Ich denke nicht daran, euch zu diesem Idioten zu bringen!»

«Bitte? Es reicht, wenn Sie in seinem Büro sitzen, sich als unseren Vormund ausgeben und nichts sagen. Ich führe das Gespräch», erklärte Fiona, blieb stehen und drehte sich zu ihm um. «Zu Fuß ist es weit nach St. Mary's By the Sea. Sie könnten das Auto meiner Tante nehmen, es steht direkt in der Einfahrt.»

«Vielen Dank auch, ich habe meinen eigenen Truck. Aber zu diesem Blödmann will ich nicht.»

«Wie wäre es, wenn Sie uns einfach nur hinfahren und dann auf uns warten?»

«Nein.»

«Aber wir haben einen Termin, und es soll regnen. Wir können nicht pitschnass dort auftauchen.»

«Euer Problem, nicht meins. Was ist, gibt die Abmachung es her, dass ich heute Abend schon etwas zu essen bekomme?»

«Nur, wenn Sie uns morgen bringen.»

Die Mädchen wichen überrascht zurück, als Al mit einem Mal die Stufen herunterpolterte, über den Rasen stapfte und zu einem kleinen Schuppen ging. Sie fürchteten schon, ihn zu sehr bedrängt zu haben, doch im nächsten Augenblick sahen sie, warum er in den Schuppen gegangen war. Er schob ein Fahrrad vor sich her.

«Hier, das könnt ihr mir abkaufen. Zum Sonderpreis von zwanzig Dollar. Es ist ein gutes Fahrrad.»

«Wow.» Fiona stieg auf und fuhr eine Runde. Es war ein hellblaues Damenfahrrad mit einem weißen Weidenkorb. Ein wenig zu mondän für Al. «Das gehört Ihnen nicht, oder?»

«Sehe ich so aus, als würde ich auf niedlichen Fahrrädern herumfahren?»

«Es ist unglaublich gut in Schuss. Voll aufgepumpt, kein bisschen rostig – also, irgendwer ist damit gefahren.»

«Ach ja? Willst du damit sagen, wenn es meins wäre, dann könnte es nicht gut in Schuss sein?»

Fiona antwortete zwar nicht, warf aber einen demonstrativen Blick auf den Kühlschrank und die Badewanne auf der Wiese.

«Sie haben es doch nicht gestohlen, oder?»

«GESTOHLEN!», donnerte Al. «Willst du es jetzt oder nicht?»

«Ja, bitte», antwortete Fiona. «Ich bringe Ihnen die zwanzig Dollar und das Geld für's Bier morgen Abend mit dem Essen. Heute gibt es nichts, weil Sie uns nicht in die Stadt fahren.»

Al drehte sich wortlos um und kehrte in den Wohnwagen zurück.

«Also abgemacht, ja?», rief Fiona.

«Jaja», knurrte er.

«Dann schreiben Sie Ihren Namen, Ihre Adresse und Ihre Telefonnummer auf. Nein, die Adresse können Sie weglassen, da schummeln wir bei den Formularen. Wahrscheinlich ist es besser, wenn die Leute denken, dass Sie jetzt bei uns wohnen.»

«Oh, Mist», sagte er.

«Sie müssen lügen, es tut mir wirklich leid. Aber es muss sein.»

«Ha, Lügen ist kein Problem. Ich finde es nur lästig.»

Neben dem Sofa im Wohnwagen fand er ein Stück Papier und einen Stift und notierte Namen und Telefonnummer. Auf dem Heimweg schob Fiona das Rad, während Marlin den zermatschten Mandelkirschkuchen trug.

«Und keinen Kuchen mehr!», rief Al ihnen nach. «Bis du richtig Backen gelernt hast!»

«Ich hasse ihn», murmelte Marlin, als sie ihre Einfahrt hochgingen. Vor dem Haus kippte sie den Kuchen in die Mülltonne neben dem Schuppen. «Nachdem er ihn mit seinen schmutzigen Händen angefasst hat, will ich ihn auch nicht mehr.»

«Du sollst ihn nicht hassen, Marlin. Er könnte unsere Rettung sein. Aber ich wünschte, du hättest nicht behauptet, dass ich kochen kann. Schließlich kann ich nichts Komplizierteres als Käse überbacken oder Spiegeleier.»

«Ich weiß», sagte Marlin zerknirscht. «Das ist mir leider erst wieder eingefallen, als du zugestimmt hast.»

«Jetzt, da wir ein Fahrrad haben, kann ich auch allein zum Anwalt fahren. Zumal es ja regnen soll. Es ist nicht nötig, dass wir alle nass werden. Und mit dem Fahrrad kann nur eine von uns fahren.»

«Schade, dass wir nicht alle ein Rad haben.»

«Einem geschenkten Fahrradgaul schaut man nicht ins Maul», lachte Fiona. «Damit können wir Einkäufe machen. Gut, dass es einen Korb hat. Und zwanzig Dollar sind billig für ein Rad.»

Sie blieben noch ein wenig in der Einfahrt und fuhren abwechselnd mit dem Rad. Während Marlin immer im Kreis fuhr, schien sie tief in Gedanken versunken. «Weißt du was, ich könnte das Mandelkirschkuchenrezept abwandeln. Er hätte nicht so matschig werden dürfen. Weniger Kirschen vielleicht. Oder ich muss sie länger abtropfen lassen.»

«Ärgere dich nicht über ihn», riet ihr Fiona.

«Mach ich nicht. Darum geht's nicht ...»

Doch sie wollte nicht verraten, worum es wirklich ging. Da sie es selbst nicht genau wusste, beließen sie es dabei und gingen ins Haus, um den anderen die guten Neuigkeiten zu überbringen.

# MR PENNYPACKER

Am Samstag erwachte Fiona optimistisch und beschwingt von Frühlingsgefühlen. Die Obstbäume begannen zu blühen. Wie Kerzen auf einem Geburtstagskuchen in einem Meer aus grünem Gras bauschten sich hell- und dunkelrosa Hauben über den braunen Stämmen. Kugelrund waren die Kronen, so würde Charlie Bäume malen. Die Singvögel zwitscherten einander auf der Wiese zu. So konnte man sich den Himmel vorstellen, dachte Fiona, einen Frühlingsmorgen, der so sanft und doch so üppig war und vor Leben übersprudelte. Sie wünschte sich, dass es genauso sein sollte, falls ihre Eltern wirklich im Himmel waren und, dass sie diesen Morgen alle gemeinsam, wenn auch auf verschiedenen Ebenen, auf dieselbe Weise erlebten. Bei der Vorstellung, dass ihre Eltern sich irgendwo in weiter Ferne ebenso nach ihren Töchtern sehnten wie sie sich nach ihnen, lief ihr eine Träne über die Wange, die sie rasch wegwischte. Schließlich wusste sie nichts mit Sicherheit außer dem, was sie vor Augen hatte, und das war nun mal dieser wunderschöne Tag.

Natasha und Charlie schliefen noch, doch Marlin und Fiona setzten sich in ihren Pullovern auf die Veranda, genossen die frische Frühlingsluft und tranken warmen Kakao, den sie aus einem Pulver zubereitet hatten, das sie in Tante Marthas Küchenschrank gefunden hatten.

«Ich habe mir die Kühltruhe näher angeschaut», sagte Marlin. «Entweder dachte Tante Martha, Kinder würden sehr viel essen oder sie ist selbst ein Kind der Wirtschaftskrise und hat für den Fall vorgesorgt. Es gibt eine Menge Fleisch. Viel Huhn. Brot. Tiefkühlpizza, Quiche und solche Sachen. Tiefgekühltes sowie frisches Gemüse und Dosengemüse in den Küchenschränken, dazu Dosenbohnen, Nudeln, Reis und so. Und sie hat wohl gebacken, denn es ist alles da, was man zum Backen braucht, Backpulver, Natron und sogar Hefe, wie du weißt. Eigentlich brauchen wir nur Milch, Eier und Butter, das wird langsam knapp.»

«Eier können wir an der Straße kaufen», erwiderte Fiona. «Vom Bus aus habe ich mehrere Eierstände gesehen. Ich kann auf dem Rückweg aus der Stadt welche mitbringen. Allerdings habe ich keine Ahnung, wie lange es dauert mit Mr Pennypacker über Tante Marthas Angelegenheiten zu sprechen. Außerdem muss ich mir noch überlegen, was ich zum Abendessen koche. Also, so was in der Art, wie du es Al versprochen hast.»

«Keine Sorge. Ich habe Rezepte nachgeschlagen, für die wir die Lebensmittel benutzen können, die wir bereits haben. Damit will ich ein bisschen rumprobieren.»

«Echt? Du hast noch nie Abendessen gemacht.»

«Tja, du auch nicht», entgegnete Marlin. «Nichts Kompliziertes.»

«Ja, das stimmt», nickte Fiona.

«Ich wünschte, Mom hätte ihre Rezepte für uns aufgeschrieben, aber ich dachte, ich könnte aus dem Gedächtnis experimentieren. Diese Schweinekoteletts … in der Soße waren Champignons, das weiß ich, und es gibt Koteletts in der Tiefkühltruhe und Champignons im Kühlschrank …» Marlin verstummte nachdenklich.

Etwas widerwillig ging Fiona von der duftenden Veranda ins Haus, um eine Maschine Wäsche zu waschen. Dann setzte sie sich hin und listete alles auf, was ihr an Aufgaben im Haushalt einfiel. Waschen und Staubsaugen – Tante Martha besaß keinen Staubsauger, aber einen Besen, der musste reichen. Bad und Küche wischen. Das war wirklich nicht sonderlich schwer. Fiona schätzte, dass sie das Haus zu viert samstags putzen konnten und dann sonntags nichts mehr tun mussten. Oder sonntags putzen und samstags frei haben, wenn es mehr Spaß machte, in der Stadt etwas zu unternehmen. Eine von ihnen konnte immerhin mit dem Fahrrad in die Stadt fahren. Sie könnten sich abwechseln. Fiona schwirrte vor lauter Ideen der Kopf.

Sie ging nach oben, um ihre einzige ordentliche Kombination anzuziehen. Während sie und ihre Schwestern um die Welt gereist waren, hatten die Eltern ihnen jeder einen einzigen großen Koffer erlaubt, in den alles hineinpassen musste, was sie brauchten, Spielzeug, Kleidung, Bücher. Und sie hatten jeweils ein Outfit, das Kirchgängen und anderen Gelegenheiten vorbehalten war, an denen die Eltern Wert auf gute Kleidung gelegt hatten. Fiona beschloss, ihres heute zu tragen: eine feine schwarze 7/8 Hose, eine weiße Seidenbluse und eine aufwändig bestickte grüne Weste, die ihre Eltern ihr während eines kurzen Aufenthalts in Indien gekauft hatten. Fiona zog ihre Laufschuhe an und legte die guten schwarzen Schuhe in den Fahrradkorb, um sie anzuziehen, sobald sie in der Stadt angekommen war. Dann fuhr sie zu ihrem Zehn-Uhr-Termin mit Mr Pennypacker. Obwohl sie am Vortag die Strecke mit dem Bus gefahren und den Weg einmal zu Fuß gegangen war, fühlte es sich auf dem Fahrrad anders an. Von ihrem erhöhten Aussichtspunkt, aber weniger schnell als der Bus unterwegs, konnte sie alle möglichen Dinge sehen, die ihr zuvor entgangen waren, Häuser, versteckt im Wald, Pferde, die auf Weiden grasten oder Obstgärten, die hinter einem Saum von Kiefern verborgen lagen. Sie brauchte eine halbe Stunde bis zur Schule und weitere zehn Minuten ins ‹Zentrum› von St. Mary's By the Sea, das aus zwei Querstraßen bestand. Auf der einen Straße standen mehrere Häuser mit Blendfassaden und hier befand sich auch Mr Pennypackers Kanzlei.

Fiona stellte das Fahrrad ab, zog die guten Schuhe an, verstaute die Laufschuhe im Rucksack und ging hinein. Die Empfangsdame notierte ihren Namen und zeigte auf ein Sofa, wo sie warten sollte. Kurz darauf kam Mr Pennypacker aus seinem Büro, ein eher kleiner, zarter Mann ungefähr im Alter von Fionas Großtante. Er hatte scharfe Gesichtszüge, buschige Augenbrauen und einen langen weißen Spitzbart. Seine rote Weste und die bunte Hose erinnerten Fiona an etwas, aber sie konnte nicht sagen, an was.

«Ah!» Er schaute sich um. «Ist niemand bei dir?», fragte er und führte sie in sein Büro.

«Nein, ich bin allein gekommen.»

«Oh, ich dachte, du würdest eure erwachsene Reisebegleitung mitbringen. Wir müssen einen Haufen Papierkram erledigen. Aber deine Großtante hat die Dinge vereinfacht, weil sie vor ihrem Tod alles geregelt hat. Sie war eine akkurate, verantwortungsvolle Frau, und ich kann gar nicht sagen, wie leid es mir tut, dass sie gestorben ist. Nun ist mir bekannt, dass sie euch vier adoptieren wollte, aber natürlich ist sie zuvor verstorben. Sie hat mir nicht erzählt, was euren Eltern passiert ist, doch ich gehe davon aus, dass sie gemeinsam eines plötzlichen Todes gestorben sind und sie euch deshalb aufnehmen wollte.»

«Ja», pflichtete Fiona ihm bei.

«Wie ich bereits sagte, eure Großtante hat für den Fall ihres Todes alles vorbereitet außer der Ernennung eines Vormunds für euch vier Mädchen. Plätzchen?»

Als Mr Pennypacker ihr einen Teller mit recht trocken wirkenden Keksen reichte, griff Fiona höflich zu und knabberte an einer Ecke.

«Doch, darum hat sie sich ebenfalls gekümmert. Wir haben einen Vormund.»

«Sag bloß. Es wäre nett gewesen, wenn diese Person heute mitgekommen wäre. Es ist in hohem Grade rechtswidrig, all diese Angelegenheiten mit einer Vierzehnjährigen zu besprechen. Und es wäre nett gewesen, wenn Martha mir Bescheid gesagt hätte. Vermutlich hatte sie das vor und dann ist ihr unerwarteter Tod dazwischengekommen. Wer ist es denn nun?»

«Er heißt Al Farber», antwortete Fiona.

Sie hatte erwartet, dass ein Name Mr Pennypacker beruhigen würde, doch obwohl er bis zu diesem Zeitpunkt im Umgang ausgeglichen und geschäftsmäßig gewesen war, stand er nun auf und brüllte: «WAS? DER BETRUNKENE MÜLLTROLL?»

Fiona war so überrumpelt, dass es ihr die Sprache verschlug und sie den Keks in den Schoß fallen ließ.

«Hat *er* dir gesagt, dass sie ihn dazu ernannt hat oder kam das von ihr selbst?», hakte Mr Pennypacker nach. Er beugte sich vor und kniff misstrauisch die Augen zusammen. «Von wem habt ihr erfahren, dass er euer Vormund sein soll? Ich kann gar nicht glauben, dass sie sich für ihn entschieden hat! *Den* doch nicht! Allerdings kann ich mir sehr gut vorstellen, dass er euch angelogen hat, falls er sich etwas davon verspricht.»

«Nein, nein, tatsächlich mussten wir *ihm* mitteilen, dass er unser Vormund ist», erläuterte Fiona und dachte, zumindest das käme der Wahrheit nahe, denn nun ging es mit einer schamlosen Lüge weiter. «Als wir ihre Sachen auf den Speicher geräumt haben, haben wir ihre Aufforderung, ihn zum Vormund zu ernennen, bei mehreren Dokumenten in ihrer Unterwäscheschublade gefunden. Diese Papiere haben wir ihm dann übergeben.»

Fiona kam das ganz automatisch über die Lippen, weil sie Schokoriegel, ihr Tagebuch oder andere Dinge, die sie vor ihren Schwestern geheim halten wollte, in ihrer Unterwäscheschublade aufbewahrte. Doch jetzt wurde sie bei der Vorstellung, etwas zwischen der Unterwäsche ihrer Großtante gefunden zu haben, rot und wünschte, sie hätte sich einen anderen Fundort für die Papiere ausgedacht.

«Also wirklich! Sie hätte es *mir* sagen sollen, Ihrem Anwalt!» Mr Pennypacker setzte sich wieder, wischte sich mit dem Taschentuch das Gesicht, das vom Schreien rot und ganz erhitzt war, und versuchte sich zu beruhigen. «Also wirklich! Ich muss schon sagen, dass ich nicht weiß, was sie sich dabei gedacht hat, aber das ist, weiß Gott kein Einzelfall. Sie war eine wunderbare Frau, aber auch ein bisschen zugeknöpft, wenn ich das so sagen darf. Außerordentlich zurückhaltend. Zweifellos hat sie ihn für tauglich gehalten, weil er in der Nähe wohnt. Oder er hat sich selbst angeboten.»

Fiona schnaubte unwillkürlich bei diesen Worten.

«Also wirklich! Nun gut, er muss hier und da unterschreiben, außerdem muss ich mit eigenen Augen die Papiere sehen, in denen steht, dass eure Tante *ihn* zu eurem gesetzlichen Vormund bestimmt hat.»

Das hatte Fiona nicht bedacht.

«Okay», sagte sie schließlich und überlegte, wie sie dieses Problem lösen könnte.

«Er wird also demnächst bei euch einziehen oder hat er das schon gemacht?»

«Oh ja, das hat er im Blick», antwortete Fiona vage.

Anschließend ging es lang und breit um das Haus und das Geld, das Tante Martha ihnen vererbt hatte. In Fionas Augen handelte es sich um eine beträchtliche Summe, obwohl sie noch nie mit größeren Geldbeträgen zu tun gehabt hatte. Sie wusste nicht, wie hoch die Rechnungen sein würden, die auf sie zukamen, und wie viel es kosten würde, sie vier zu ernähren. Dafür hatten stets ihre Eltern gesorgt und nach ihrem Tod die Kirche und

Mrs Weatherspoon. Tante Martha hatte ihren gesamten Besitz Fiona und ihren Schwestern vermacht. Wie Mr Pennypacker erklärte, gehörte dazu auch der Erlös, den der Verkauf ihres Fischerbootes einbringen würde, wenn sie einen Käufer fänden. Um den Verkauf kümmerte sich Mr Pennypacker. Al Farber hatte nur das alte Angelzeug geerbt.

«Wieso?», fragte Fiona.

«Wieso?», wiederholte er. «Vermutlich, weil er beim Fischen wie ein krankes Hündchen um eure Tante herumgewuselt ist und über sie geschrieben hat. Wie ihr wisst, war die Fischerei ihr Beruf. Er kam her, um einen Artikel für die *New York Times* über sie zu schreiben. Das ist schon lange her, als es noch äußerst ungewöhnlich war, dass Frauen alleine zum Fischen rausfuhren. Er blieb und schrieb schließlich ein ganzes Buch über sie, das sogar eine Zeit lang auf der Bestsellerliste stand. Nicht, dass ich dem Buch je etwas abgewinnen konnte. Es war sicher nicht leicht, deine Tante auf Papier zu bannen und ich finde, es ist ihm letztendlich gänzlich misslungen, so beliebt das Buch auch gewesen sein mag. Eure Tante dachte, danach würde er seine Sachen packen und nach New York zurückkehren, aber stattdessen hat er das Nachbargrundstück gekauft und seinen scheußlichen Wohnwagen darauf abgestellt. Und er ist bis heute geblieben. Einem Gerücht zufolge wollte er sie heiraten. Aber sie war so vernünftig, seine Gefühle nicht zu erwidern. Er war eher so etwas wie ein ... STALKER!», giftete Mr Pennypacker.

«Das hat er uns so nicht erzählt. Also, ich meine, er

hat uns nicht erzählt, dass es eine, ähm, romantische Verbindung gab.»

«Gab es wohl auch nicht, jedenfalls nicht von ihrer Seite.» Mr Pennypacker lächelte süffisant.

«Er hat gesagt, sie hätten nie miteinander geredet.»

«Da hast du es. Ein schamloser Lügner, wie du siehst.»

Fiona fragte sich allmählich, ob St. Mary's By the Sea Lügner geradezu magisch anzog. Miss Webster, Al Farber und nun sie vier.

«Wie hieß das Buch?», wollte sie wissen.

«Hab ich vergessen. Vermutlich steht ein Exemplar bei eurer Tante im Regal. Er hat sicher noch das ein oder andere. Der Mülltroll», ätzte er erneut mit einem grimmigen Blick über Fionas Schulter. «Wie auch immer, darum hat sie ihm bestimmt das Angelzeug vermacht. Er war tagelang bei ihr auf dem Boot, als er schrieb, und sie hat ihm das Fischen beigebracht, soweit ich weiß. Er kam hier an, ganz Schnösel aus der Großstadt, machte einen auf dicke Hose und rümpfte die Nase über uns Landeier und am Ende wollte er fischen wie sie – mit ihr. Vermutlich hat sie diese Pläne im Keim erstickt. Die Frau hat immer nur gemacht, was sie wollte. Und zwar allein. Meistens jedenfalls. Also wirklich! Das war's für heute. Ich brauche noch eure Papiere. Warte, ich bringe dich raus.»

Sie gingen nach draußen. Wolken zogen auf.

«Wie bist du hergekommen?», erkundigte sich Mr Pennypacker mit einem Blick zum Himmel.

«Geradelt», antwortete Fiona und zeigte auf das Fahrrad.

«Ah, Marthas Rad», stellte Mr Pennypacker fest.

«*Marthas* Rad?», sagte Fiona. «Es gehörte *meiner Tante*?»

«Ja, selbstverständlich, was hast du denn gedacht? Alles, was ihr auf dem Grundstück findet, hat ihr gehört. Sie ist fast nie mit dem Auto in die Stadt gefahren, außer um schwere Sachen zu transportieren. Sie hat dieses alte Fahrrad geliebt. Und sie hat es gut in Schuss gehalten. Du solltest dich jetzt lieber beeilen, es sieht nach Regen aus.»

Fiona bedankte sich und fuhr zum Lebensmittelgeschäft, um Milch und Butter zu kaufen. Währenddessen zischte sie «*Marthas* Rad! *Marthas!*»

Auf dem Heimweg hielt sie an einem Stand an, um Eier zu kaufen.

Zu Hause fand sie Marlin in der Küche vor, die geschäftig einen neuen Kuchen backte, Mehl verstreute und überall Rezepte aus dem Internet ausgelegt hatte. Natasha und Charlie saßen am Küchentresen und schauten zu.

Fiona berichtete.

«Er hat für die *New York Times* geschrieben?», fragte Marlin. «Wow. Wer hätte das gedacht?»

«Ja und Mr Pennypacker hat ihn einen Mülltroll genannt», sagte Fiona.

Charlie und Natasha lachten. «Mülltroll, Mülltroll», sang Charlie.

Natasha sprang auf und ging zu den Bücherschränken im Wohnzimmer, suchte die Regale ab und stieg die kleine Bibliotheksleiter auf und ab, bis sie «ICH HAB'S!» rief. Triumphierend zog sie einen Band mit Al Farbers Namen auf dem Buchrücken heraus. «Es heißt *Fischerin Martha.*» Sie reichte Fiona das Buch, die laut daraus vorlas, während Marlin kochte.

Am Ende des ersten Kapitels rief Marlin, die eine Panade für die Schweinekoteletts herstellte, die sie im Ofen zubereiten wollte: «Wow, was ist bloß mit ihm passiert, nachdem er das geschrieben hat? Das ist gut! Man hätte wohl nie gedacht, dass er in einem Wohnwagen endet, der mit Bohnendosen zugemüllt ist. Der Text hört sich überhaupt nicht nach Al Farber an. Vielleicht stammt er von einem anderen Al Farber.»

«Nein», erwiderte Fiona nachdenklich. «Er ist es, das hat Mr Pennypacker gesagt.» Sie öffnete den Kühlschrank auf der Suche nach einem Snack, da sie das Mittagessen verpasst und einen Riesenhunger vom Radfahren hatte. Sie fand eine große Schüssel mit einer Art Krautsalat und steckte eine Gabel hinein, um zu probieren. «Hast *du* das gemacht?», fragte sie Marlin verwundert.

«Jep», antwortete diese mit einem strahlenden Lächeln. «Ich habe ein Rezept für Krautsalat gefunden, aber das war mir zu bitter und da habe ich ein bisschen experimentiert.»

«Das schmeckt fantastisch», meinte Fiona.

«Es macht mir Spaß zu kochen», fuhr Marlin fort. «Ich wusste es nur nicht. Es hat immer jemand für uns gekocht. Ich wandele auch das Kotelettrezept ab, das ich gefunden habe. Das klang so wie Mom sie immer zubereitet hat. Aber ich glaube ... ich kann es noch verbessern», murmelte sie, las im Rezept und streute ein wenig von dem ein oder anderen Gewürz in die Panade.

«Also, wenn deine Schweinekoteletts so gut sind wie dein Krautsalat, dürfte Al sich wenigstens nicht über das Abendessen beklagen», stellte Fiona fest.

Den übrigen Tag verbrachten die Mädchen mit angenehmen Beschäftigungen. Natasha hatte ein Buch über *Die Tierwelt in British Columbia* gefunden und vertiefte sich in das Vogelkapitel, während sie auf der rückwärtigen Veranda in der Hängematte schaukelte und träge jeden neuen Vogel nachschlug, der vorbeiflog.

Charlie kletterte auf alle Obstbäume, als wollte sie sich persönlich vorstellen. Sie wussten immer noch nicht, welche Frucht sie jeweils trugen. Natasha meinte, sie sollten in Tante Marthas Buch *Bäume in British Columbia* nachschlagen, aber Charlie fand es spannender abzuwarten, welche Früchte auf magische Weise im Sommer am Baum hängen würden.

Marlin widmete sich zufrieden dem Kochen und Backen, während Fiona sich an Tante Marthas Computer setzte und ihre Konten überprüfte, um herauszufinden, welche Rechnungen demnächst zu erwarten waren und wie das Online-Banking funktionierte.

Gegen Abend legte Marlin Schweinekoteletts, Ofenkartoffeln und Krautsalat in eine große Frischhaltedose.

«Bekommt er nichts von deinem Kuchen?», fragte Charlie und zeigte auf den Kuchen, an dem Marlin sich den ganzen Morgen zu schaffen gemacht hatte.

«Nein, meinen Kuchen hat er nicht verdient. Er bekommt nie wieder Kuchen von mir», antwortete Marlin.

Fiona seufzte. Wenn Marlin sauer auf jemanden war,

konnte es sehr lange dauern, bis sie ihm verzieh. Sie nahm ihr die Frischhaltedose ab und radelte nach nebenan.

Al öffnete die Tür, wie er es immer tat – er riss sie auf und schrie «WAS!» Fiona hatte allerdings beschlossen, ihn zur Abwechslung ebenfalls ins Bockshorn zu jagen.

Als Erstes reichte sie ihm zwanzig Dollar.

«Was ist das?», fragte er.

«Sie erinnern sich an unsere Abmachung.»

«Ich erinnere mich an die Abmachung mit dem Geld für's Bier. Bisher habe ich euch meine Rechnung dafür noch nicht präsentiert.»

«Das können wir nicht ewig vor uns herschieben. Sonst kommen Sie noch auf die Idee, uns ins Armenhaus zu trinken. Zwanzig Dollar. Ja oder nein?»

«Hmm», brummte Al. «Und wo ist das Geld für das Fahrrad?»

«Sie bekommen kein Geld für das Fahrrad. Ich war heute bei Mr Pennypacker und er hat mir gesagt, dass dieses Fahrrad meiner Tante gehört hat. Da meine Tante uns alles außer der Angelausrüstung vererbt hat, gehört uns auch das Rad, wie Sie sehr genau wissen. Ich weiß zwar immer noch nicht, wie es zu Ihnen gekommen ist, ob Sie es gestohlen haben oder –»

«GESTOHLEN!», brüllte Al. «Ich habe noch nie im Leben etwas gestohlen. Ganz ehrlich, ihr Kinder müsst aufhören zu denken, ich würde durch die Gegend laufen und Fahrräder klauen. Mein Gott! Ich habe es repariert, um ihr einen Gefallen zu tun. Es hatte einen Platten. Die zwanzig Dollar entsprechen nur meinen Kosten.»

«Und woher weiß ich, dass das stimmt?»

«Gar nicht», knurrte Al. «Woher weiß ich, dass diese kleine Abmachung, die du dir ausgedacht hast, mich nicht irgendwann in große Schwierigkeiten bringt? Gar nicht. Ich fürchte, wir müssen Vertrauen zueinander haben. In einem gewissen Ausmaß. Aber, hey, wenn du mir nicht traust, ist mir das schnurz. Wir können das Ganze gleich wieder abblasen. Ich habe schließlich nicht darum gebeten.» Als er die Tür schließen wollte, nahm Fiona rasch den Deckel von der Frischhaltedose und zeigte ihm Marlins köstliches Essen. Der Geruch von Schweinekoteletts in reichhaltiger Champignonsoße mit Kartoffeln und Krautsalat waberte in die Höhe. Sogar Fiona hätte gern einen Finger hineingesteckt und probiert.

«Zwanzig Dollar die Woche plus Abendessen und Sie tragen die Kosten für die Fahrradreparatur, weil Sie mir ein Rad verkaufen wollten, das mir ohnehin schon gehörte», hielt Fiona fest.

Al dachte kurz nach, doch die Schweinekoteletts trugen den Sieg davon. Ohne ein weiteres Wort nahm er ihr die Dose ab.

Fiona drehte sich auf dem Absatz um und ging, bevor er seine Meinung ändern konnte.

Dann radelte sie zu ihrem eigenen Abendessen.

Als alle um den Küchentisch saßen, hob Fiona ihr Wasserglas und sagte: «Auf unsere erste Woche. Bisher nicht schlecht.»

«Bisher nicht schlecht», wiederholten die anderen und widmeten sich Marlins herrlichem Essen.

«Ich bin richtig stolz darauf, dass nichts, was ihr da gerade esst, auf Moms Rezepten beruht. Oder auf Mrs Weatherspoons! Nicht einmal auf denen aus dem Internet. Ich wandele alles ab. Ich entwickele meinen ganz eigenen Kochstil. Und ich glaube, den Mandelkirschkuchen habe ich auch verbessert, damit er nicht mehr so schnell matschig wird! In diesen Kuchen habe ich sowohl Ananas als auch Kirschen getan, aber dieses Mal habe ich die Kirschen gut abtropfen lassen und eine Ananas-Kokosnuss-Melange auf den Boden der Form aufgetragen.»

«Oooo, Melange», neckte Natasha sie. «Du benutzt schon Fachbegriffe.»

«Ich bin mir nicht sicher, ob das zum Küchenvokabular gehört», erwiderte Marlin ernst. «Ich glaube, das habe ich mir ausgedacht, aber falls nicht, sollte es tatsächlich aufgenommen werden.»

«Der Kuchen schmeckt unglaublich gut», sagte Fiona und nahm sich noch ein Stück. «Er kommt gegen jeden von Mrs Weatherspoon an.»

«Ja, weißt du, das liegt daran, dass die Konsistenz körniger und leichter ist als bei meinem letzten Kuchen. Und die Früchte sind gleichmäßiger verteilt», erklärte Marlin gedankenverloren, während sie ihr Kuchenstück mit der Gabel zerpflückte, um es zu untersuchen.

«Das ist mir ganz egal», sagte Charlie. «Hauptsache, es schmeckt gut.»

Anschließend erzählte Fiona ihren Schwestern alles, was sie von Mr Pennypacker erfahren hatte. «Ich glaube, wir stehen ganz gut da», schloss sie vorsichtig. «Und Tante

Marthas Boot steht zum Verkauf. Das wird auch nochmal Geld einbringen.»

Sie verschwieg ihnen, was ihr Sorgen bereitete, nämlich dass es zwar so aussah, als hätten sie genug Geld, es aber auf lange Sicht vielleicht doch nicht ausreichte. Fiona hatte nicht damit gerechnet, dass es so viele Rechnungen geben würde, und sie war sich im Klaren, dass sie im Herbst für alle neue Kleidung und Schuhe kaufen musste. Abgesehen davon, dass im Laufe der Zeit noch mit weiteren unvorhergesehenen Ausgaben zu rechnen war. Jedes Mal, wenn sie einen Haushaltsplan aufgestellt hatte, fiel ihr etwas Neues ein. Aber im Moment, beruhigte sie sich selbst, war alles geregelt. Sorge, aber sorge nicht zu viel, hatte ihre Mutter immer gesagt. Fiona seufzte. Tja, sie würde es versuchen.

# BILLY BÄR

Den ersten Monat verlief alles in ruhigen, geordneten Bahnen. Der Frühling legte einen Teppich aus blauen Wildblumen über die Wiesen. Die Zugvögel kamen zurück und Kanadagänse flogen jeden Morgen schnatternd übers Haus.

«Stellt euch das vor», sagte Natasha versonnen. «Wir sehen Kanadagänse in *Kanada.*»

Als Miss Webster an einem Sonntag vorbeikam, um nach dem Rechten zu sehen, verriet Fiona ihr, dass Al den Vormund spielte. Miss Webster war erwartungsgemäß nicht gerade begeistert von dieser Neuigkeit.

«Je mehr Leute in dieses Täuschungsmanöver eingeweiht sind, umso gefährlicher ist das Ganze.»

«Ich weiß», sagte Fiona. «Aber anders geht es nicht.»

«Verstehe, aber er sollte wirklich der Letzte sein.»

«Wir geben uns Mühe», versprach Fiona.

Miss Webster nickte und sagte, dass sie ansonsten beeindruckt war, wie gut die Mädchen allein zurechtkamen. Sie hatte kleine Geschenke für den Schulbedarf und Schul-Kapuzenpullis für alle mitgebracht.

«Sie ist wahnsinnig nett», meinte Marlin, nachdem sie wieder gegangen war. «Ich frage mich, warum sie nicht verheiratet ist.»

«Sie kann immer noch heiraten», gab Fiona zu bedenken.

«Sie ist schon ziemlich alt», sagte Charlie.

«Mindestens dreißig», fand auch Marlin.

«Vielleicht ist sie wie Tante Martha», meinte Natasha. Sie waren alle fasziniert von dieser Großtante, die sie nie kennengelernt hatten, aber in deren Heim sie sich nun eingerichtet hatten. Es war fast, als hätten sie sich in ihrem *Leben* eingerichtet, mitgezogen im Kielwasser ihres Bootes.

«Also, Tante Martha hätte heiraten können», bemerkte Fiona. «Anscheinend wären Mr Pennypacker und Al Farber gerne mit ihr zusammengekommen. Ich glaube, Mr Pennypacker hat sie heimlich verehrt und war eifersüchtig auf Al. Das war zumindest mein Eindruck. Und sie wollte keinen von beiden.»

«Vielleicht ist Al deshalb so unleidlich», vermutete Charlie.

«Über so eine lange Zeit?», überlegte Marlin. «Das Buch ist vor zehn Jahren veröffentlicht worden. Genauso gut kann es sein, dass er von Anfang an verschroben war und sie deshalb nichts mit ihm anfangen wollte.»

«Es wäre schon interessant, das herauszufinden», fand auch Fiona. «Im Buch wird diese Geschichte mit keinem Wort erwähnt. Es geht nur um ihren Fischfang.»

«*Ich* frage ihn bestimmt nicht», sagte Marlin.

«Er schreibt, Martha wäre mit ihrem Boot verheiratet gewesen», fügte Natasha hinzu. «Das könnte ein Hinweis sein. Und vielleicht ist Miss Webster mit ihrem Job verheiratet, so wie Martha mit ihrem Boot, und ist deswegen nicht wirklich verheiratet.»

«Dem Buch nach war Martha sehr gern für sich und

fand es großartig, allein auf See zu sein», sagte Fiona. «So schätze ich Miss Webster nicht ein. Ich glaube, sie ist lieber unter Leuten.»

«Von allen, die wir hier bisher kennengelernt haben, mag ich sie am liebsten», meinte Charlie. «Wenn ich mir einen echten Vormund aussuchen dürfte, würde ich sie nehmen. Vorgestern hat sie Natasha und mir in der Mittagspause Schokoriegel zugesteckt.»

«Leider können wir uns nicht einfach einen Vormund aussuchen», bemerkte Fiona nüchtern. «Wir können von Glück sagen, dass wir einen gefunden haben, der zumindest so tut. Selbst wenn es so ein Scheusal ist wie Al.»

«Er ist wie ein wildes Tier», meinte Charlie.

«Das kann man wohl sagen», bejahte Marlin. «Wenn man bedenkt, wie er jedes Mal brüllt, wenn ich klopfe und ihm sein Abendessen bringe.»

Marlin und Fiona wechselten sich damit ab, Al sein Abendessen zu bringen, und obwohl er allmählich wissen müsste, dass sie es waren, die allabendlich um 18 Uhr an seine Tür klopften, fiel die Begrüßung immer gleich aus.

«Wildes Tier, wildes Tier», sang Charlie.

«Hier gibt es keine wilden Tiere, vor denen wir Angst haben müssten», versicherte Fiona ihr jedes Mal, wenn Charlie davon sprach. «Sie sind alle weit weg im Wald.»

Fiona war besorgt, weil Charlie immer häufiger angstvoll über wilde Tiere sprach. Charlie ging noch immer nicht vor die Tür, ohne in den Bäumen nach lauernden Pumas Ausschau zu halten. Sie suchte sogar das Meer nach

Haiflossen ab, wenn sie zum Strand gingen, obwohl die anderen ihr versichert hatten, dass es in den hiesigen Gewässern keine Haie gab. Fiona überlegte, ob Charlies Ängste derart zugenommen hatten, weil sie im vergangenen Jahr so viel durchgemacht hatte, und ob sie deshalb etwas unternehmen müsste. Möglicherweise brauchte Charlie professionelle Hilfe, die sie sich nicht leisten konnten. Woran konnte man festmachen, ob jemand die Grenze von normaler Angst zu krankhaften Angstzuständen überschritten hatte? Deshalb war Fiona froh, als Charlie im Laufe des Aprils, der rasend schnell verging, aus freien Stücken mit dem Fahrrad die Einfahrt hinunter auf die Straße und zurück fuhr. Fiona hatte ihr gezeigt, wie sie den Sattel für ihre kürzeren Beine herunterschrauben konnte. Anfangs wollte sie, dass Fiona oder Natasha neben ihr hergingen und im angrenzenden Wald Ausschau nach Wölfen oder Bären hielten, die sie verfolgen könnten, doch mittlerweile radelte sie munter alleine los. Sie war so selbstbewusst, dass Fiona ihr an einem Donnerstag nach der Schule die Aufgabe übertrug, die mit Rädern versehene Mülltonne ans Ende der Einfahrt zu schieben. Ihr war aufgefallen, dass die meisten Leute in ihrer Straße es für die morgendliche Leerung so handhabten, statt sie um sechs Uhr morgens herauszuzerren, wenn die Müllmänner an der Farhill Road mit ihrer Route begannen. Fiona versuchte, die zahlreichen Aufgaben möglichst gerecht zu verteilen, doch vieles konnte sie Charlie noch nicht zumuten und freute sich deshalb, dass sie die Mülltonne übernahm.

«Bist du sicher, dass du das schaffst?», fragte Fiona.

«Die Tonne hat zwar Räder, aber du musst sie trotzdem ein ganzes Stück weit ziehen.»

«Jep», antwortete Charlie stolz. «Und danach fahre ich mit dem Rad raus.»

«Toll, Charlie», sagte Fiona und ging mit dem schönen Gefühl ins Haus, dass sich alle, sogar Charlie, allmählich an ihr neues Leben gewöhnten.

Als Fiona hörte, wie die Mülltonne über den Asphalt gezogen wurde und Charlie die Einfahrt entlang radelte, seufzte sie erleichtert auf.

Charlie fuhr über die Einfahrt auf die Straße, wo bereits zahlreiche Mülltonnen standen. Obwohl sie es Fiona gegenüber verschwieg, hatte sie immer noch ein Auge auf den Wald, doch je länger sie radelte, ohne etwas Angsteinflößendes zu entdecken, umso weniger Furcht empfand sie. Entsprechend fuhr sie fröhlich weiter, bis sie ein paar Einfahrten weiter etwas sah, das sie zunächst für eine merkwürdig geformte schwarze Mülltonne hielt. Doch dann bewegte die Tonne sich. Charlie hielt den Atem an und blieb ruckartig stehen, mit einem Fuß auf dem Pedal und dem anderen auf der Straße. Nachdem sie so lange danach Ausschau gehalten hatte, konnte sie es kaum fassen, dass nun dieses albtraumhafte Wesen vor ihr stand. Einfach so auf offener Straße.

Charlie sah das Wesen forschend an, als erwartete sie, dass es sich gleich in eine merkwürdig geformte Mülltonne zurückverwandelte, aber der Bär starrte zurück. Jemand, der sich mit Bären auskannte, hätte ihr erklären können, dass es sich um keinen sonderlich großen Schwarzbären handelte, aber in Charlies Augen war er alles andere als klein. Sie schrie, sprang vom Fahrrad und rannte zum nächstgelegenen Unterschlupf – das war Als' Wohnwagen. Ohne zu klopfen, stürmte sie hinein. Al lag auf dem Sofa und hörte sich einen Podcast an.

«Was zum TEUFEL!», brüllte er.

«DA IST EIN BÄR!», schrie Charlie noch lauter.

«Wo?» Al, richtete sich ruhig auf und nahm die Ohrstöpsel heraus.

«Draußen. Er hat den Deckel von einer Mülltonne abgenommen.»

«Klingt schlüssig», murmelte Al.

Als sie aus dem Fenster schauten, sahen sie einen Bären, der einen Müllsack über die Straße zerrte.

«Ach, das ist nur Billy Bär», sagte Al und legte sich wieder hin.

Charlie klebte zitternd am Fenster, und als sie keine Anstalten machte, zu gehen, setzte Al sich erneut hin. «Du musst keine Angst haben. Billy Bär ist in der Gegend, seit er ein Jungtier war. Er weiß, wann die Leute ihren Müll rausstellen. Schau her, ich zeige dir, was du tun musst, wenn du einem Bären begegnest.»

Al ging vor den Wohnwagen, stemmte die Füße in seine Einfahrt und sagte mit seiner ganz normalen Stimme: «Okay, Billy, du hast die Oreos aufgefressen, und jetzt ab mit dir.»

Der Bär hob den Kopf und sah Al an. Er saß friedlich in der Einfahrt, zerpflückte den Müllsack und wirkte enttäuscht, um nicht zu sagen, ein wenig traurig, dass man ihn dabei unterbrach. Doch er stand resigniert auf und stapfte in den Wald zurück.

«So geht das», erklärte Al und kam wieder herein. «Bären haben mehr Angst vor dir als du vor ihnen. Wir haben den armen Billy beim Abendessen gestört. Na, immerhin durfte er die Kekse auffressen.»

Al legte sich wieder hin und als Charlie immer noch nicht gewillt war zu gehen, richtete er sich erneut auf und sagte: «Hör mal.» In dem Moment klingelte das Telefon.

«Wer zum TEUFEL.» Al ging zu dem Regal, auf dem das Telefon lag und brüllte hinein: «WAS!» Offenbar ging er auf die gleiche Weise ans Telefon wie an die Tür. «Was? Was?», wiederholte er immer wieder. «Ja, das hat sie *getan*. Nein, du bist derjenige, dem sie keinen Haufen Kinder anvertrauen würde. Stimmt. Deinen Antrag hat sie auch nicht angenommen, damit sind wir ja wohl quitt. Vielleicht hatte sie keine Lust, einen Gartenzwerg zu heiraten. Worauf sich das *bezieht*? Hast du in letzter Zeit in den Spiegel geschaut? Oh ja, und weißt du was, ich muss das nicht beweisen. Ich muss überhaupt nichts beweisen. Und wo ich wohne, geht nur mich etwas an.» Damit legte er auf.

Al setzte sich wieder und murmelte vor sich hin, und als er Charlie sah, die ihn mit großen Augen anstarrte, sagte er: «Wo habt ihr mich da reingeritten? Jetzt will dieser Gartenzwerg von Anwalt Beweise sehen, dass ich euer Vormund bin. Er hat gedroht, herzukommen, wenn ich ihn nicht aufsuche. Dabei habe ich ihm am Telefon tausend Mal versichert, dass ich der Vormund bin, aber oh nein, auf *mein* Wort verlässt er sich nicht! Und ständig fragt er, wann ich zu euch ziehe. Die Sache ist langsam ziemlich verzwickt.»

Als Charlie weiterhin schwieg, fragte Al: «Was ist los? Hat der Bär deine Zunge verschluckt?»

Ohne nachzudenken sprudelte Charlie hervor: «Nennt er Sie deshalb Mülltroll, weil der Bär Ihren Müll frisst?»

«Wie? Was? Einen Mülltroll? Wer nennt mich einen Mülltroll?»

«Mr Pennypacker. Das hat Fiona erzählt.»

«Einen *Mülltroll*?», fragte Al sichtlich von den Socken. «Wann hat der mich einen Mülltroll genannt? Zum Henker!»

«Sie haben ihn als Gartenzwerg bezeichnet», gab Charlie zu bedenken. «Meine Mutter hat gesagt, man soll niemanden beschimpfen.»

«Raus. Geh nach Hause. Mir reicht's für einen Tag. Das hier ist kein Kinderhort.»

Doch statt zu gehen, setzte Charlie sich einfach in die kleine Nische am Küchentisch. «Nein», entgegnete sie leise. «Ich habe Angst.»

«Ich habe dir doch gesagt, dass der Bär nichts von dir will.»

«Er ist noch da draußen.»

«Unwahrscheinlich.»

«Nein», beteuerte Charlie noch einmal.

«Zum Donnerwetter. Komm, ich bringe dich nach Hause.»

Zögernd ging Charlie hinter Al durch die Tür und die kaputten Wohnwagenstufen hinunter. Sie hielt sich an einem Zipfel seines T-Shirts fest, was er großzügig übersah, und folgte ihm auf die Straße. Al blieb stehen und beseitigte das Durcheinander, das der Bär zurückgelassen hatte: Pappschachteln, Kleenex und Konservendosen, die er auf dieser Seite der Straße verstreut hatte. Er packte alles in seine Mülltonne zurück, während Charlie ihr Fahrrad aufhob. Dann gingen sie gemeinsam die Straße hoch bis zu der langen Einfahrt der Mädchen. Charlie schob das Fahrrad, weil sie zu ängstlich war, um aufzusteigen und zu fahren. Natasha hatte ihr eingeschärft, nie vor einem wilden Tier davonzulaufen, weil es sie sonst für Beute halten und jagen würde. Charlie hatte es in dem Moment, in dem sie den Bären gesehen hatte, vergessen, aber jetzt fiel es ihr wieder ein, und sie schwor sich, diesen Fehler nicht noch einmal zu machen. Sie war froh, dass sie seinen Jagdtrieb – wie Natasha es genannt hatte – nicht geweckt hatte. Und deshalb wollte sie ihr Glück nicht überstrapazieren, indem sie nach Hause radelte. Höchstwahrscheinlich verfolgte der Bär sie und Al und lauerte nur auf eine gute Gelegenheit, wenn sie etwa wegrannten oder schnell radelten, damit er sie jagen konnte.

Als sie an der Vordertreppe des Hauses ankamen, rief Marlin: «Oh, hey, ich wollte dich gerade hereinrufen, Charlie. Gutes Timing. Gleich steht das Abendessen auf dem Tisch. Sie können auch gleich hier mit uns essen, Al, dann müssen wir Ihr Abendessen nicht einpacken.»

«Das will ich nicht», erwiderte Al mit seinem gewohnten Charme.

«Wir haben einen BÄREN gesehen!», platzte Charlie heraus.

«Wirklich!» Marlin riss die Augen auf.

«Ach, zum Donnerwetter», knurrte Al. «Das war nur *Billy* Bär, der lebt hier. Ich kenne ihn von klein auf. Und eins sage ich euch, dieser Bär macht mir weniger Angst als ihr vier. Gebt mir einfach mein Abendessen, dann bin ich weg. Der arme Billy.»

Daraufhin füllte Marlin eine Tupperdose mit Hackbraten, Kartoffelbrei und einem Auflauf aus grünen Bohnen. Al brummte kurz und ging nach Hause.

Beim Abendessen erzählte Charlie ausführlich von dem Bären und Natasha bekräftigte, es wäre vollkommen richtig gewesen, zum nächstgelegenen Haus zu rennen. «Das sind keine Disney-Bären. Da kann Al sagen, was er will. Ein Bär greift dich vielleicht nicht an oder eben doch. So ist das mit Bären.»

«Mach ihr keine Angst», warnte Fiona. «Sonst traut sie sich nie wieder raus.»

«Ich gehe lieber auf Nummer sicher», schloss Natasha.

Dann erzählte Charlie ihnen, dass Al Mr Pennypacker als Gartenzwerg bezeichnet hatte, und Fiona, die gerade einen Schluck Milch getrunken hatte, musste so heftig lachen, dass sie ihr aus der Nase wieder herauskam.

«Wieso ist das so lustig?», fragte Marlin.

«Wart's ab, bis du ihn siehst», antwortete Fiona. «Er sieht wirklich genau wie ein Gartenzwerg aus. Er ist klein, hat so ein Zwergengesicht und einen weißen Bart. Als ich bei ihm war, hatte er auch noch eine rote Weste an, und ich kam nicht darauf, woran er mich erinnert.»

«Al war sauer, weil Mr Pennypacker ihn einen Mülltroll genannt hat», fuhr Charlie fort, die sich jetzt, nachdem sie sich beruhigt hatte, darin sonnte, dass sie ein Abenteuer erlebt und eine Geschichte zu erzählen hatte. Es kam nur selten vor, dass ausgerechnet sie in dieser Familie interessanten Tratsch zum Besten geben konnte.

«Oh Charlie, ich habe doch gesagt, das sollt ihr ihm nicht weitersagen», rügte Fiona.

«Ich konnte nichts dagegen tun. Aus Angst vor dem Bär konnte ich nicht mehr klar denken.»

Fiona seufzte nur und hoffte, es würde nicht auf sie zurückfallen. Anschließend aßen sie auf, machten ihre Hausaufgaben und gingen ins Bett.

Doch in der ersten Stunde stand Charlie alle zehn Minuten auf, blickte aus dem Fenster in den Mondschein und hielt Ausschau nach Bären. Eigentlich rechnete sie nicht wirklich damit, einen zu sehen, doch beim dritten Mal entdeckte sie Billy Bär, der ihre Reservemülltonne im hinteren Schuppen umwarf. Als er merkte, dass sie leer war, rollte er sie zunächst wie ein Spielzeug hin und her und sobald ihm das keinen Spaß mehr machte, lief er über die Wiese. Einen

Augenblick lang dachte Charlie, er würde tanzen. Er stand auf den Hinterbeinen und schwenkte die Vorderbeine wie zu einer Musik, die nur er hören konnte. Es war ein unglaublich unerwartetes Schauspiel, so verwunderlich, dass Charlie die Luft wegblieb. Sie kam gar nicht darauf, die anderen zu wecken, aber sie begriff zum ersten Mal, dass auch etwas vor sich ging, wenn sie schlief, wundersame Dinge, von denen sie größtenteils nie etwas merken würde. Sie genoss das Glück, dieses eine Mal etwas zu erleben, das sie nicht vermutet hätte, und wovon der Rest der Welt in Unkenntnis blieb. *Vielleicht tanzt er an dem Tag, an dem der Müll rausgestellt wird, weil es sein Lieblingstag ist, überlegte Charlie schläfrig, oder der Mondschein verlockt ihn zum Tanzen.* Es konnte doch sein, dass der Vollmond Energie in Form von Mondstrahlen verteilte, die alle Wesen im Wald und im Meer zum Tanzen verleitete. Sie hatte ein Traumbild von Eichhörnchen und Seelöwen, Seesternen, Seeanemonen, Walen, Pumas und Wölfen, die alles stehen und liegen ließen, um eine komplizierte, miteinander verbundene Schrittfolge auszuführen – einzig ausgelöst durch die Kraft des Mondes. Oder sie wurden gar nicht vom Mond beherrscht, sondern tanzten einfach, weil sie das Licht in solchen Nächten liebten. Vielleicht betraf es auch gar nicht alle Tiere, sondern nur Billy Bär. Nicht irgendeinen Bären, so wie sie ja auch nicht irgendein Kind war. Es betraf einen einzigen Bären. Möglicherweise waren alle Bären in ihrem Wesen einzigartig. Mit einem Mal kam Charlie auf die Idee, dass Bären auch denken konnten und Billy vielleicht den Mondschein liebte. Und alle möglichen Dinge zusätzlich.

Die Vorstellung, dass sich in einem Bärenkopf noch etwas anderes abspielte als die Frage, wie man ihr am meisten Angst machen und sie töten könnte, war vollkommen neu für sie. Dass er vielleicht auch all die Dinge im Kopf hatte, die sie beschäftigten: Was man gern hatte, was man fürchtete, was man vermisste ... Dass das Leben jeder Kreatur aus dem wunderbaren Wirrwarr dessen bestand, was sie selbst im Kopf und im Herzen trug. Dass die Dinge, die Billy liebte, von ihm erinnert und geschätzt wurden: Müll, Mondschein, andere Bären in seiner Familie, Honig, Frühlingsdüfte, die warme Höhle im Winter, im Sommer das kühle Nass eines Baches, das über seine pelzigen Beine lief, oder der herrliche Moment, wenn nach einem langen Tag der Schlaf kam und ihn übermannte. Dass er ein Wesen war, das sein Leben genoss, das ihm auf wunderbare Weise geschenkt worden war, so wie ihr.

*Aber unser Geschmack geht bei Müll dann doch auseinander*, war Charlies letzter schläfriger Gedanke.

Und dann kam ein neuer Morgen mit vielen verschiedenen Ereignissen für Charlie. Und mit vielen verschiedenen Ereignissen für Billy Bär.

# DONALD PETTINGER

Eine der ersten Regeln, die Fiona für alle vier hinsichtlich ihres Verhaltens in der Schule aufstellte, lautete, dass sie sich mit anderen anfreunden, aber niemanden mit nach Hause bringen durften.

«Zu riskant», hielt sie fest. «Jeder, der nach oben geht und sieht, dass wir zu viert in den einzigen beiden Zimmern schlafen, fragt sich sofort, warum es keine Spur von einem Erwachsenen gibt. Und die Leute reden. Es ist schlimm genug, dass schon zwei Personen Bescheid wissen und Mr Pennypacker Al wegen des gesetzlichen Beweisstücks für seine Vormundschaft nervt, das wir gar nicht haben. Ich hoffe die ganze Zeit, dass er es vergisst, aber das wird nicht passieren. Ich weiß nicht, was wir machen sollen. Ehrlich gesagt, bin ich überrascht, dass wir es bis hierhin geschafft haben, ohne erwischt zu werden. Wir sollten uns möglichst unauffällig verhalten und am besten so gut wie unsichtbar bleiben.»

Die anderen hatten ihr zugestimmt, dass es so klüger war und sie ihre Freunde auf neutralem Terrain oder bei den Freunden zu Hause treffen sollten. Fiona dachte, der Plan würde gut funktionieren, bis Charlie eines Tages in dem Moment in Tränen ausbrach, als sie aus dem Bus stiegen und ihre Einfahrt hochliefen.

*Was ist denn jetzt schon wieder?*, dachte Fiona erschöpft.

«Ashley will nicht mehr mit mir spielen, und das ist alles deine Schuld», schrie Charlie, als sie ins Haus stürmte.

«Was meinst du mit ‹meine Schuld›?», fragte Fiona, die nach ihr hereinkam.

«Sie fragt mich andauernd, ob wir bei mir spielen können. Wir spielen immer nur bei ihr. Und ich sage immer wieder Nein und jetzt will sie gar nicht mehr mit mir spielen!»

Es hatte sich ergeben, dass Charlie samstags zu Ashley ging. Fiona brachte sie auf dem Fahrradlenker dorthin, wenn sie zum Einkaufen in die Stadt fuhr, und holte sie später mit dem Fahrrad wieder ab.

Ashleys Mutter sagte jedes Mal, wenn Fiona kam: «Bestell deiner Mutter, dass sie mal vorbeischaut, wenn sie in der Nähe ist.» Und Fiona musste sie regelmäßig daran erinnern, dass sie keine Mutter mehr hatten, sondern einen Vormund. Darauf Ashleys Mutter wiederkehrend: «Ach ja, Liebes, dann kann er ja mal vorbeikommen und Hallo sagen.»

Fiona lächelte immer insgeheim, wenn sie sich vorstellte, wie Ashleys Mutter Hallo sagte und Al «WAS!» zurückschnauzte. Einmal war ihr bei dieser Vorstellung tatsächlich ein Schnauben entfahren, das sie als Husten tarnen musste. Das Wichtigste war jedoch, dass Ashleys Mutter nie tiefer bohrte.

Jetzt schluchzte Charlie wütend und stampfte in ihrem Zimmer auf, sodass Fiona wieder hinaus ging, sich auf die Verandatreppe setzte und das Gesicht in den Händen vergrub.

Und wenn nun alle Mädchen in Charlies Klasse ähnlich empfanden wie Ashley und Charlie nie zum Übernachten oder zu Geburtstagsfeiern einluden? Fiona hatte kein Interesse an solchen Dingen, und Marlin schien sich nur noch für das Erfinden neuer Rezepte zu interessieren, die sie dann aufschrieb, abwandelte und die Gerichte anschließend fotografierte. Fiona machte sich schon ein wenig Sorgen, dass das Ganze in Besessenheit ausartete, doch sich darüber Gedanken zu machen, erschien ihr wie der reinste Luxus im Vergleich zu ihren anderen Problemen. Natasha war die Natur, insbesondere die Vogelwelt wichtiger als Menschen. Das war schon immer so gewesen. Sie schloss in der Schule leicht Freundschaft, gliederte sich gut ein und störte sich nicht daran, dass sie niemanden mitbringen durfte. Die Abgeschiedenheit machte ihr nichts aus. Charlies Sozialleben war der Knackpunkt. Charlie hatte immer eine enge Freundin, eine beste Freundin gehabt, wo auch immer sie gelebt hatten. Wenn nicht, saß sie nach der Schule mit hängendem Kopf in ihrem Zimmer. Fiona wusste, dass ihre Mutter erleichtert gewesen war, wenn Charlie an einem neuen Ort jemanden auserwählt hatte, der dieser Ehre wert war. Sobald Charlie diese beste Freundin gefunden hatte, entspannte sie sich. Fiona hätte Charlie gern vorgeschlagen, sich doch eine andere Freundin zu suchen, aber sie wusste, dass das Charlie so gar nicht entsprach. Sie brauchte stets eine ganze Weile, um die Situation zu prüfen und war ziemlich wählerisch.

Fiona zerbrach sich den Kopf darüber, wie man dieses Problem aus der Welt schaffen konnte, doch die einzige Lösung, die ihr einfiel, war, dass Ashley einmal mit ihnen mit dem Schulbus nach Hause fuhr. Dann könnte sie sie später zurückbringen und so vermeiden, dass ihre Mutter sie abholte und Verdacht schöpfte, weil kein Erwachsener bei ihnen wohnte. So könnte es funktionieren oder Al musste herhalten und rüberkommen, sobald Ashleys Mutter auftauchte. Er müsste dann aber auch vorgeben, ein ruhiger, höflicher und anständiger Mensch zu sein, der mit den Mädchen zusammenlebte. Doch daran zu glauben, war ja wohl hoffnungslos. Aber vielleicht konnte sie die erste Lösung anpeilen. Fiona stand zögernd auf. Es ließ sich kaum vermeiden. Sie ging über die Einfahrt und wollte um Hilfe bitten.

Fiona wappnete sich und klopfte an Als Tür.

«WAS!», brüllte er bereits, bevor er an der Tür war.

«Gehen Sie eigentlich nie raus?», fragte sie ihn, als die Tür aufschwang und er blinzelnd in die Sonne schaute.

«Warum sollte ich?», gab er barsch zurück.

Sie streckte einen Arm aus, mit der Handfläche nach oben, und beschrieb einen Bogen, als wollte sie auf den blühenden Flieder hinweisen, auf die rankenden rosa Blumen, die alle Felszungen bedeckten, auf die Forsythien, die Obstbäume, die zwitschernden Vögel und sogar das sanfte Summen der Bienen.

«Bist du deshalb rübergekommen? Um mich zu einer Pause im Grünen zu bequatschen?»

«Nein, natürlich nicht. Ich habe ein Problem mit Charlie, das nur Sie lösen können.» Sie hoffte, er würde sich geschmeichelt fühlen, wenn sie es so ausdrückte.

Er nickte ihr zu, als wollte er sagen, fahr fort.

«Sie möchte ihre Freundin Ashley einladen und ich möchte aus naheliegenden Gründen nicht, dass Ashleys Mutter sie abholt und kein Erwachsener weit und breit zu sehen ist. Die einfachste Lösung wäre, wenn wir Ashley mit dem Auto nach Hause brächten, damit ihre Mutter gar nicht kommen muss.»

«Und mit uns meinst du mich?»

«Ja.»

«Nein. Kein Taxi-Service. Das haben wir nicht vereinbart.» Al wollte schon die Tür zuschlagen, doch Fiona stellte ihren Fuß dazwischen.

«Selbstverständlich erwarte ich nicht, dass Sie das umsonst tun», erklärte sie. «Ich kann Ihnen Geld geben oder Sie sagen mir, was Sie sich als Gegenleistung vorstellen.»

«Plätzchen», antwortete Al, ohne nachzudenken.

«Echt? Das würden Sie tun? Wenn Sie dafür Plätzchen bekommen?» Fiona war überrascht. Sie hatte sich darauf eingestellt, ihn sehr viel länger mit einfallsreichen Angeboten beschwatzen zu müssen. Plätzchen waren einfach.

«Ja, das habe ich gesagt.»

«Einverstanden. Welche Sorte?»

«Schokosplitter. Und sie müssen frisch gebacken sein.»

«Gut.»

«Und Marlin soll sie backen, nicht du.»

«Natürlich.»

«So natürlich ist das auch wieder nicht. Glaub ja nicht, ich hätte nicht gemerkt, was bei euch gespielt wird. Wenn Marlin aus irgendeinem Grund nicht kochen kann, übernimmst du das, stimmt's? Meinst du, ich wüsste nicht, was dann passiert? Angebrannter Nudelauflauf? Schmorbraten zäh wie Leder? Diese Gerichte hast du gekocht. Vielleicht gibst du dir ja sogar Mühe, aber du kannst es einfach nicht. Kochen ist jedenfalls nicht deine Stärke.»

Fiona sah ihn an. Er hatte ja absolut recht. Sie war hin und wieder für Marlin eingesprungen und konnte tatsächlich nicht kochen, doch sie war überrascht, dass Al offenbar so klar im Kopf war, dass er das herausgefunden hatte. Meistens machte er den Eindruck, als hätte er den IQ von einem Toastbrot. Andererseits hatte er früher einmal für die *New York Times* geschrieben.

«Na gut», willigte sie ein. «Dann kann ich Charlie also sagen, dass Ashley am Donnerstag mitkommen kann? Halten Sie sich die Zeit frei, sie später nach Hause zu fahren? So gegen halb sechs? Als wären Sie gerade von der Arbeit nach Hause gekommen?»

«Sehe ich so aus, als hätte ich einen vollen Terminkalender?», fauchte Al und schlug ihr die Tür vor der Nase zu.

Zu Hause erzählte Fiona Marlin von dieser Unterhaltung.

«Echt?» Marlin zeigte sich erfreut, während sie Eiergebäck in den Ofen schob und den Bratenrest, den sie noch in der Tiefkühltruhe gefunden hatte, herausnahm. «Er merkt den Unterschied zwischen deinen und meinen Gerichten?»

«Marlin, der letzte Idiot würde das bemerken. Außerdem will er Plätzchen. Er hat zwar nicht gesagt, wie viele, aber ich würde vorschlagen, mit fünfundzwanzig Stück sind wir auf der sicheren Seite. Ich will auf gar keinen Fall, dass er doch noch einen Rückzieher macht.»

«Kein Problem. Plätzchen sind einfach. Welche Sorte?»

«Schokosplitter.»

«Wie langweilig», Marlin machte keinen Hehl aus ihrer Enttäuschung.

«Diese Plätzchen sind kein Experiment, sondern Bestechung, also halte dich bitte an das Rezept.»

«Meinetwegen, aber er wäre besser dran, wenn ich mich nicht an das Rezept halten würde. Die, die ich für uns gebacken habe, sind so lecker, weil ich immer etwas verändere. Ich bin nämlich äußerst begabt, was das Kochen angeht, und backen kann ich auch ganz gut, aber erst bei den Keksen kommt mein wahres Genie zum Vorschein. Die getrockneten Cranberries und die geriebene Orangenschale haben den Mandelkeksen erst den letzten Kick gegeben.»

«Die waren super, aber für Al muss alles Standard sein. Wir wollen ja nicht riskieren, dass er absagt, weil er sich an einer Macadamianuss stört.»

«Spießer.» Marlin widmete sich wieder den Notizen, die sie in eine Datei auf Tante Marthas MacBook eingab, das jetzt immer aufgeklappt auf dem Küchentresen stand. So konnte sie die genaue Menge der Zutaten aufzeichnen, die sie hinzufügte oder veränderte, wenn sie mit Rezepten experimentierte.

Nachdem Fiona Charlie Bescheid gegeben hatte, rief

diese sofort bei Ashley an, um ihr die guten Neuigkeiten zu überbringen.

Als Natasha, Marlin und Fiona am Donnerstag zum Schulbus kamen, stand ein kleines blondes Mädchen neben Charlie. Charlie und das Mädchen redeten aufeinander ein und nahmen sie kaum zur Kenntnis. Normalerweise saßen die vier Schwestern in der letzten Reihe, doch Charlie führte Ashley in die entgegengesetzte Richtung. Immer wenn Charlie nicht wie eine Klette an ihren Schwestern hing, seufzte Fiona vor Erleichterung auf.

Sobald sie zu Hause waren, liefen Charlie und Ashley zum Spielen auf die Wiese. Fiona sprang für Charlie ein und brachte die Mülltonne an die Straße, machte dann Hausaufgaben und bezahlte Rechnungen, sodass sie erst eine Stunde später wieder nach den beiden sah. Sofort hatte sie einen Kloß im Hals. Mitten auf der eingezäunten Wiese saß Billy Bär und kramte zufrieden in einer Mülltüte, die er dorthin geschleppt hatte.

«MARLIN!», rief Fiona so eindringlich, dass Marlin aus der Küche herbeigerannt kam, wo sie gerade dabei war, die Schoko-Kekse zu backen.

Fiona zeigte auf den Bären.

Marlin schnappte nach Luft. «Wo sind die Mädchen? Wo sind Charlie und Ashley?»

Fiona zeigte erneut mit dem Finger. «Im Baum. In dem, der keine drei Meter von dem Bären entfernt steht.»

«Oh nein! Meinst du, sie wissen, dass der Bär da ist?»

«Wie sollte es anders sein?», erwiderte Fiona. «Wahrscheinlich haben sie sich zu Tode erschrocken und hoffen jetzt, dass der Bär sie noch nicht entdeckt hat. Ich muss rausgehen und ihn verjagen.»

«Moment.» Marlin lief in die Küche zurück und holte Pfannen und Kochlöffel. «Darauf trommeln wir herum.»

Sie liefen zur Hintertreppe und schlugen auf die Pfannen ein. Der Bär wirkte einen Augenblick lang wie vom Donner gerührt, verließ in Panik seinen Müllhaufen und lief um die Wiese herum. Doch der Wind hatte wohl das Tor zugeworfen und Billy Bär konnte nicht raus.

«Wir müssen das Tor wieder öffnen», sagte Fiona.

«Das geht nicht, der Bär ist zu nah dran», gab Marlin zurück, denn Billy hatte offenbar beschlossen, dass ihm keine unmittelbare Gefahr drohte. Er hatte seinen Müll geholt und sich direkt neben dem Tor damit niedergelassen.

Sie starrten ihn schweigend an.

«Was sollen wir jetzt machen?», flüsterte Marlin verängstigt.

«Miss Webster anrufen», antwortete Fiona entschlossen.

Sie rannte zum Telefon und wählte Miss Websters Nummer. Als die Schulleiterin hörte, wie Fiona «Miss Webster?» quiekte, fragte sie erschrocken: «Was ist passiert?»

Fiona erzählte von dem Bär und Miss Webster, die offenbar nicht die Meinung vertrat, dass Bären mehr Angst vor Menschen hatten als umgekehrt, reagierte sofort: «Ich rufe den städtischen Bärenschützer an. Behaltet die Lage im Auge und wenn Ashley und Charlie vom Baum klettern wollen, ruft ihnen zu, dass sie oben bleiben sollen.»

«Ja, das haben wir schon getan», versicherte Fiona.

Natasha, die nun ebenfalls zu ihnen gestoßen war, sagte: «Bären können auf Bäume klettern.»

«Bären können auf Bäume klettern», gab Fiona weiter.

«Also, er hat seinen Müll», erklärte Miss Webster. «Wenn die Mädchen ihm nicht zu nahe kommen, hat er keinen Grund, sie anzugreifen. Und jetzt leg auf. Ich komme, sobald ich den Anruf erledigt habe.»

Fiona lief nach draußen, um den Mädchen mitzuteilen, dass Miss Webster den Bärenschützer anrufen und herkommen würde.

Miss Webster traf schon wenige Minuten später ein und beinahe gleichzeitig kam ein großer gutaussehender Mann in Khakiuniform an, der ungefähr dreißig sein musste. Er hatte einen Pritschenwagen mit einem kleinen Kran und einem Bärenkäfig und trug ein Gewehr bei sich.

Miss Webster und die drei Mädchen standen auf der hinteren Veranda und bissen sich auf die Lippen, während der Bärenschützer sich als Donald Pettinger vorstellte. Dann ging er ganz entspannt auf die Wiese, als wollte er ein Eichhörnchen fangen.

«Hat er keine Angst?», hauchte Natasha.

«Er macht so etwas die ganze Zeit», erklärte Miss Webster und legte Natasha die Hände auf die Schultern.

«Kinder», rief der Mann Ashley und Charlie vom Zaun zu. «Wir haben hier ein kleines Bärenproblem.»

Die Mädchen schwiegen. Charlie hatte Angst, dass Billy

Bär sie auf dem Baum entdecken würde, wenn sie etwas sagte. Sie glaubte, sie wären in Sicherheit, solange er sie nicht bemerkte.

Sobald der Bär Donald Pettinger sah, geriet er erneut in Panik, sprang auf und lief seltsam schlingernd um die große Wiese. Mr Pettinger öffnete das Tor.

«Jagt er ihn nach draußen?», fragte Fiona.

«Nein, der Bär weiß jetzt, wo er etwas zu fressen findet. Er kann ihn nicht laufen lassen», erklärte Miss Webster.

Mr Pettinger schloss das Tor hinter sich, betrat die eingezäunte Wiese, hob das Gewehr und schoss. Daneben. Der Bär erschrak dermaßen, dass er sich gegen den Zaun warf, doch es war ein hoher, stabiler Zaun, der das Wild abhalten sollte. Der Bär prallte daran ab und rannte erneut verzweifelt im Kreis.

Während Charlie ihn beobachtete, wich ihre Angst dem Mitgefühl für den in Not geratenen Bären in seiner Panik. Statt sich um sich selbst zu ängstigen, hatte sie nun Angst um ihn. Je hektischer er im Kreis rannte, umso mehr tat er ihr leid.

«Schießen Sie nicht auf ihn!», schrie sie schließlich. «Bitte erschießen Sie ihn nicht!»

Doch der Bärenschützer beachtete sie nicht, hob erneut das Gewehr und zielte – diesmal besser. Der Bär fiel lautlos in die blauen Wildblumen.

Charlie fing an zu weinen. Sie weinte um den Bären, weil er nun so viele Frühlinge nicht mehr erleben und der Mond nun ohne ihn scheinen würde, er keine Mülltage mehr genießen konnte, nie wieder das Kitzeln fließender

Bäche an seinen pelzigen Beinen und keine Sonnenuntergänge mehr im Sommer oder taunasses Gras auf seinen Tatzen. Die Tränen liefen ihr in Sturzbächen über die Wangen. Sie wusste nicht, um wen sie weinte – augenscheinlich um Billy Bär, aber irgendwie auch um sich selbst und alle anderen.

Ashley sah sie verständnislos an. «Er hat ihn erwischt», sagte sie. «Wir können runterklettern.» Und sie rutschte am Baum herunter. Charlie aber blieb oben, bis der Bärenschützer zu ihr hinüberging. «Soll ich dir helfen?»

«Ich wollte nicht, dass Sie das tun», schluchzte Charlie. «Ich wollte nicht, dass Sie ihn töten.»

«Das habe ich doch gar nicht», erwiderte Mr Pettinger erstaunt. «Ich habe ihn betäubt. Das war ein Pfeil mit einem Beruhigungsmittel. Sobald die Wirkung nachlässt, wacht er gesund und munter wieder auf. Ich fahre jetzt mit meinem Truck auf die Wiese und hake ihn an den Kran, den du dort siehst. Damit hieve ich ihn in den Käfig und bringe ihn in ein einsameres Waldgebiet, das etwa eine Stunde von hier entfernt liegt. Dort kann er leben.»

«Aber dort ist nicht sein Zuhause. Er wird gar nicht wissen, wo er ist», schniefte Charlie weiter.

«Das ist richtig», stimmte der Mann ihr zu. «Aber immerhin kann er dort weiterleben. Manchmal ist ein gefütterter Bär ein toter Bär, wenn er nämlich jemanden verletzt, bevor wir ihn woanders hinbringen können. Das bleibt ihm nun erspart.»

In der Zwischenzeit waren die anderen vorsichtig über die Wiese zu dem niedergestreckten Bären gegangen, als hätten sie Angst, er könnte jeden Moment aufwachen, aufspringen und seine wilde Jagd im Kreis wieder aufnehmen.

«Können Sie ihn nicht einfach hierlassen?», fragte Charlie. «Also im Wald weiter unten an der Straße?»

«Wirklich, Charlie», sagte Miss Webster. «Man könnte meinen, du magst den Bär.»

«Er hat sein ganzes Leben hier verbracht. Al hat gesagt, er kennt ihn von klein auf. Wahrscheinlich lebt seine Familie irgendwo hier in den Wäldern», berichtete Charlie. «Seine Mutter und sein Vater und seine Geschwister wissen dann gar nicht, was mit ihm passiert ist.»

Fiona spürte, dass Charlie sich gleich vergessen und etwas von vier Schwestern, die in alle Winde verstreut waren, weil niemand sie haben wollte, erzählen könnte und damit Mr Pettinger ihre verfahrene Lage offenbarte. Deshalb ging sie dazwischen: «Möchten Sie vielleicht ein Plätzchen? Marlin hat sie gebacken. Sie kommen frisch aus dem Ofen.»

«Ich hole jetzt lieber meinen Truck», meinte Mr Pettinger.

«Ich will nach Hause», flüsterte Ashley nach oben in Richtung Charlie. Und dann etwas lauter: «Wieso ist Miss Webster gekommen?»

«Oh, ich bin eine alte Freundin der Familie», warf Miss Webster schnell ein, die die Frage gehört hatte und einen raschen Blick mit Fiona tauschte. «Ich helfe immer gerne aus. Mr Pettinger, sind Sie so nett und sagen den Mädchen, wohin sie den Bären bringen?»

«Würdet ihr gerne sehen, wo er von jetzt an leben wird?»,

fragte Mr Pettinger. «Oder Sie vielleicht? Sie sind die Leiterin der Grundschule, oder?»

«Woher wissen Sie das?»

«Seit ich den Job übernommen habe, weist mich ungefähr jeder in dieser Stadt auf Sie hin», antwortete Mr Pettinger.

«Wie lustig. Aber wieso? Gehen Ihre Kinder auf die Greenwillow-Schule?»

«Meine? Nein, ich bin nicht verheiratet.» Mr Pettinger lief rot an und wechselte das Thema. «In meinem Truck ist genug Platz für alle, die mitkommen möchten. Vielleicht geht es euch besser, wenn ihr seht, in welch schönen Wald der Bär umzieht.»

Da Miss Webster und Charlie gerne mitfahren wollten, Ashley aber nicht, wurde vereinbart, dass Mr Pettinger Ashley auf dem Weg in die Stadt zu Hause absetzen würde.

«Und was ist mit Al?», fragte Marlin und bohrte Fiona ihren Ellbogen in die Rippen. «Bekommt er trotzdem unsere Kekse?»

Fiona dachte kurz nach. «Ich bringe sie ihm mit seinem Abendessen und sage ihm, dass er nicht gebraucht wird. Er ist ja ohnehin nicht aufgetaucht und hat vermutlich vergessen, dass er Ashley nach Hause bringen sollte. Wir können sagen, dass die Kekse ein Vorschuss für einen künftigen Gefallen sind.»

Schneller als Charlie gedacht hätte, war der Bär sicher aufgeladen, und schon ging es los.

Da Fiona von der Aufregung ganz weiche Knie bekommen hatte, aß sie auf dem Weg zu Al einen Keks. Einer weniger fiel bestimmt nicht auf. Oder auch zwei.

Als sie Al die ganze Geschichte erzählte, machte er einen bestürzten Eindruck. Er stand in der Tür, blickte stumpf auf die Straße und schien gar nicht zu merken, dass Fiona ihm die Plätzchen in die Hand gedrückt hatte.

«Dann ist Billy wohl für immer fort», murmelte er ausdruckslos.

«Genau. Und da Sie Ashley nicht nach Hause bringen mussten, dachten wir, die Kekse könnten so eine Art Vorschuss für die Zukunft sein.»

«Ein Bärenschützer.» Al spuckte auf den Boden. «Dieser Bär hat noch nie einer Menschenseele etwas zuleide getan.»

Bevor Fiona etwas erwidern konnte, hatte er die Tür bereits wieder zugeknallt.

*Das ist ja wohl nicht meine Schuld*, dachte Fiona genervt, während sie nach Hause marschierte. *Soll der Bär erst jemanden fressen, bevor wir den Bärenschützer anrufen dürfen?*

---

Charlie kam erst zurück, nachdem die Mädchen zu Abend gegessen hatten und es schon fast dunkel war. Mr Pettinger setzte Charlie und Miss Webster vor dem Haus ab, wo sie geparkt hatte. Miss Webster verabschiedete sich rasch und Charlie schnappte sich das Fahrrad, bevor Fiona es ihr verbieten konnte.

«Ich will Al nur eben sagen, wo Billy jetzt ist», rief

sie über ihre Schulter hinweg. «Er macht sich bestimmt Sorgen.»

Als Charlie zurückkam, war ihre Stimmung gedämpft.

«Hat er dich angeschrien?», fragte Marlin schließlich, als Charlie hereingekommen war, ohne etwas zu sagen.

«Nein. Ich habe ihm erzählt, dass wir Billy an einen Fluss gebracht haben, in dem es viele Lachse gibt, und dass Mr Pettinger gesagt hat, Billy könne dort Fische fangen und das würde ihm sicher gut gefallen. Aber Al meinte, Billy würde viel lieber Oreos fressen. Eigentlich ist es gesetzlich verboten, Bären Futter hinzulegen, aber er hätte trotzdem an Mülltagen immer ein paar Oreos für Billy ausgelegt.»

«Und worüber habt ihr noch gesprochen?», wollte Fiona wissen. «Ich war kurz davor, dich zu holen, weil du doch im Dunkeln nicht draußen sein sollst.»

«Die meiste Zeit haben wir gar nicht geredet. Wir sind zusammengesessen und haben auf zwei leere Mülltonnen geschaut, die noch draußen standen. Später habe ich Al erzählt, dass ich Billy eines Nachts beim Tanzen beobachtet habe und er hat gesagt, dass er das auch einmal erlebt hätte, aber nicht wusste, was es zu bedeuten hatte oder was Billy sich dabei dachte. Und, dass Tiere vielleicht viele Gedanken und Beweggründe haben, die Menschen nie erleben und von denen sie auch gar nichts wissen können. So wie es vielleicht auch viele Farben gibt, die noch nie jemand gesehen hat. Dass die schiere Anzahl der Dinge, von denen Menschen keine Ahnung haben, einfach überwältigt ist.»

«Überwältigend», verbesserte Fiona geistesabwesend.

«Außerdem hat Al gesagt, dass die Tiere wahrscheinlich auch nicht wissen, warum wir manches tun. Warum wir den Müll rausstellen, den sie aber nicht bekommen dürfen. Wir können uns nicht verständigen, weil wir nicht dieselbe Sprache sprechen.»

«Aber die Wissenschaft hat diesbezüglich schon eine ganze Menge herausgefunden», merkte Natasha sachlich an, als sie sich zu ihnen an den Küchentisch setzte. «Inzwischen wissen wir sehr viel über die Sprache der Tiere. Wusstet ihr, dass Raben über Syntax verfügen?»

«Was ist das?», fragte Charlie.

«Das habe ich vergessen. Aber es hat etwas mit Sprache zu tun und ist viel komplizierter, als man meinen könnte.»

«Ich habe zu Al gesagt, dass man nicht wissen kann, was Bären denken, und er hat mir recht gegeben. Dann hat er gesagt, dass man niemanden richtig kennt, und dass die meisten Leute sich nicht einmal selbst kennen. Aber Martha, da hätte er gedacht, er würde sie kennen. Wenn er einen Menschen kennen würde, dann sie. Er ist auf sein Grundstück gezogen, um bei ihr zu sein, und er sagte, sie und Billy wären die einzigen beiden echten Freunde gewesen, die er im Leben gehabt hätte, und jetzt wären sie beide nicht mehr da.»

«Hat er dich überhaupt nicht angeschnauzt?», fragte Marlin erstaunt, die sich nun ebenfalls hinsetzte und einen Teller mit Keksen kreisen ließ, die sie von dem Blech für Al abgezweigt hatte.

«Nein, ich glaube, er war zu traurig, um mich anzuschnauzen.»

«Und er war auch nicht sauer auf dich, weil Billy deinetwegen umgesiedelt wurde?» Fiona dachte, dass Al keineswegs zu traurig gewesen war, um *sie* anzuschnauzen.

«Also, er hat gesagt, ich wäre die Einzige, mit der er über Billy reden könnte. Dass ich die Einzige bin, die das alles verstehen kann.»

«Möchtest du noch etwas essen? Ich kann es in der Mikrowelle aufwärmen», bot Marlin an.

Doch Charlie antwortete: «Mr Pettinger hat Miss Webster und mich auf dem Rückweg zu McDonalds eingeladen. Sie hat sich bei ihm bedankt und er meinte, dass es ja nichts Besonderes wäre. Er müsse jedoch nochmal ins Büro zurück, um einen Bericht über den Bären zu schreiben, aber er könnte sie, um es wiedergutzumachen, morgen in ein gutes Restaurant ausführen. Mich hat er nicht gefragt. Mom hat immer gesagt, wenn man jemanden in Gegenwart eines anderen einlädt, muss man denjenigen auch einladen.» Charlie sah ihre Schwestern empört an.

«Natürlich hat er dich nicht eingeladen, du Dummi», erklärte Marlin. «Er hat sie um ein Date gebeten. Hat sie Ja gesagt?»

«Oh ja, sie schien sich aufrichtig zu freuen. Auf dem Heimweg haben sie sich die ganze Zeit unterhalten. Ich glaube, sie hatten ganz vergessen, dass ich auch noch da war. Ich hatte das Gefühl, dass sie ihn richtig gern hat, und ich mag ihn auch. Er ist Billy ja gerade erst begegnet und dafür hat er ihn sehr nett behandelt und wollte unbedingt dafür sorgen, dass es ihm gut geht.»

«Na ja, ich glaube, man wird nur Bärenschützer, wenn

man Tiere mag», meinte Natasha. «Ich überlege, das auch zu werden, wenn ich groß bin, wenn ich nicht doch Vogelkundlerin werde. Allerdings weiß ich nicht, ob man damit genug Geld verdient.»

«Und wie war es mit Ashleys Mutter? War sie sauer, weil du Ashley in einem Pritschenwagen mit einem Bären auf der Ladefläche abgeliefert hast?», fragte Fiona.

«Nein, sie hat nur gesagt, ach du meine Güte, was für eine Aufregung. Und Gott sei Dank, dass Miss Webster eine Freundin der Familie ist und gerade Zeit hatte, denn Miss Webster hat sie auch angelogen.»

«Das ist keine Lüge. Miss Webster ist wirklich eine Freundin der Familie», sagte Marlin.

*Und dem Himmel sei es gedankt*, dachte Fiona, die wegen des Besuchs und der möglichen schrecklichen Folgen wie auf glühenden Kohlen gesessen hatte.

Als Fiona und Marlin später an diesem Abend in ihren Betten lagen und sich wie üblich über den Tag austauschten, meinte Marlin: «Wäre es nicht toll, wenn Miss Webster und Mr Pettinger sich verlieben würden? Er sieht total gut aus, findest du nicht?»

«Jaja, stimmt», murmelte Fiona, aber sie dachte nicht darüber nach, wie gut Mr Pettinger aussah. Sie hatte in diesen Tagen ein anderes attraktives Gesicht im Kopf. Denn Fiona hatte einen Jungen getroffen.

# Verirrt

In der Mittagspause hatte Fiona ihn zum ersten Mal gesehen. Sie kannte ihn nicht aus dem Unterricht, weil er in die nächsthöhere Stufe ging. Er war ungefähr so groß wie sie, schlank und dunkelhaarig, und ständig fiel ihm eine Locke ins Gesicht. Wenn er sie zurückstrich, sah man seinen fröhlichen, leicht skeptischen Blick. Als Fiona ihn mit seinen Mitschülern sah, mit denen er abhing und quatschte, war sie auf unerklärliche Weise aufgeregt, ohne auch nur das geringste bisschen über ihn zu wissen. Allein bei seinem Anblick drehte sie auf. Sie hatte für Stars aus Film und Fernsehen geschwärmt, aber er war der erste echte Junge, für den sie etwas auf diese Art empfand. Wenn er in der Nähe war, wurde sie schüchtern und hatte furchtbare Angst, er könne merken, wie sie ihn ansah. Auf dem Schulhof kehrte sie ihm den Rücken zu und schaute in der Mittagspause in die andere Richtung, sobald sie ihn entdeckte. Am meisten stach ihr ins Auge, wie klug er aussah. Intelligenz, begriff Fiona unvermittelt, war das, wovon sie weiche Knie bekam. Aber nicht irgendeine Intelligenz. Man konnte auf vielerlei Weise klug sein, aber das, was man sich wünschte war eine ganz besondere Art. Nämlich die, die zur eigenen passte. Fiona erzählte niemandem etwas über ihre Gefühle.

Eines Mittags wurde sie von einem Mädchen, mit dem

sie regelmäßig aß, angestupst. «Davy Clement schaut zu dir rüber», flüsterte sie.

Als Fiona sich umdrehte, um nachzusehen, wen sie meinte, war es genau dieser Junge. Er versuchte, ihren Blick aufzufangen, aber sie drehte sich rasch wieder zu ihrer Freundin um: «Nein, er schaut sich nur im Raum um» und wechselte das Thema.

Doch schon bald dachte sie nur noch an ihn. Sie sehnte sich nach einer besten Freundin, der sie sich anvertrauen konnte, um jeden seiner Blicke zu deuten und einen Plan auszuhecken, wie sie ihn irgendwie treffen könnte. Doch um eine derartige Freundschaft zu schließen, müsste sie diese Freundin auch über vieles andere ins Vertrauen ziehen –, dass sie ihr Leben ohne einen Erwachsenen führten. Oder, dass Fiona sich um ihre Schwestern kümmerte. In einem oder zwei Jahren wäre es vielleicht möglich, eine solche Verbindung zu schaffen und einem anderen Menschen Vertrauen zu schenken, doch jetzt war es dafür noch zu früh. Gleichzeitig konnte sie Davy gegenüber den Mädchen, mit denen sie locker befreundet war, nicht erwähnen, weil er möglicherweise erfahren würde, dass sie sich über ihn erkundigte. Also behielt sie ihre Gefühle wie so vieles in dieser Zeit für sich. Nachts schaute sie aus ihrem Schlafzimmerfenster auf den Großen Wagen und dachte an Davy und wie es wohl wäre, wenn er ihre Hand halten würde. Oder, wenn er den Arm um ihre Taille legen würde, wie sie es bei den Schülern in den höheren Stufen sah.

Hin und wieder schien er sie auch anzusehen, und dann dachte sie, er würde sich diese Dinge vielleicht auch wünschen, doch dann hielt sie es doch eher für Wunschdenken ihrerseits.

Die meisten Schüler an ihrer Schule waren nicht mit jemandem zusammen, sondern liefen in gemischten Grüppchen aus Jungen und Mädchen herum, waren freundlich zueinander und unternahmen einiges gemeinsam. Obwohl Fiona Freunde hatte, mit denen sie sich in der Mittagspause traf, und obwohl sie sich mit anderen Mädchen vor und nach der Schule unterhielt, gehörte sie keiner dieser Gruppen an. Im Übrigen blieb sie so verschlossen, wie es nur eben ging und führte nur kurze Gespräche, damit auch ja keine persönlichen Belange zur Sprache kamen.

Davy schien sich ebenfalls keiner Gruppe zugehörig zu fühlen. Fiona sah ihn im Gespräch mit anderen, aber auch oft allein. Soweit sie das beurteilen konnte, hing er nie mit nur einer einzigen Gruppe ab.

Aus der Ferne dichtete sie ihm alle möglichen guten Eigenschaften an, zum Beispiel, dass er freundlich und lustig und intelligent war. Und sie glaubte, wenn sie überhaupt jemandem von ihrer Wohnsituation erzählen könnte, dann ihm. Er würde ihr Geheimnis bewahren und sie verstehen. Fiona sehnte sich sehr danach. Tag und Nacht lastete die Anspannung, dass sie alle irgendwie über die Runden kamen, auf ihren Schultern und es wäre eine Erleichterung, eine segensreiche Erleichterung, wenn sie wenigstens darüber sprechen könnte. Sie brauchte niemanden, der ihr unter die Arme griff, sie hatte Miss Webster für Notfälle und Al zur Tarnung, sie brauchte nur jemanden, der ein Ohr für ihre Ängste und Sorgen hatte, die sie nachts wach hielten.

Während Fiona mit ihrer stillen geheimen Schwärmerei beschäftigt war, erfreuten sich die Einwohner von St. Mary's By the Sea an der realen und konkreten Romanze von Donald Pettinger und Miss Webster. Sie trafen sich mittlerweile ganz offen und sein Pritschenwagen stand häufig auf dem Schulparkplatz, um sie entweder morgens abzusetzen oder nach der Schule mitzunehmen. Charlie war besonders begeistert von dieser Entwicklung, weil sie glaubte, sie entscheidend befördert zu haben.

«Hätte ich nicht wegen Billy Bär auf den Baum klettern müssen, hätten sie sich niemals kennengelernt», sagte sie eines Abends beim Essen.

«Vermutlich wären sie sich irgendwann über den Weg gelaufen», erwiderte Marlin. «Er hat ja gesagt, dass ihn ungefähr jeder in der Stadt auf sie hingewiesen hat. Und sie meint es ernst, sonst hätte sie ihm niemals unser Geheimnis verraten.»

«Wie hätte sie es ihm sonst erklären sollen?», fragte Natasha.

«Keine Ahnung, aber sie ist eine unverbesserliche Lügnerin. Da wäre ihr schon etwas Gutes eingefallen. Denk dran, wie sie Ashleys Mutter um den Finger gewickelt hat.»

«Hoffentlich hast du recht», warf Fiona ein. «Denn falls sie sich trennen, wüsste noch jemand über uns Bescheid, der dann aber kein Interesse mehr daran hätte, alles geheim zu halten.»

«Er würde uns nie verraten», war Charlie überzeugt.

«Vielleicht heiraten sie ja auch», sinnierte Marlin. «Er ist der attraktivste Junggeselle von ganz St. Mary's By the Sea und sie ist die hübscheste ledige Frau.»

«Das ist ganz schön oberflächlich», sagte Natasha. «Man sollte seinen Partner nicht nach dem Aussehen wählen. Obwohl es Vögel gibt …»

«Wir reden hier nicht über Vögel», grummelte Marlin.

«Wenn sie heiraten, können sie uns adoptieren!», rief Charlie begeistert.

«Charlie», sagte Fiona warnend, «das darfst du nicht in Gegenwart von Miss Webster sagen. Niemals. Oder zu Mr Pettinger.»

«Mach ich nicht, aber wetten, dass sie darüber nachdenken? Sie haben uns richtig gern», fuhr Charlie fröhlich fort. «Von allen Leuten in der Stadt würde ich mich auf jeden Fall für die beiden entscheiden.»

«Tja, das stimmt. Sie würden die perfekten Pflegeeltern abgeben. Aber das können wir uns nicht aussuchen und außerdem gibt es nicht den geringsten Anlass zu dieser Vermutung, also denkt nicht einmal dran.»

«Und letzten Sonntag», plapperte Charlie munter weiter, als hätte Fiona nichts gesagt, «saßen sie auf der Hintertreppe und sie sagte, von allen Orten, an denen sie bisher gelebt hätte, würde ihr Pine Island am besten gefallen und sie wünschte sich eine kleine Farm wie unsere. Sie würde gerne Pferde und ein paar Schafe halten.»

«Und er hat gesagt, das würde er auch wollen. Mit noch ein paar Hunden dazu», fügte Natasha hinzu.

«Sie könnten direkt einziehen!», schlug Charlie vor.

«Wo wollten wir sie denn hinstecken?», fragte Marlin. «Ich möchte unsere Betten nicht wieder zu euch Küken zurückstellen.»

«Er könnte an der Seite noch ein Zimmer für sie anbauen», erklärte Charlie bestimmt. «Mr Pettinger kann einfach alles.»

Insgeheim waren Fionas Gedanken in eine ähnliche Richtung gewandert. Miss Webster und Mr Pettinger kamen gewöhnlich sonntags vorbei, dem Tag, an dem Miss Webster früher ihren Kontrollbesuch gemacht hatte. Das war lange vorbei. Jetzt kamen sie einfach zum Vergnügen und blieben regelmäßig zum Abendessen. Mr Pettinger hatte die Mädchen gebeten, ihn Don zu nennen, aber Miss Webster hatte darauf bestanden, dass sie sie weiterhin Miss Webster nannten, damit sie sie in der Schule nicht versehentlich mit Diana ansprachen. Das verstanden die Schwestern sofort und beschlossen, auch bei der Anrede Mr Pettinger zu bleiben – Marlin zufolge wegen der Symmetrie.

Sonntags entspannten sich also alle auf der Farm, spielten Karten und Brettspiele, die Mr Pettinger gekauft hatte. Er begeisterte sich für Monopoly und Kniffel und die Spiele gestalteten sich mit viel Geschrei und Gelächter. Die Mädchen hatten noch nie derart befeuerte Brettspiele gespielt und fanden, dass die Lautstärke die Spannung nur noch steigerte.

Für die sonntäglichen Abendessen probierte Marlin die ausgefallensten Rezepte aus, die sie finden konnte. Im Gegenzug für die Essenseinladungen reparierte Mr Pettinger bei seinen Besuchen alles, was kaputtgegangen war: lecke Rohre, herunterhängende Regenrinnen, verzogene Fliegengittertüren. Als er einmal sah, dass Natasha am Wohnzimmerfenster auf einem Küchenstuhl saß und die Vögel beobachtete, brachte er Bauholz mit und errichtete für sie einen Fenstersitz, für den Miss Webster eine Bankauflage aus einem Stoff mit Hüttensängermuster nähte.

«Möge es Glück bringen», verkündete sie, als sie das lange Kissen ausbreitete und alle es lauthals priesen. «So komisch es sich vielleicht auch anhört, ich kann mich an keinen glücklicheren Ort erinnern.»

Fiona wusste, dass ein Teil dieses Glücks an der Tatsache lag, dass Mr Pettinger hier war. Es stimmte aber auch, dass die Farm allen Widrigkeiten zum Trotz etwas Friedliches ausstrahlte, das tief in der Erde wurzelte und aufwärts strömte. Möglicherweise lag es an der Ruhe, denn die Geräusche, die man wahrnehmen konnte, waren durch die Bank friedlich. Fiona sorgte sich zwar weiterhin um ihr Wohl, aber diese Frühlingstage, die nach Obstblüten und sonnendurchtränkten Kiefernnadeln dufteten, hatten einen so lieblichen, bedächtigen Reiz. Jeden Morgen wurde sie von freudigem Vogelgezwitscher geweckt, das den Sonnenaufgang ankündigte, und abends schlief sie zu dem närrischen Balzen der Baumfrösche ein, die verzweifelt einen Partner anlocken wollten. Es war so regelmäßig und selbstverständlich wie das Auf- und Untergehen von Sonne und Mond. Oder der anbrandende und auslaufende Rhythmus der Gezeiten. Wenn Miss Webster und Mr Pettinger sich nur beeilten und heirateten und sie adoptierten, müssten sie sich nie wieder Sorgen machen. Und selbst wenn sie es nicht taten, war ihr derzeitiges Glück ein ganz und gar unerwarteter Zustand.

Ihre Mutter hatte sich geirrt, dachte Fiona und fühlte sich schon während des Gedankens wie eine Verräterin. Dennoch: Man konnte gleichzeitig Freude und Angst empfinden. Man konnte sich ehrfürchtig in Frieden fühlen und gleichzeitig leiden. All diese Dinge können auf einmal geschehen. Es musste nicht immer das eine oder das andere sein. Tatsächlich raubte diese Erkenntnis Fiona den Atem. Sie musste nicht der Freude hinterherjagen. Sie musste die Angst nicht vertreiben. Sie konnte den Tag begrüßen, so, wie er war.

Nachdem Mr Pettinger den Fenstersitz gebaut hatte und die Mädchen über seine Schreinerkünste gestaunt hatten, erzählte er, dass er in einer Hütte am Yukon aufgewachsen war, hundert Meilen vom nächsten Nachbarn entfernt. Wenn man dort etwas nicht selbst zustande brachte, musste man es schleunigst lernen. Er und seine Brüder und Schwestern konnten alles Mögliche, schreinern, klempnern, fischen, Fallen stellen und kannten sich auch mit der Landwirtschaft aus. Manchmal sahen die Mädchen ihm dabei zu, wenn er etwas reparierte. Dann bestand er darauf, es ihnen beizubringen.

«Man sollte so viel lernen, wie es irgend geht. Man weiß nie, wann man es gebrauchen kann», sagte er eines Tages zu Natasha, als sie die Badewanne abdichteten.

«Aber wir können Sie doch einfach anrufen», erwiderte sie.

«Es ist immer besser, wenn man etwas selbst kann. Man muss sein eigener Plan B sein.»

Doch Natasha schnaubte bei der Vorstellung, sie solle ihr eigener Plan B sein. Sie wollte, dass Miss Webster und Mr Pettinger ihr Plan B waren.

Als die beiden an jenem Abend nach Hause gefahren waren, sagte sie zu ihren Schwestern: «Ernsthaft, sie würden perfekt auf die Farm passen. Vielleicht *will* Miss Webster dann gar nicht mehr als Schulleiterin arbeiten. Sie könnte Bäuerin werden.»

«Und wenn sie eigene Kinder haben wollen?», gab Fiona zu bedenken. «Das wollen die meisten Leute.»

«Ihre Kinder könnten auch hier wohnen», schlug Charlie vor.

«Ja.» Fiona musste lachen. «Ich wollte damit nicht sagen, dass sie sie wegschicken sollten. Aber wo würden wir sie unterbringen?»

«Er kann doch immer neue Zimmer bauen.» Charlie sah da keine Probleme.

«Und wir wären die Babysitter!», ergänzte Marlin. «Das wäre ja wohl ideal für sie.»

«Wir könnten Pferde halten!», rief Natasha.

Alle fanden den Plan toll.

«Aber wir werden nichts davon sagen», warnte Fiona sie erneut. «Kein einziges Mal. Zu niemandem. Wenn es so kommen soll, muss es ihre Idee sein.»

«Und was wird dann aus Al?», warf Charlie plötzlich ein. «Würden wir nicht seine Gefühle verletzen?»

«Das bezweifele ich», antwortete Fiona. «Ich bezweifele

sogar, dass er überhaupt Gefühle hat. Er hat sich nur gegen Geld bereit erklärt, unseren Vormund zu spielen. Bevor wir ihm eine Bezahlung angeboten haben, hat er sich schlichtweg geweigert. Und ich hätte nichts dagegen, wenn wir die achtzig Dollar im Monat dadurch sparen könnten, indem wir adoptiert würden.»

«Haben wir Geldprobleme?», wollte Marlin wissen.

«Wir haben genug. Aber es wird eben nicht ewig reichen. In diesem und im nächsten Jahr kommen wir hin.»

*Wahrscheinlich*, hätte sie am liebsten hinzugefügt, denn die Ausgaben und damit verbundene Erschwernisse überstiegen ihre ersten Berechnungen. Anfangs hatte sie aufgelistet, was sie besaßen und was sie zum Leben brauchten, doch mittlerweile hatte sie gelernt, dass es so etwas wie Steuern und Versicherungen sowie Nebenkosten und einen teuren Telefon- und Internetvertrag gab. Sie bekam Briefe von Hiram Pennypacker. Er war sauer, weil Al den Beweis für die Vormundschaft immer noch nicht vorgelegt hatte. Fiona sollte in sein Büro kommen, um mit ihm über die Steuern zu sprechen. Sie sollte Formulare unterschreiben. Anfangs hatte er seine Forderungen mit der Post geschickt und sie hochoffiziell und anwaltsmäßig formuliert. Später schickte er E-Mails und Textnachrichten und verlegte sich am Ende aufs Telefonieren. Fiona ging nie dran und ließ ihn auf die Mobilbox sprechen. Sie schenkte seinen E-Mails und Nachrichten keine Beachtung und versteckte seine Briefe ganz unten in der Schublade mit ihrer Unterwäsche. Wenn sie ihm aus dem Weg ging, so ihr Wunschgedanke, bis sie die Sache mit der gesetzlichen Betreuung geklärt hatte, würde er nicht durch einen reinen Zufall die Wahrheit herausfinden. Sie wusste, dass es Ausflüchte waren, aber sie hatte genug damit zu tun, ihre Schularbeiten zu machen, ein Auge auf Marlin, Natasha und Charlie zu haben und den Haushalt zu führen. Eigentlich fand sie, dass sie ihre Sache gut machte, alles glatt lief und die Bedürfnisse und Wünsche der Familie zum größten Teil erfüllt wurden. Dann sagte Natasha eines Tages nach der Schule, dass sie zu den Streichern wollte.

«Streicher?», fragte Fiona.

«Ja, man kann sich in der Schule eine Geige leihen und spielen lernen und dann bei den Streichern mitmachen. Mein Lehrer hat gesagt, sie bitten jetzt darum, sich für den Herbst anzumelden, damit sie die Teilnehmerzahl kennen.»

Sie reichte Fiona den Handzettel. Fiona las ihn durch. Dort standen neben der Leihgebühr für die Geige auch die Kosten für den Unterricht, den die Schüler privat nehmen mussten, um später in die Gruppe der Streicher aufgenommen zu werden.

«Das können wir uns nicht leisten», stellte sie mit ausdrucksloser Miene fest.

Natasha sah sie erstaunt an. «Aber du hast gesagt, wir haben Geld.»

«Wir haben Geld für das Notwendige, was wir brauchen. Das hier ist keine Notwendigkeit, Nat.»

Natasha verzog niedergeschlagen das Gesicht. Wie es ihre Art war, fing sie keinen Streit an, sondern setzte nur ihre Schulsachen ab, holte ihr Fernglas und ging in den Garten, um Vögel zu beobachten.

Fiona fühlte sich, wie wenn man jemand anderem ein besonders schmerzhaftes Pflaster abriss. Sie seufzte. Marlin wäre sauer geworden. Charlie hätte geweint. Es schmerzte am meisten, Natasha etwas abschlagen zu müssen. Sie saugte die Dinge in sich auf und zog sich in ihre eigene stille kleine Welt zurück, in der sie sich die meiste Zeit aufhielt, Tiere beobachtete, das Leben der Vögel studierte oder sich allein an den Strand setzte und ihren Gedanken nachhing, die sie niemandem verriet. Immer, wenn sie sich Sorgen um Nat machte, wurde Fiona wütend auf ihre Eltern, weil sie gestorben waren. Etwas an ihr war anders als bei den anderen drei. Fiona, Marlin und Charlie gaben immer wieder einmal Anlass zur Sorge, doch selbst wenn Charlie ängstlich war und Fiona manchmal überlegte, ob sie Hilfe brauchte, um mit ihren Ängsten fertigzuwerden, war sie doch sicher, dass es Charlie im Grunde gut ging. Bei Natasha aber war sie sich dessen nicht sicher. Sie war teilweise so unerreichbar, dass Fiona fürchtete, wenn Natasha sich in sich selbst zurückzog, könnte sie verschwinden und niemand könnte sie je zurückholen. Nats herzzerreißende Verletzlichkeit war schon das Problem ihrer Eltern gewesen. Und das hätte es bleiben sollen. Fiona hatte seit jeher eine schwesterliche Angst um Natasha empfunden, doch ihre Eltern hatten den Großteil dieser Sorge getragen. Jetzt lastete die Bürde allein auf ihr.

Doch sie konnte sich nicht mit Natashas Enttäuschung aufhalten, sie musste Wäsche waschen, einen Aufsatz für Englisch schreiben, und außerdem war sie an der Reihe, Al das Essen zu bringen. Es war schon fast Abendessenszeit, als sie feststellte, dass sie Nat den ganzen Nachmittag nicht mehr gesehen hatte, obwohl sie vor dem Essen ihre Hausaufgaben erledigt haben sollte. Die Schwestern machten alle ihre Schulaufgaben vor dem Essen, damit sie nachher gemeinsam fernsehen konnten. Es sah Nat ähnlich, dass sie es vergessen hatte, wenn man sie nicht daran erinnerte.

Fiona schaute aus dem Fenster, konnte sie aber nicht entdecken. Deshalb ging sie auf die hintere Veranda und rief ihren Namen. Keine Antwort. War Nat enttäuschter als Fiona geglaubt hatte? Nur weil Fiona ihr das Geigenspiel verboten hatte? War sie weggelaufen und hatte sich versteckt? Doch das passte nicht zu Nat. Natasha wusste, dass sie und Charlie nicht einfach weglaufen durften. Das war eine der wenigen eisernen Regeln, die Fiona aufgestellt hatte. Sie mussten immer in Rufweite bleiben, weil Fiona auch so genug zu tun hatte, ohne sie zum Abendessen zusammenzutrommeln oder sich Sorgen um sie zu machen. Als sie erneut keine Antwort auf ihr Rufen erhielt, ging sie zum Strandweg. Vielleicht war Natasha einem Vogel nachgegangen. Sie hatte ihr Fernglas mitgenommen und die Brandung konnte bei Flut aber auch bei Ebbe ganz schön laut sein. Vielleicht hatte Nat sie einfach nicht gehört.

Als sie an dem kleinen Strand ankam, war Flut, und nur ein kleines Stück vom Kieselstrand war noch begehbar. Es war zu klein, um gemütlich dort zu sitzen, und Nat war ohnehin nirgends in Sicht. Fiona rief unentwegt nach ihr, für den Fall, dass sie doch zu ihr durchdrang, aber nur die Schreie der Möwen und das Tosen der Wellen waren zu hören. Sie kehrte um und lief wieder hoch auf die Wiese, während sie auf dem ganzen Weg zum Haus immer lauter und besorgter Natashas Namen rief. Daraufhin eilte Marlin, die gerade in den letzten Zügen der Zubereitung des Abendessens war, nach draußen. Kurz darauf kam auch Charlie dazu.

«Wisst ihr, wo Nat hinwollte? Sie ist schon vor einer ganzen Weile mit dem Fernglas losgezogen und auf mein Rufen reagiert sie nicht.»

Marlin und Charlie schauten verängstigt drein, weil sie genau wussten, dass keine von ihnen absichtlich für eine solche Aufregung sorgen würde.

«Sie muss sich verirrt haben», meinte Marlin und sprach damit aus, was Fiona sich nicht getraut hatte, laut auszusprechen. Und wenn sich eine von ihnen in dem Wald verirren würde, der sich über Hunderte von Meilen jenseits ihres Grundstücks erstreckte, dann Natasha, die sich eher verträumt treiben ließ als auf ihre Umgebung zu achten.

«Wir müssen Hilfe holen», sagte Fiona, die jetzt ernsthaft in Panik geriet. Mit einem Mal verspürte sie nackte Angst angesichts der Gefahren. Das Kronendach der Bäume war so dicht, dass ein Suchtrupp, der mit Hubschraubern anrückte, eine vermisste Person niemals von oben ausfindig machen konnte. Und das Meer war noch nie ein sicherer Ort gewesen. Man konnte von einer Klippe fallen, sich den Kopf stoßen und von der Strömung hinausgetragen werden. In dem Fall würde niemand je erfahren, was passiert war. Man konnte auf einem vermeintlich sicheren Felsvorsprung stehen, doch eine gefährliche Welle konnte ganz unvermittelt über einen hereinbrechen und einen fortschwemmen, ehe man sie überhaupt kommen sah. Fionas Freunde hatten in der Schule darüber gesprochen, dass jedes Jahr ein Tourist auf diese Weise ums Leben kam. Und Billy Bär war nicht der einzige Bär in diesen Wäldern. Es gab auch weniger freundliche Artgenossen, von den Pumas und Wölfen ganz zu schweigen.

«Ruf Miss Webster an!», rief Charlie.

«Richtig!» Fiona eilte schon zum Telefon.

Als Miss Webster abnahm und Fionas ängstliche Stimme hörte, fragte sie sofort: «Was ist passiert?»

Nachdem Fiona ihr alles erklärt hatte, sagte Miss Webster ruhig und entschieden: «Okay. Keine von euch geht in den Wald, um sie zu suchen. Es bringt nichts, wenn ihr euch auch noch verirrt. Bleibt alle im Haus. Ruft ihren Namen, wenn es euch hilft, aber geht nirgends hin. Ich werde eine Suchaktion organisieren. Und ich rufe Don an. Wenn es sein muss, wird auch ein Such- und Rettungsteam eingeschaltet. Vermutlich ist sie aber noch in der Nähe.»

Sie legten auf. Fiona tigerte hin und her, bis ihr plötzlich etwas einfiel. «Ich gehe zu Al.»

«Was schert uns in dieser Situation sein Abendessen?», sagte Marlin.

«Nein, wir brauchen ihn hier. Wenn das Haus bald voller Leute ist, die Fragen stellen, sollte er da sein. Es hat uns gerade noch gefehlt, dass jemand fragt, warum kein Erwachsener vor Ort war, als Natasha verschwand.»

Fiona rannte zu Als Wohnwagen und wagte kaum zu hoffen, dass Natasha, obwohl sie das noch nie getan hatte, aus unerfindlichen Gründen zu ihm gegangen war. Doch als Al in Erwartung seines Abendessens die Tür öffnete, stürmte sie außer Atem in den Wohnwagen und fragte: «Ist Natasha hier?»

«Was? Was?», fragte er verwirrt zurück.

«NATASHA! Sie ist mit ihrem Fernglas weggegangen und nicht wiedergekommen. Wir glauben, dass sie sich im Wald verirrt hat.»

«Oh nein!» Al sank auf sein Sofa.

«Sie müssen rüberkommen. Unsere Schulleiterin Miss Webster rückt mit mehreren Leuten an, um uns bei der Suche zu helfen, und wir haben Angst, dass sie Fragen stellen. Sie müssen bei uns bleiben und so tun, als würden Sie bei uns wohnen.»

Al nickte und zog seine Schuhe an. Dann gingen sie los, doch Al konnte mit Fiona nicht Schritt halten, die praktisch rannte, während er schlurfte. Er stand nicht gerade sicher auf seinen zwei Beinen.

*Na super. Die Leute finden zwar einen erwachsenen Mann vor, nur ist er leider betrunken.*

Doch im Vergleich zu Natashas Verschwinden war das ein so geringfügiges Problem, dass sie ihm keine weitere Beachtung schenkte und erneut Natashas Namen rief.

Von nun an trafen ständig neue Leute ein. Miss Webster und Mr Pettinger waren die ersten, aber mit der Zeit trudelten Menschen in ihren Autos ein, die sie nicht einmal kannten. Die Autos der Leute, die von dem vermissten kleinen Mädchen gehört hatten, standen in der Einfahrt der Mädchen und parkten links und rechts an der Straße. Schließlich beschloss Miss Webster, dass es an der Zeit war, die freiwillige Feuerwehr, den Such- und Rettungsdienst sowie die Polizei anzurufen. Sie alle kamen unverzüglich. Al spielte zwar seine Rolle als offizieller Ansprechpartner, aber Fiona bemerkte, dass ein Polizist angewidert das Gesicht verzog, als er den Alkohol in seinem Atem roch. In dieser Situation war es jedoch nicht angebracht, jemanden zu tadeln. Ein Mitarbeiter des Suchteams tätschelte zur Beruhigung sogar Als Arm und sagte, er sei sicher, dass sie Natasha finden würden, er solle sich keine Sorgen machen.

Aber zwei Stunden vergingen und von Natasha gab es immer noch keine Spur. Dann setzte ein Dauerregen ein, typisch für die Westküste, der alles durchtränkte. Die Suchenden kamen ins Haus, um sich aufzuwärmen, und redeten den Mädchen gut zu. Natasha war nicht die Erste, die sich im Wald verlaufen hatte. Bisher waren noch alle gefunden worden. Jeder hatte eine Geschichte über eine Tante, Cousine oder einen Freund auf Lager, die zwei Tage, sechs Tage oder gar einen Monat lang vermisst worden und lebendig zurückgekehrt waren. Fiona fand Trost in diesen Erzählungen und der Freundlichkeit der Leute. Es half ihr, die Hoffnung zu behalten, während sie zwischendurch immer wieder grübelte, wo um Himmels willen Natasha abgeblieben sein konnte, oder dem quälenden Gedanken nachhing, *Ja, Ihre Cousine ist heil zurückgekehrt, aber das heißt noch lange nicht, dass es diesmal auch so sein wird.*

Die Leute suchten, bis sie klatschnass waren, fuhren nach Hause, um sich umzuziehen und kamen anschließend wieder. Andere brachten etwas zu essen und stellten die Speisen auf den Tischen beziehungsweise überall im

Haus ab. Eine Frau brachte eine Kaffeemaschine aus dem Gemeindesaal mit und sorgte dafür, dass sie stets gut gefüllt war. Aus dem Haus, das sie nicht verlassen durften, hörten die Mädchen, wie draußen im Wald und an den Berghängen hinter dem Grundstück ununterbrochen nach Natasha gerufen wurde. Die Stille, die diesen Rufen entgegentrat, lastete schwer auf Fiona. Sich nicht vorstellen zu können, was Natasha passiert war, wo sie war oder warum sie nicht antwortete. Nicht zu wissen, ob bereits etwas Schreckliches geschehen war. Ihren Namen zu hören und die nachfolgende Stille, die der Stille nach dem Tod ihrer Eltern so sehr glich. Auch sie konnten sie rufen, so viel sie wollten, sie würden nie wieder eine Antwort bekommen.

Fiona lief hin und her und konnte dieses Getigere durch den Raum nicht lassen, nicht einmal, um Charlie zu beruhigen. Nach vier Stunden konnte sie nichts mehr zuversichtlich stimmen. Wo war Natasha? Wo *war* sie? Wieso konnte sie es nicht hören, obwohl so viele Leute nach ihr riefen? Wieso hatte man sie noch nicht gefunden?

Hin und wieder kamen Erwachsene ins Haus und sprachen mit Al. Irgendwann war auch Hiram Pennypacker in Jeans aufgetaucht, um zu helfen. Er hatte Al einen bösen Blick zugeworfen, der Bände sprach, als sei alles seine Schuld. Du hättest auf sie aufpassen müssen. Aber es war der falsche Zeitpunkt für Vorwürfe.

Nachts um halb elf, als es draußen stockdunkel war, begann Fiona, die sich bisher zusammengerissen hatte, zu weinen. Al war mittlerweile wieder nüchtern und wollte bei der Suchaktion mithelfen, doch das Rettungsteam verlangte, dass der Vormund der Mädchen für alle Fälle bei ihnen im Haus bleiben sollte. Es war dieses ‹für alle Fälle›, das Fiona den Rest gab. Und sobald sie einmal angefangen hatte zu weinen, konnte sie nicht mehr aufhören. Ihre Tränen erschreckten Marlin bis ins Mark, während Charlie steif wie ein Brett in einer Ecke des Wohnzimmers kauerte, kaum atmete und mit niemandem sprach – nicht einmal mit den netten Frauen, die sie mit einem Märchenbuch ablenken wollten. Als schließlich allen bewusst wurde, dass die Suche vermutlich die ganze Nacht andauern würde und die Suchtrupps weiter in den Wald vordringen müssten und der Eisenwarenhändler sich gerade erboten hatte, weitere Sturmlaternen und leistungsstarke Taschenlampen aus seinem Lager zu holen, kam Mr Pettinger vom Berg herunter und barg die zitternde, bis auf die Knochen durchnässte Natasha in seinen Armen.

«NAT!», schrie Fiona, rannte aus dem Haus und rutschte auf der Wiese aus, sodass sie von oben bis unten voll Schlamm war. Ohne es überhaupt zu bemerken, sprang sie auf und sprintete weiter.

Danach rief die freiwillige Feuerwehr auf der Wache an, damit die Sirene eingeschaltet wurde, das Signal, dass Natasha gefunden worden war. Nach und nach kehrten die Menschen aus den Wäldern zurück, nass, verfroren und begierig zu hören, dass ihr nichts passiert war.

«Ich habe sie auf halbem Weg nach oben auf der anderen Seite des Berges gefunden, wo sie schlotternd unter einem Baum saß», berichtete Mr Pettinger, dessen Arme vor Anstrengung zitterten.

Die Sanitäter, die bereits vor Ort gewesen waren, untersuchten Natasha und erklärten, sie sei nicht unterkühlt, nur verkühlt, nass und erschöpft. Sie sollte ein heißes Bad nehmen, etwas Warmes trinken und dann ins Bett gehen. Darum kümmerte sich Miss Webster, während die Helfer langsam nach Hause fuhren, die leeren Auflaufformen, Teller und die Kaffeemaschine mitnahmen. Niemand löcherte die Mädchen mit Fragen. Alle schienen zu verstehen, dass sie jetzt ihre Ruhe brauchten. Sogar die Polizisten und die Mitarbeiter des Such- und Rettungsteams packten schweigend und ohne Umschweife ihre Sachen. Als sie Marlin beim Spülen half, fragte Miss Webster die Schwestern, ob sie lieber bei ihnen übernachten sollte. Sie stellte diese Frage, ohne groß nachzudenken, denn Mr Pennypacker stand direkt neben ihr und ein Funke blitzte in seinen Augen auf.

«Wieso sollten Sie hier übernachten?», fragte er boshaft, als hätte er sie endlich erwischt. «Al ist doch der Vormund, oder nicht?»

Im Bruchteil einer Sekunde begriff Miss Webster ihren Fehler und erstarrte kurz, bevor sie möglichst lässig antwortete: «Oh, ich glaube, in einer solchen Situation braucht ein Mädchen eine Art mütterlichen Beistand.»

«Ah-ha.» Mr Pennypacker warf ihr einen skeptischen Blick zu. Dann ging er zu Al, der im Wohnzimmer Marthas Bücher durchstöberte: «Du bist immer noch nicht hier eingezogen, oder? Und du hast mir noch keine Papiere vorgelegt, weil du keine *hast*, stimmt's? Ich wette darauf, dass du den Mädchen nicht mehr bedeutest als du Martha bedeutet hast. Meine einzige Frage lautet, warum sie für dich lügen?»

*Neiiin*, dachte Fiona, die diesen Wortwechsel mitangehört hatte, *neiiin*. Aber sie war zu erschöpft, um sich jetzt auch noch damit zu befassen. Sie bekam mit, dass Mr Pennypacker Al nach draußen auf die Veranda folgte, verstand aber nur noch Bruchstücke dessen, was er sagte. Zusammengefasst lief es auf Folgendes hinaus: «Du bist gar nicht ihr gesetzlicher Vormund, was? Du hast mich die ganze Zeit angelogen. Ich kann dir auch sagen, warum. Niemals hätte sie dir irgendeine Verantwortung übertragen. Dafür kannte sie dich zu gut.»

Al konterte, aber seine Antworten und Mr Pennypackers Nachfragen waren irgendwann nicht mehr zu unterscheiden. Schließlich verstummten beide, Mr Pennypacker knallte seine Wagentür zu, ließ wütend den Motor aufheulen und fuhr ab. Fiona schaute vorsichtig aus dem Fenster und sah, wie Al nach Hause ging.

*Ertappt*, dachte sie grimmig. *Und jetzt?*

Anschließend verabschiedete sie sich von Miss Webster und Mr Pettinger, die eng umschlungen an der Tür standen.

«Ende gut, alles gut, hm?», sagte er zu Fiona.

Fiona wusste, dass er es gut meinte, aber am liebsten hätte sie zurückgeschnauzt, wenn das aufhören soll, heiraten Sie lieber schleunigst Miss Webster und adoptieren uns, weil ich mir nicht vorstellen kann, dass Mr Pennypacker mit seinem gesteigerten Misstrauen noch lange wartet, bis er etwas unternimmt. Aber sie schwieg. Sie war fix und fertig von der Erschöpfung und den Nachwehen ihrer Angst und nickte nur.

Als sie endlich nur noch zu viert waren, ging Fiona mit den anderen nach oben, um sich Natashas Geschichte anzuhören. Bisher hatten sie genug damit zu tun gehabt, die Leute nach Hause zu schicken, und Natasha damit, sich aufzuwärmen und soweit zu erholen, dass sie sprechen konnte. Mittlerweile war sie beinahe eingeschlafen und ihrer Erzählung fehlte ein wenig der Zusammenhang.

«Ich bin draußen den Adlern gefolgt. Ich wollte nur sehen, wo sie nisten. Sie haben ihr Nest irgendwo im Wald hinterm Haus, weil sie immer dorthin zurückkehren. So viel wusste ich. Ich ging los und dachte, *ich kann einfach den Weg zurückgehen, auf dem ich gekommen bin*, aber dann bin ich immer weiter abgekommen und das Gebüsch wurde immer dichter. Ich bin umgekehrt, aber ich konnte unsere Farm einfach nicht wiederfinden. Als ich gemerkt habe, dass ich mich verlaufen hatte, habe ich mir immer wieder gesagt, *ich gehe einfach bergab, wenn ich immer weiter bergab gehe, komme ich ans Meer und kann an den Klippen entlang nach Hause gehen.* Aber ich bin bergab gegangen und dann war da nur wieder ein anderer Hügel, und auf einmal hatte ich mich komplett verirrt.»

«Hast du nicht gehört, dass ich dich gerufen habe?», erkundigte sich Fiona.

«Doch, ein paar Mal sogar, und dann bin ich in die Richtung gelaufen und habe zurückgerufen, aber du hast nie reagiert.»

«Ich habe dich nicht gehört, Nat. Hast du noch jemanden rufen hören?»

«Nein, ich habe gar nichts mehr gehört, nachdem ich dich nicht mehr hören konnte, und bin immer weiter gelaufen, in der Hoffnung, deine Stimme wieder zu hören, aber ich bin wahrscheinlich in die falsche Richtung gegangen und dann kam der Wind und es hat angefangen zu regnen und ich habe mich schrecklich gefürchtet, weil ich so erschöpft und nass war und die Bäume haben geknarrt, als würden sie gleich auf mich drauffallen. Und deshalb habe ich mich unter einen Baum gesetzt und einfach gewartet.»

«Auf uns, Nat?»

«Nein», flüsterte Natasha. «Auf Mommy.» Und damit schlief sie ein.

«Es wäre auch passiert, wenn Mommy und Daddy noch am Leben wären», sagte Marlin später zu Fiona, nachdem auch Charlie eingeschlafen war und die beiden sich in ihre eigenen Betten zurückgezogen hatten, wo sie nun an die Decke blickten.

«Ich weiß», flüsterte Fiona jämmerlich.

«Sie lässt sich einfach immer treiben, ohne aufzupassen. Das hätte in Borneo genauso passieren können. Aber dieser Al Farber ist wirklich unmöglich. Hast du gemerkt, dass er betrunken war, als er hergekommen ist?»

«Wir brauchen einen vorzeigbareren Vormund», murmelte Fiona, die bereits die Augen geschlossen hatte, weil die Lider ihr so schwer wurden.

In ihrem halbwachen Zustand hörte sie Marlin noch sagen: «Es ist so sonderbar.»

«Was ist so sonderbar?», gähnte Fiona.

«Dass Mommy und Daddy nie erfahren werden, dass wir auf Pine Island gelandet sind, oder dass Natasha sich verirrt hat. Dass sie überhaupt nie mehr irgendetwas darüber wissen werden, was mit uns geschieht.»

# DAVY CLEMENT

Die Luft wurde leichter, die Tage länger und es ging in den Mai hinein, den herrlichsten aller Monate. Von Mr Pennypacker kamen keine Briefe, E-Mails, Textnachrichten oder Anrufe mehr, und Fiona wusste nicht, ob das gut oder schlecht war, bis Al eines Tages, nachdem sie ihm sein Abendessen gebracht hatte, sagte: «Ihr müsst mir diese Nervensäge Hiram Pennypacker vom Hals schaffen.»

Fiona wurde blass. «Was soll das heißen?»

«Das soll heißen, dass er mir andauernd Drohnachrichten auf die Mobilbox quatscht. Er behauptet, nur wegen seiner tiefen Verbundenheit zu Martha und der noch immer bestehenden Möglichkeit, dass sie mich wirklich als Vormund einsetzen wollte, wäre er noch nicht zum Jugendamt gegangen. Aber er hinterlässt jeden Tag genau die gleiche Nachricht mit seiner grässlich schrillen Quäkstimme. Ich kann ihn nicht davon abhalten, ich kann ihn nicht einmal zurückrufen, weil ich keine Dokumente habe, die ich ihm zeigen könnte, und weil mir kein einziger glaubhafter und akzeptabler Grund einfällt, warum ich sie ihm nicht zeigen sollte, wenn ich sie denn hätte!»

«Oh», sagte Fiona.

«Ja, *oh.* Ich mag mich zu einigem bereit erklärt haben, aber nicht dazu, mich von diesem Gartenzwerg zu Tode nerven zu lassen.»

«Machen Sie sich keine Sorgen», erwiderte Fiona, die in Gedanken bei Miss Webster und Mr Pettinger war. Ihr Bedürfnis, von den beiden gerettet zu werden, war so groß, dass sie mittlerweile blindlings auf die Adoption vertraute. «Wir haben einen Plan B. Vielleicht müssen Sie nicht mehr lange so tun, als wären Sie unser Vormund.»

«Echt?», fragte Al interessiert. «Was gibt es denn Neues?»

«Es ist noch geheim. Aber ich verspreche Ihnen, wenn es so läuft, wie wir uns das vorstellen, sind Sie Mr Pennypacker endgültig los. Sie müssen nur noch ein bisschen durchhalten. Bis dahin machen Sie es einfach so wie ich und beachten ihn gar nicht.»

Al verdrehte die Augen, nahm sein Abendessen mit in den Wohnwagen und knallte die Tür zu.

Bis auf Charlie wollte er mit den Schwestern nach wie vor wenig zu tun haben. Er hatte irgendwann damit angefangen, Charlie samstags mit einer Packung Oreos abzuholen, um mit ihr zum Salmon River zu fahren und dort Ausschau nach Billy Bär zu halten.

Fiona ermahnte Charlie deswegen eines Sonntagabends, als sie mit Miss Webster und Mr Pettinger zu Abend aßen.

«Du weißt schon, dass es gefährlich ist, oder?»

«Wenn du Billy Bär suchen möchtest, solltest du mit mir fahren», pflichtete Mr Pettinger ihr bei.

«Aber Al und ich machen das gern zusammen. Außerdem sitzen wir fast die ganze Zeit im Truck und warten. Bisher haben wir ihn noch nie gesehen, aber wir lassen immer einen Cairn aus Oreos für ihn da.»

«Einen Cairn?», fragte Natasha.

«Das ist ein Turm aus Steinen», antwortete Charlie. «Al baut ihn eben aus Oreos. Einen Oreo-Cairn.»

«Das soll man nicht tun», tadelte Mr Pettinger. «Ein gefütterter Bär ist ein toter Bär.»

«Al hat ihn gefüttert, als er in unseren Wäldern lebte und ihm an den Müllabfuhrtagen immer Oreos hingelegt.»

«Richtig, und deshalb musste er woanders hingebracht werden. Das ist zumindest ein Grund. Ich weiß, dass Billy scharf auf Müll war, aber die Kekse haben sicher nicht geholfen. Wenn er sich daran gewöhnt, dass Menschen ihm im Wald etwas zu fressen geben, wird er auf Menschen zugehen, sobald er welche sieht, weil er denkt, sie haben Futter dabei. Und am Ende steht man dann mit einem toten Bären da.»

«Aber wir geben ihm ja gar nichts, weil er nie zu uns kommt. Wir sitzen im Auto, essen Kekse, halten Ausschau nach ihm und legen ihm dann einen Snack für später hin.»

«Selbst wenn Billy Menschen nicht mit den Oreos in Verbindung bringt, solltet ihr damit aufhören», beharrte Mr Pettinger. «Schon allein, weil das nicht gesund ist.»

«*Wir* essen auch Oreos», entgegnete Charlie.

«Worüber redest du eigentlich mit Al?», fragte Marlin und wechselte so das Thema. «Wenn ich ihm das Abendessen bringe, schreit er nur ‹WAS!›, reißt es mir aus der Hand und reicht mir die leere Frischhaltedose vom Vortag.»

«Wir reden eigentlich nicht viel. Na ja, manchmal darüber, wie sehr wir Billy vermissen. Das ist alles.»

«Spricht er über Tante Martha?», erkundigte sich Fiona.

«Oder darüber, wie es war, für die *New York Times* zu schreiben?» Das hätte Marlin interessiert.

«Nein. Ich habe ihn mal gefragt, wie Tante Martha so war, und er meinte, ich soll das Buch lesen. Dann habe ich ihn gefragt, warum er nicht noch ein Buch geschrieben hat, und er hat geantwortet, das würde mich nichts angehen.»

«Mann, muss der immer so *mies* drauf sein?», knurrte Marlin.

«Ich mag ihn. Er sagt, was er denkt, und er macht mich nie nervös.»

Fiona war überrascht über diesen Einwurf. Machten sie Charlie nervös? Oder sie selbst? Kontrollierte sie sie zu sehr? Irgendwie war sie ständig dabei, sich in ihrer Rolle selbst noch zu finden. Vielleicht war sie auch zu nett zu Charlie, zu übereifrig. Womöglich sollte sie häufiger mit «das geht dich nichts an» reagieren. Die meiste Zeit sorgte sie sich darum, ob sie ihrer Aufgabe, alles am Laufen zu halten, gerecht wurde, beziehungsweise, ob sie nicht doch alles falsch machte.

Doch um sich von diesen beständigen Sorgen abzulenken, hatte sie sich einen Rückzugsort in ihrem Kopf geschaffen: im Tagträumen an Davy. Es herrschte eine Art elektrischer Spannung zwischen ihnen, sodass Fiona geschworen hätte, in der Schule stets genau zu wissen, wo er war. Als sie eines Tages träge auf einem Baumstumpf im Schulhof saß und auf das Klingeln wartete, dachte sie, *gleich kommt er um die Hausecke*. Und genau so war's. Er sah sie dort sitzen, ganz geplättet, ob ihrer eigenen Vorahnung, und lächelte sie an. Sie war so überrascht, dass sie keine Zeit hatte, sich abzuwenden, und da auch sonst niemand in der Nähe war, mit dem sie sich noch schnell hätte unterhalten können, verweilte sie mit leicht geöffnetem Mund, bis Davy bei ihr war.

«Hi», sagte er.

«Hi», antwortete sie mit glühendheißem Gesicht.

«Ihr seid neu, richtig? Du und deine Schwestern. Meine kleine Schwester ist mit Natasha in einer Klasse. Sie hat gesagt, ihr seid aus Borneo hergezogen.»

«Jep.»

«Wow. Ich wollte dir nur sagen, dass ich das echt cool finde. Also Borneo.»

«Danke», erwiderte sie und hätte sich ohrfeigen mögen, weil ihr nichts Schlaueres eingefallen war. Danke wofür?

«Ich bin Davy Clement», stellte er sich vor.

«Ich weiß», sagte Fiona und hätte sich erneut ohrfeigen mögen. Woher sollte sie das wissen, außer wenn sie sich nach ihm erkundigt hatte? «Ich bin Fiona McCready.»

«Ich weiß.» Er lächelte, als wäre das ihr erster Insiderwitz. «Und wie findest du es in St. Mary's By the Sea?»

«Ich habe noch nicht viel gesehen. Im Grunde nur den Lebensmittelladen, wenn ich den Wocheneinkauf erledige.»

Er sah sie erstaunt an. Fiona war so außer Fassung, dass sie ständig kleine und dumme Fehler machte, nachdem sie wochenlang jedes Wort auf die Goldwaage gelegt hatte. Welche Vierzehnjährige übernahm schon den wöchentlichen Familieneinkauf?

«Ich mag den Lebensmittelladen», erklärte sie in der Hoffnung, dass es damit etwas unverfänglicher klang. «Deshalb habe ich diese Aufgabe übernommen.»

«Cool von deinen Eltern, dass sie dir das erlauben.»

«Meine Eltern sind tot», entgegnete Fiona ausdruckslos. Es fiel ihr nach wie vor schwer, es unverblümt laut auszusprechen. Es kam ihr stets vor, als würde sie dadurch die Särge höchstpersönlich ins Grab herablassen. Da es keine Leichen gegeben hatte, die man hätte begraben können, blieb der Tod ihrer Eltern auf vielerlei Weise abstrakt. Wie etwas, das sich noch ändern ließe, obwohl sie es besser wusste. Gleichzeitig fühlte es sich wie ein Treuebruch an, die Tatsache zu verkünden, als würde sie die winzige, kaum wahrnehmbare Hoffnung absichtlich im Keim ersticken.

«Wow», sagte Davy. «Mit wem lebt ihr dann zusammen?»

«Wir haben einen gesetzlichen Vormund namens Al Farber. Wir sollten zu meiner Großtante Martha ziehen, aber sie ist auch gestorben.»

«Das ist ... ihr müsst ... wie lange ist es her, dass eure Eltern gestorben sind?»

«Schon über ein Jahr. Es ist nicht erst kürzlich passiert.»

«Trotzdem kann man sich wahrscheinlich nicht daran gewöhnen.»

«Nein. Na ja, irgendwie schon und irgendwie nicht.»

Davy nickte. «War es ein Verkehrsunfall oder so etwas?»

«Ein Tsunami.»

«Wow. Der in Thailand?»

«Ja.»

«Das habe ich in den Nachrichten gesehen. Schrecklich.»

«Ja, schon.»

«Tja, ich wollte dich gerade fragen, ob du Lust hast, nach der Schule in die Stadt zu gehen. Dann könnte ich dir zeigen, wo die Toffee-Fee ihren Stand hat. So nennt sie sich. Sie war immer schon da. Sie lebt davon, dass sie Karamellbonbons und Herrenfliegen für feine Anzüge verkauft. Ich dachte, du hättest sie vielleicht noch nicht entdeckt, weil der Stand ein bisschen versteckt in einer Gasse liegt. Die Toffee-Fee stellt hundertzweiundzwanzig verschiedene Sorten her, natürlich nicht alle auf einmal, aber sie hat viele Geschmacksrichtungen auf Lager, die abwechselnd im Angebot sind. Normalerweise hat sie ungefähr ein Dutzend am Stand. Besseres Toffee gibt es nirgends.»

«Ich kann nicht», entgegnete Fiona rasch. «Nach der Schule muss ich auf meine Schwestern aufpassen.»

«Oh.» Davy zeigte sich verlegen, als hätte er sich einen Schritt vorgewagt, um dann zu merken, dass er sich doch getäuscht hatte. Er wich zurück. «Arbeitet euer Vormund? Musst du dich deshalb um die Betreuung nach der Schule kümmern?»

«So ungefähr.»

«Okay, ja dann, kein Problem.» Er wich nochmals zurück und wandte sich langsam zum Gehen ab.

«Das stimmt wirklich», beteuerte Fiona. «Sonst würde ich mitkommen. Ich würde den Stand der Toffee-Fee wirklich sehr gern sehen. Aber danke, dass du mich gefragt hast.»

«Schon okay.» Er schlenderte los. «Vielleicht an einem anderen Tag.»

«Okay», sagte sie, aber leise, weil sie dachte, *an welchem anderen Tag denn?*

Wann würde sie es wagen, nach der Schule irgendwohin zu gehen, ohne sich Sorgen zu machen, dass jemand von einem Bären den Baum hochgetrieben wurde oder sich im Wald verirrte? Sie hätte Davy fragen können, ob sie sich treffen konnten, wenn sie in der Stadt ihre Einkäufe erledigte. Dafür ließ sie die anderen in Marlins Obhut. Marlin war fast dreizehn. Wieso sollte Marlin nach der Schule nicht auf Natasha und Charlie aufpassen, wenn es ihr samstags gelang? Wieso war sie *darauf* nicht eher gekommen?

«An einem anderen Tag», murmelte sie mit neuer Hoffnung, doch Davy war nicht mehr in Hörweite.

Danach begegnete sie ihm eine Zeit lang nicht. Sie wusste nicht, ob er ihr absichtlich aus dem Weg ging oder ob es purer Zufall war, dass sie sich nicht so oft sahen wie zuvor.

Im Übrigen hatte sie andere Dinge im Kopf. Irgendetwas lief zwischen Marlin und Miss Webster. Sie wusste nicht, ob es einen Zusammenhang gab, aber die beiden strahlten die gleiche unterdrückte Aufregung aus.

Eines Tages fragte Fiona beim Abendessen: «Was ist eigentlich mit dir los, Marlin?»

«Ich habe ein Geheimnis», gestand Marlin. «Aber ich will es euch noch nicht verraten.»

«Ist es das gleiche Geheimnis wie das von Miss Webster? Sie sieht nämlich neuerdings aus, als würde sie platzen, wenn sie herkommt. Was heckt ihr beiden aus?»

«Miss Webster? Wie könnten wir ein gemeinsames Geheimnis haben? Nein, das ist mein ganz eigenes.»

«Gib uns einen Hinweis», bat Fiona.

«Ich glaube, ich habe eine Möglichkeit gefunden, Geld zu verdienen, damit Nat bei den Streichern mitspielen kann und du dir nicht immer so große Sorgen machen musst. Aber ich kann es euch noch nicht sagen.»

«Ich darf zu den Streichern?», Natasha hob plötzlich interessiert den Kopf, den sie über den Teller mit Essen gesenkt hatte.

«Ist es legal?», wollte Fiona wissen.

«Natürlich ist es *legal*!» Marlin stand entrüstet auf.

«Ist ja gut, Marlin, ich kann mir nur nicht vorstellen, wie eine Zwölfjährige auf einmal viel Geld verdienen sollte.»

«Das stimmt», meinte Marlin selbstgefällig. «Du kannst es dir nicht vorstellen. Ich aber, und ich habe etwas gefunden, mit dem all unsere Probleme gelöst wären.»

«Okay, das, das ist super», sagte Fiona misstrauisch, die keine Sekunde daran glaubte, dass Marlin irgendwie Geld verdienen könnte. Sie hatte keine Ahnung, was sie vorhatte, vermutlich handelte es sich um ein Hirngespinst, doch solange es Marlin glücklich machte, hatte Fiona nichts dagegen. Darüber würde sie sich jetzt mal keine Sorgen machen.

Fiona wünschte, sie könnte auch Miss Webster geradeheraus fragen, warum sie so selbstzufrieden durch die Gegend lief. Sie hoffte inständig, dass es an ihrem Entschluss lag, die Schwestern gemeinsam mit Mr Pettinger zu adoptieren. Al drohte ihr, die ursprüngliche Vereinbarung zu kündigen, wenn sie ihm nicht bald Mr Pennypacker vom Hals schaffte. Fiona fand, sie konnte ihre neugierige Nase nicht wie bei Marlin einfach in Miss Websters Angelegenheiten stecken, aber am darauffolgenden Sonntag gab Miss Webster freiwillig etwas preis.

Mr Pettinger war im Obstgarten und hängte eine Schaukel für die Mädchen auf. Miss Webster hatte eine altmodische Speiseeismaschine, ein bisschen Steinsalz und Trockeneis mitgebracht. Sie setzte sich mit den Mädchen auf die Veranda, wo sie abwechselnd die Kurbel betätigten, und sagte: «Das ist der schönste Frühling, seit ich denken kann. Und ich habe ein großes schönes Geheimnis, das gut damit einhergeht. Es besteht aus zwei Teilen. Momentan verrate ich es noch niemandem. Aber ich werde es euch Vieren zuerst sagen, weil es euch am meisten betrifft. So, jetzt habt ihr was, worüber ihr die kommende Woche nachdenken könnt, stimmt's?»

«Heißt das, Sie verraten es uns am nächsten Wochenende?», fragte Marlin begierig.

«Vielleicht, aber vermutlich erst in ein oder zwei Wochen. Wir müssen noch ein paar Details klären.»

Fiona warf Charlie einen nervösen Blick zu, weil sie Angst hatte, Charlie könnte «Wir wissen Bescheid!» rufen oder noch schlimmer: «Sie adoptieren uns!» Doch Charlie war vollauf damit beschäftigt, die Eismaschine zu betätigen und das nahm sie ganz und gar gefangen.

Nachdem Mr Pettinger und Miss Webster an diesem Abend gegangen waren, wiederholte Marlin: «Ein Geheimnis aus *zwei* Teilen!»

«Sie adoptieren uns!» Charlie war sich sicher.

«Miss Webster hat es ja praktisch schon verraten!», meinte auch Natasha.

«Kann sein», murmelte Fiona, denn auch sie war überzeugt, dass das das Geheimnis sein musste. Und es käme keine Sekunde zu früh, bevor Mr Pennypacker ihnen gewaltige Schwierigkeiten bereiten würde.

«Und was ist der erste Teil?», warf Marlin in die Runde.

«Na ja, natürlich, dass sie heiraten», meinte Natasha.

«Nein, dass sie uns adoptieren!», widersprach Charlie.

«Und Teil zwei?»

«Sie kaufen jeder von uns ein Pony!», rief Charlie.

«Wahrscheinlicher ist, dass die Hochzeit Teil eins ist», bemerkte Marlin.

«Kann sein», sagte Fiona bedächtig. «Andererseits haben sie sich *gerade erst* kennengelernt. So bald schon? Und in ihrer Gegenwart können wir nicht laut darüber nachdenken. *Niemals.* Wir dürfen unsererseits nicht verraten, was wir erhoffen, und wenn sich herausstellt, dass es *wirklich* das Geheimnis ist, dann müssen wir uns total überrascht geben.»

«Gut», sagte Charlie. «Wir haben auch ein Geheimnis. Unser Geheimnis ist, dass wir *ihr* Geheimnis kennen! Aber sie wissen nichts von unserem, das daraus besteht, dass wir *ihres* kennen.»

«Vielleicht», antwortete Fiona. «Aber es ist gefährlich, alles darauf zu setzen.»

Fiona dachte schon, ihr eigenes Geheimnis sei bereits Geschichte und Davy würde nie wieder ein Wort mit ihr reden. Sie befürchtete, seine Einladung auf ungeschickte Weise abgelehnt zu haben. Seit sie zuletzt miteinander gesprochen hatten, war eine Woche vergangen. Sie war einfach zu blöd und hatte alles vermasselt, bevor es überhaupt angefangen hatte.

Dann, als sie eines Tages wieder auf dem Baumstumpf saß und auf das Klingeln wartete, bog er wieder um die Ecke, sah sie und legte einen Finger auf die Lippen, als sollte sie auf etwas warten. Grinsend nahm er seinen Rucksack ab, holte etwas heraus, ging zu ihr und reichte es ihr.

«Geburtstagskuchenkonfetti», erklärte er. «Meiner Meinung nach die beste Geschmacksrichtung.»

«Ist das für mich?», flüsterte Fiona.

»Tja, wenn du nicht zum Toffee-Stand gehen kannst, kommen die Bonbons eben zu dir.» Er wirkte verlegen.

Als es klingelte, war Fiona hin- und hergerissen. Sie wollte am liebsten dort bleiben und weiterreden, musste aber ausgerechnet jetzt reingehen.

Sie bedankte sich. «Hast du vielleicht Lust, dich in der Mittagspause hier mit mir zu treffen?»

«Mittag am Baumstumpf.» Er grinste. «Gerne.»

Fiona zitterte über ihren eigenen mutigen Vorstoß. «Okay.» Sie ging rasch ins Schulgebäude, damit er ihre wackeligen Beine nicht bemerkte.

Von diesem Tag an verbrachten sie täglich die Mittagspause zusammen. Reden war immer noch eher schwierig. Manchmal dachte Fiona, dass sie sich in ihrer gemeinsamen

Zeit mehr Gedanken darüber machte, wie sie wohl rüberkam, als tatsächlich zuzuhören, was er sagte.

Sie fragte sich, wie lange sie diese Freundschaft vor ihren Schwestern geheim halten konnte und was sie dazu sagen würden, wenn sie es herausfanden. Es war recht hilfreich, dass sie auf zwei verschiedene Schulen gingen, aber Davys Schwester ging ja in Natashas Klasse und wenn er ihr von der gemeinsamen Mittagspause erzählte, würde sie es vielleicht wiederum Natasha weitererzählen. Oder jemand anders könnte es einer ihrer drei Schwestern verraten, zumal es sich in ihrer Schule allmählich herumsprach, da sie und Davy sich jeden Mittag trafen.

Die Mädchen, mit denen sie normalerweise die Pausen verbrachte, neckten sie, sie hätte einen Freund. Fiona mied dieses Thema und spielte es herunter, weil sie ahnte, dass nur mehr geredet würde, wenn sie irgendwie darauf einging. Dabei wusste sie selbst nicht, warum sie es ihren Schwestern nicht sagen wollte – nicht einmal Marlin, wenn sie abends in den Betten lagen, die sie aneinander geschoben hatten, und aus dem Fenster in die Sterne blickten und alles andere miteinander besprachen. Sie grübelte darüber nach und begriff, dass sie es ihnen nicht sagen wollte, weil es etwas war, das ihr ganz allein gehörte. Ein Zipfel ihres Lebens, den sie für sich behalten wollte. Fast alles andere, was sie tat, fühlte sich an, als würde sie es nur für die Familie tun. Damit sie überlebten und auf Dauer zusammenbleiben konnten. Und das bereute sie keine Sekunde. Doch das hier war ihre kleine Zuflucht. Hier konnte sie ihren eigenen Gefühlen freien Lauf lassen, sie nicht dem Nutzen der anderen opfern.

Einerseits hatte sie ein schlechtes Gewissen, weil sie ihren Schwestern einiges abgeschlagen hatte. Sie hatte Nein gesagt, als Charlie die neueste Puppe wollte. Sie hatte Nein gesagt, als Natasha Geige lernen wollte, und Nein zu Marlin, als diese tollere Kochzutaten und bessere Gerätschaften für die Küche kaufen wollte. Nein, nein, nein. Es fühlte sich ungerecht an, dass es für sie etwas Besonderes gab, das sie glücklich machte. Etwas, worum sie nicht einmal hatte bitten müssen. Etwas, das mit den anderen nichts zu tun hatte. Etwas ganz, ganz Eigenes. Andererseits kostete es die Schwestern keinen Cent.

Fiona machte sich immer mehr Sorgen wegen des Geldes. Vor Kurzem hatte sie eine E-Mail von Hiram Pennypacker mit der Betreffzeile STEUERN!!!!!!! bekommen. Sie hatte sie möglichst lange ignoriert, doch jetzt klickte sie sie an und begriff, dass sie ihr zu lange keine Beachtung geschenkt hatte. Weil sie geerbt hatten, mussten sie wegen komplizierter Bestimmungen Steuern für bestimmte Dinge zahlen. Davon schwirrte Fiona der Kopf, zum Beispiel von dem unterschiedlichen Wert von Tante Marthas Haus – wie hoch er war, als sie es gekauft hatte, und wie hoch er kürzlich geschätzt worden war. Diese und andere Steuern hätten längst bezahlt werden müssen, sodass jetzt zusätzliche Mahngebühren anfielen.

Mr Pennypacker hatte versucht, sie vor all diesen Dingen zu warnen. Diese E-Mail hatte sie nur geöffnet, weil Al eines Abends, als sie an der Reihe war, ihm das Essen zu bringen, an der Tür auf sie gewartet hatte. «ZAHLT. EURE. STEUERN», hatte er gefordert. «Zahlt eure

Steuern und sorgt dafür, dass der Gartenzwerg mich nicht mehr belästigt. Er ist offenbar der Ansicht, dass ich mich als euer Vormund um die Steuern kümmern müsste. Was irgendwie lustig ist, weil er ja gar nicht glaubt, dass ich euer Vormund bin, was im Übrigen endlich mal geklärt werden muss. Er lässt sich das nicht ewig gefallen. Aber für den Moment, STEUERN!»

«Okay», versprach Fiona. «Ich sehe mir das an.»

«Du sollst es dir nicht ansehen, du sollst es machen.»

Fiona fand die nötigen Formulare im Internet. Sie hatte die Bankdaten. Die Steuern waren mit Hinweisen versehen. Es gab sogar eine Steuersoftware, die man kaufen konnte. Fiona meinte, sie würde allein zurechtkommen, doch als Marlin eines Abends spät hereinkam, weinte sie leise vor sich hin.

«Soll ich es mal versuchen?», fragte sie.

»Ha! Schön wär's», schluchzte Fiona. «Wieso machen sie es einem so schwer?»

«Können wir jemanden anstellen, der es für uns erledigt?»

«Nein, das können wir uns nicht leisten», antwortete Fiona mit dem Satz, den sie mittlerweile hasste wie die Pest. Sie hatte das Gefühl, ihn täglich zu benutzen. Und sie fragte sich, wann der Tag kommen würde, an dem er auch für Lebensmittel galt. *Sorge, aber sorge nicht zuviel*, hörte sie ihre Mutter sagen.

Fiona schrieb die Lieblingssätze ihrer Eltern mit denen sie die Mädchen aufgemuntert hatten, in ein Notizbuch. Jemand wird schon helfen. Sorge, aber sorge nicht zuviel. Es kommt doch alles, wie Gott es will. Sieh es positiv. Was du heute kannst besorgen, das verschiebe nicht auf morgen. Froh zu sein, bedarf es wenig, doch wer froh ist, ist ein König. Es half nichts, jeden Abend musste sie sich erneut an die vertrackte Steuer setzen und brach unweigerlich in Tränen der Frustration aus.

Eines Tages, als sie Al das Abendessen brachte, riss er es ihr nicht aus der Hand und knallte die Tür zu, sondern sagte: «Marlin meint, du kannst eure Steuer nicht machen.»

«Ich bin noch dran», erwiderte Fiona geduldig und dachte, *wieso interessiert Sie das?*

«Gib her», forderte Al auf seine gewohnte brüske Art.

«Was meinen Sie damit?»

«Bring das Zeug rüber.»

«Ich mache das online auf Tante Marthas Computer.»

«Verstehe, dann komme ich zu euch.»

Fiona wusste nicht, was sie davon halten sollte. Al hatte noch nie irgendetwas getan, ohne eine Gegenleistung zu erwarten. Auf dem Heimweg überlegte sie fieberhaft, was er wohl wollen könnte, aber sie konnte es sich beim besten Willen nicht vorstellen. *Einem geschenkten Gaul schaut man nicht ins Maul*, dieses Sprichwort, das ihre Eltern ihnen vorgehalten hatten, schoss ihr durch den Kopf. Entsprechend zeigte sie ihm alles im Arbeitszimmer ihrer Tante und an Marthas Computer sowie die Bankdaten und die unvollständig ausgefüllten Formulare. Als sie ins Bett ging, saß er immer noch über den Unterlagen und aß währenddessen die Quiche, die als sein Abendessen gedacht gewesen war.

«Wieso tut er das?», flüsterte sie Marlin zu.

«Aus reiner Herzensgüte vielleicht?», spottete Marlin. «Ein *bisschen was* muss er doch aus Herzensgüte tun.»

«Das wäre das erste Mal.»

«Vielleicht will er zum Ausgleich drei Mahlzeiten am Tag», überlegte Marlin laut.

«Das hätte er gleich am Anfang verlangt. Ich glaube, er verhandelt gern. Und wieso hast du ihm überhaupt erzählt, dass ich Probleme mit der Steuer habe?»

«Weiß ich auch nicht, es ist mir einfach rausgerutscht. Weil er mich genervt hat, dass ich dich wegen der Steuer nerven soll, weil Mr Pennypacker hinter ihm her ist. Und er meinte, Mr Pennypacker beziehungsweise der Gartenzwerg, wie er ihn nennt, wäre nicht in unserer ursprünglichen Vereinbarung enthalten, und wenn du ihn nicht bald von ihm befreien würdest, würde er nicht mehr mitmachen und blablabla. Daraufhin ist es aus mir rausgeplatzt und ich habe gesagt: ‹Also, sie tut, was sie kann. Genaugenommen sitzt sie jeden Abend heulend über der Steuer›.»

«Dann ist das wahrscheinlich der Grund. Er will Mr Pennypacker loswerden und hat sich gedacht, dass es doch schneller geht, wenn er die Steuer selbst erledigt.»

«Glaubst du denn, dass er das kann? Er ist meistens ganz schön neben der Spur. Was glaubst du, wie lange er noch da unten hockt. Dürfen wir schon einschlafen, bevor er gegangen ist? Oder wäre das unhöflich? Sollen wir aufbleiben und ihn zur Tür bringen, wie Mom es immer mit Gästen getan hat?»

«Schlechter als ich kann er sich nicht anstellen. Und ich bin zu müde, um noch länger wachzubleiben. Und wenn es unhöflich ist, ist mir das auch egal», antwortete Fiona erschöpft und schlief augenblicklich ein.

Am nächsten Morgen fand sie eine Nachricht von Al, auf der stand: *Ich habe es ausgedruckt, unterschreibe da, wo ich das Post-It hingeklebt habe und lege einen Scheck bei. P.S.: So schwer war es gar nicht.*

Sie seufzte. *Wieso kann er nicht einmal nur nett sein? Wieso muss er seine Nettigkeit mit einem höhnischen Kommentar versehen?* Aber, ach, es spielte keine Rolle. Sie war ihm dankbar, auch wenn er unbedingt sticheln musste. Doch als sie sah, was sie inklusive der Mahngebühren bezahlen mussten, war ihr schon wieder zum Heulen zumute. Wenn es so weiterging, steckten sie bald in großen finanziellen Schwierigkeiten. Wäre es möglich, die Farm zu verkaufen und von dem Erlös zu leben? Ausgerechnet die Farm, auf der sie sich allmählich zu Hause fühlten? Die Farm, die sich langsam zu einem weiteren Familienmitglied entwickelte? Zu einem *friedlichen* Familienmitglied, dachte Fiona ironisch. Und wenn sie die Farm verkauften, wo sollten sie dann leben? In einer engen Stadtwohnung? Gab es in St. Mary's By the Sea überhaupt Wohnungen? Sie hatte noch nie eine gesehen. Aber wo sollte Miss Webster sonst wohnen, wenn nicht in einer Wohnung? Dann fiel ihr ein, dass Miss Webster und Mr Pettinger sie wahrscheinlich bald adoptieren würden, bevor sich eines ihrer Probleme zu einer echten Krise entwickeln konnte, und sie beruhigte sich wieder. Sie würde Miss Webster und Mr Pettinger die Farm *schenken*, wenn sie ihr nur die immerwährenden Sorgen abnähmen.

Nachdem die Steuer erledigt war, war auch Fiona eine kleine Atempause vergönnt. Eines Tages jedoch kam eine neue E-Mail von Mr Pennypacker. Der Betreff lautete STAATSBÜRGERSCHAFT. Fiona beschloss, auch diese Mail nicht zu lesen. Miss Webster würde bald ihr Geheimnis lüften. Und wenn Miss Webster sie adoptierte, würden all diese bürokratischen Kümmernisse auf sie und Mr Pettinger übergehen. Fiona würde sie einfach zu Mr Pennypacker schicken und ihnen den Rest überlassen. Sie konnte warten.

Ihre Gedanken verselbstständigten sich allerdings unter der Überschrift STAATSBÜRGERSCHAFT. Würden die Mädchen des Landes verwiesen, wenn sie sich nicht darum kümmerte? Mussten sie auch dafür Geld bezahlen? Wenn jemand in der Regierung erfuhr, dass sie ohne eine erwachsene Person hier lebten, würde das Jugendamt eingeschaltet, so viel stand fest. Es war sicher am besten, einen großen Bogen darum zu machen. Vielleicht würde Kanada sie ja auch einfach vergessen. Sie waren nur vier kleine Kinder in einem großen Land. Es war doch möglich, dass niemand diese Dinge richtig nachprüfte.

Als ihre Gedanken sich immer wieder im Kreis drehten, gewöhnte Fiona sich an, stattdessen an Davy zu denken. Sie fragte sich immer häufiger, ob er das Gleiche für sie empfand wie sie für ihn, oder ob er nur eine normale Freundin in ihr sah. Ein Mädchen, das neu war und aus dem interessanten Land Borneo kam. Vielleicht interessierte er sich mehr für Borneo als für sie. Er legte nie den Arm um sie, nahm nie ihre Hand oder versuchte, sie zu küssen. Da sie sich immer nur in der Mittagspause trafen und er wahrscheinlich ungern damit aufgezogen werden wollte, vor allem, wenn sie ihn zurückweisen sollte, wagte er es vermutlich nicht, diese Dinge in der Öffentlichkeit zu tun. Dennoch befürchtete Fiona, er würde sie nur als Gleichgesinnte sehen und nicht als Mädchen wahrnehmen. Davy hatte ihr erzählt, dass er seiner Schwester in Natashas Klasse nicht verraten hatte, dass sie sich kannten, weil seine Familie es nicht erfahren sollte. Sie würden ihn sonst damit aufziehen, dass er eine Freundin habe. Bedeutete das, dass er Fiona nicht für seine Freundin hielt? Oder eben doch? Sie wusste nicht, wie sie diese Aussage interpretieren sollte, und nachzufragen, war einfach zu peinlich.

Aber als sie eines Mittags eine Geschichte über ihren Lehrer erzählte, unterbrach Davy sie mitten im Satz, als hätte er kein Wort von dem gehört, was sie gesagt hatte, und meinte: «Ende Juni gibt es hier eine Tanzveranstaltung.»

«Ich weiß», sagte Fiona überrascht. «Die Sommerfeier. In der Schule hängen überall Poster.»

«Eigentlich ist es eher etwas für die oberen Stufen, aber es ist offen für alle. Willst du mit mir dahin gehen?»

Fiona war so perplex, dass sie eine Weile schwieg. Dann begannen ihre Gedanken zu rasen. Ging das überhaupt? Konnte sie Marlin mit Charlie und Natasha bis in die Nacht allein lassen?

«Ja», antwortete sie rasch, bevor sie das Betreuungsproblem abschließend durchdacht hatte. Ja, weil sie gerne wollte. Ja, ja, alles andere konnte sie immer noch regeln, ja.

Er lächelte.

«Okay. Die Party findet erst am Samstag nach dem letzten Schultag statt. Aber ich wollte es schon mal wissen.»

Fiona überlegte, ob er ein anderes Mädchen gefragt hätte, wenn sie Nein gesagt hätte, aber sie glaubte es eigentlich nicht. Er wollte nicht mit irgendeinem Mädchen tanzen. Er wollte mit *ihr* dorthin gehen. Sie gab sich Mühe, nicht zu glücklich auszusehen, denn sie wollte ihn nicht durch übertriebene Begeisterung verschrecken.

«Okay», wiederholte sie.

Dann klingelte es und sie gingen in den Unterricht zurück.

In der kommenden Woche schwirrte die Sommerfeier in ihren Gedanken. Sie war so abgelenkt, dass sie sogar Marlins anstehenden Geburtstag aus den Augen verlor. Als es ihr wieder einfiel, sprach sie es beim Abendessen an: «Marlin, du hast bald Geburtstag.»

«Ich weiß, mach dir keine Sorgen. Das können wir uns nicht leisten.»

«Marlin», sagte Fiona erschrocken. «Geburtstage können wir uns immer leisten. Wir können es *irgendwie* feiern. Einen *Kuchen* gibt es auf jeden Fall. Und dein Geburtstag fällt auf einen Sonntag, was bedeutet, dass Miss Webster und Mr Pettinger auch kommen können.»

Die Aussicht auf eine Geburtstagsparty munterte sie alle auf. Fiona setzte sich mit Natasha und Charlie zusammen und bastelte mit ihnen Geburtstagsgirlanden und Geschenke für Marlin. Natasha stellte ein Buch mit Vögeln zusammen, die sie im Garten hinter dem Haus beobachten konnte. Sie malte Bilder und schrieb darunter, welche Merkmale sie jeweils hatten. Fiona half ihr beim Schreiben. Charlie malte ein Bild der vier Schwestern und aus unerfindlichen Gründen noch eins von Mrs Weatherspoon. Auf dem Speicher fanden sie Rahmen dafür. Fiona war aufgefallen, dass Marlin die Haargummis für ihre langen Haare, die sie gern zum Pferdeschwanz band, ausgegangen waren. Sie kaufte welche in der Stadt nach und packte sie in Tante Marthas Druckerpapier ein, aus dem Charlie mit ihren Buntstiften Geschenkpapier zauberte. Insgesamt sah es nach einer herrlichen Party aus. Zumindest hoffte Fiona, dass Marlin sie festlich genug finden würde. Die Familie hatte früher auch nicht sonderlich viel Geld zur Verfügung gehabt und die Partys waren nie verschwenderisch ausgefallen, doch das Geburtstagskind hatte immer einen kleinen Stapel Geschenke bekommen.

Im Übrigen hatte Fiona ganz andere Sorgen. Da sie es irgendwann nicht mehr ausgehalten hatte, hatte sie Sarah – das einzige Mädchen, das hoffentlich ein Geheimnis für sich behalten konnte – verraten, dass sie mit Davy zur Sommerfeier gehen würde.

«Ach, lustig. Wir haben uns schon gedacht, dass ihr zusammen seid, weil du mittags nie mehr mit uns isst. Kaufst du dir ein besonderes Kleid? Die meisten Mädchen fahren mit ihren Müttern nach Shoreline. In St. Mary's By the Sea kann man keine Kleider kaufen.»

Daran hatte Fiona überhaupt nicht gedacht.

«Keine Ahnung.»

«Also, das braucht man natürlich nicht Du kannst auch ein Kleid anziehen, das du schon hast. Es ist nur …» Sie verstummte zartfühlend. In der Schule gab es nur wenige Kinder aus wohlhabenden Familien und die Frage, wer sich was leisten konnte, wurde mit Umsicht behandelt. «Normalerweise wird es so gemacht», beendete sie ihren Satz zögerlich. «Aber es ist nicht wirklich schick dort. Kein Vergleich mit einem Abschlussball. Also keine langen Kleider, aber du weißt schon, schicker als sonst. Schon eher Partykleider.»

Fiona nickte. Sie wusste nicht, was sie tun sollte. Durfte sie es wagen, sich ein Kleid zu kaufen? Selbst wenn sie jemanden aus ihrem Umfeld dazu brachte, mit ihr nach Shoreline zu fahren, konnte sie es sich nicht leisten, dafür Geld auszugeben. Es wäre ein Unding, Natasha, Charlie und Marlin aus Geldmangel ihre Wünsche abzuschlagen und sich dann selbst ein Kleid zu kaufen.

«Na ja», sagte sie, nachdem sie einen Geistesblitz gehabt hatte, «ich dachte eigentlich eher an so was wie einen Audrey-Hepburn-Retrolook. Also eine schwarze 7/8 Hose, flache Schuhe und ein cooles Top. Vielleicht eine Weste, etwas, das ein bisschen mehr *Chic* hat als ein Kleid.»

«Oh», Sarah nickte, aber wirkte irgendwie verwirrt. «Wenn du meinst.»

Mittlerweile wäre Fiona froh gewesen, wenn Sarah weitererzählte, dass sie zur Sommerfeier ging – und eine Hose tragen würde. Die Leute sollten es im Voraus wissen und glauben, dass es ein sorgfältig konzipierter Look war, und nicht, dass sie sich kein Kleid leisten konnte. Sie wollte voller Stolz zu dieser Party gehen, ohne sich für irgendetwas schämen zu müssen, und Davy sollte auf keinen Fall das Gefühl haben, er wäre mit einem Mädchen dort, das nicht einmal wusste, was es zu seiner ersten Tanzparty anziehen sollte.

Jeden Tag fragte sie Sarah von Neuem, ob sie irgendwem erzählt hatte, dass Fiona auf die Party ging, und Sarah antwortete stets: «Oh, nein. Du hast mich gebeten, es nicht zu tun, mach dir keine Sorgen.» Deshalb blieb Fiona nichts anderes übrig, als es eines Tages selbst anzusprechen. Als morgens mehrere Mädchen vor der Eingangstür der Schule zusammenstanden und auf den Einlass warteten, sagte ein Mädchen: «Clayton hat mich endlich gebeten, mit ihm zur Sommerfeier zu gehen, und meine Mutter hat gesagt, wir könnten am Wochenende nach Shoreline fahren und ein Kleid kaufen. Sonst sind die schicken alle schon weg.»

«Ich gehe übrigens auch dahin», warf Fiona vorsichtig ein. «Aber ich werde eine Hose anziehen. Als unsere Familie in London gewohnt hat, trug man das zu Tanzpartys. Ihr wisst schon, warum sollten es nur die Jungs bequem haben?»

Eine Pause entstand, in der die Mädchen diese erstaunliche Neuigkeit verarbeiteten. Dann sagte eine: «Aber ich mag Kleider. Ich habe mir schon überlegt, welches Kleid ich irgendwann mal zur Sommerfeier anziehen werde, als ich noch auf die Greenwillow-Schule gegangen bin.»

«Nichts gegen Kleider», erwiderte Fiona. «Ich mag Hosen eben lieber. Eine schöne Hose natürlich.»

«Wow», meinte ein anderes Mädchen. «Ehrlich gesagt, habe ich noch nie darüber nachgedacht.»

«Die Boutique Bloom in Shoreline bekommt immer im Mai neue Kleider für die Sommerfeier im Juni», sagte ein anderes Mädchen. «Hosen bekommen sie, glaube ich, nicht neu rein.»

«Hm», sinnierte Fiona. «Vielleicht sollten sie das einmal überdenken.»

Dann kehrten sie in den Unterricht zurück. *Mission erfüllt*, dachte Fiona. *Außerdem*, ermahnte sie sich auf dem Rückweg im Schulbus, während sie auf die üppig blühenden Bäume und Büsche schaute, *sollte man das Kind nicht mit dem Bade ausschütten*, wie ihr Vater zu sagen pflegte. Im Moment geschahen viele gute Dinge. Das Wetter war jetzt im späten Frühling ganz wunderbar. Miss Websters Ankündigung würde nicht mehr lange auf sich warten lassen – jene, die ihre Rettung bedeutete. Die Mädchen waren zusammen – das Jugendamt hatte sie noch nicht erwischt – und Davy hatte sie zur Sommerfeier eingeladen. Was scherte es sie also, dass sie eine Hose anziehen musste? Sie hatte das Thema ins Rollen gebracht und war ziemlich sicher, dass sie letztendlich nicht die Einzige in Hosen sein würde, und wenn doch, würde hoffentlich höchstens erwähnt, dass ihr Look dem neuesten Modetrend aus London entsprach. Oder, dass man Hose trug, wenn man sich auskannte. Fiona gab sich gleichzeitig trendbewusst und feministisch, das musste reichen. Jetzt musste sie sich auf Marlins Geburtstagsparty konzentrieren.

Als Miss Webster am Sonntag mit Mr Pettinger auf die

Farm kam und Marlin die beiden zu ihrer Party einlud, stellte sich heraus, dass diese sich ebenfalls bereits Gedanken darüber gemacht hatte.

«Keine Riesensache mit Luftballons und so», erklärte Fiona. «Eher eine Familienangelegenheit.» So hatte sich ihre Mutter häufig ausgedrückt.

«Sie müssen auch keine Geschenke mitbringen», warf Charlie ein, obwohl Fiona ihr ausdrücklich verboten hatte, das zu sagen.

«Wenn man sagt, dass jemand ‹keine Geschenke mitbringen muss›, klingt es immer so, als würde man es doch erwarten», hatte Fiona ihr erklärt.

«Und wenn sie gerne Geschenke mitbringen würden?», hatte Natasha angemerkt.

«Man erwähnt das Thema Geschenke einfach nicht.»

«Und hofft, dass man trotzdem welche bekommt», hatte Charlie wissend zugestimmt.

«Nein, Charlie, darum geht es überhaupt nicht, sondern darum, dass man mit seinen Freunden feiert. Und nicht darum, was man *bekommt*», hatte Fiona abschließend gesagt, obwohl sie Charlie insgeheim recht gab. Manchmal hatte sie es satt, die Moralkeule hochzuhalten.

Doch jetzt hatte Charlie das Ganze wie so oft vergessen.

«Aber die Torte dürfen wir doch wohl mitbringen», meinte Miss Webster. «Du kannst doch nicht deinen eigenen Geburtstagskuchen backen, Marlin.»

«Oh doch», entgegnete Marlin. «Und das möchte ich auch. Ich habe einen besonders tollen Kuchen im Kopf, den ich ausprobieren und abwandeln will. Er hat sieben dünne

Schichten in sieben verschiedenen Farben. Das nennt man Regenbogentorte. Aber ich will, dass jede Schicht zusätzlich einen anderen Geschmack hat. Mein einziges Problem ist, dass Tante Martha nur zwei verschiedene Aromen im Schrank hat, und zwar Mandel und Vanille. Vielleicht kann ich Obst passieren und meine eigenen Extrakte herstellen, aber das könnte eine Sauerei geben. Und ich habe keine Lebensmittelfarbe, aber –»

«Ich hab's!», rief Miss Webster aufgeregt. «Wir machen es so: Wenn Mr Pettinger und ich schon keine Torte mitbringen dürfen, wie wäre es dann, wenn wir fünf nächsten Samstag, also am Tag vor deiner Party, nach Shoreline fahren? Da kann ich dir statt der Torte alles kaufen, was du brauchst, um deine Wunschtorte zu backen. Wir kaufen Backaromen und Lebensmittelfarbe und Zubehör zum Dekorieren. Das volle Programm! Mr Pettinger muss am Samstag arbeiten, aber wir Mädels machen uns einen richtig schönen Tag!»

«Und damit ich auch etwas zur Party beitragen kann, bringe ich Essen vom Chinesen mit», fügte Mr Pettinger hinzu.

Marlin war so aufgeregt, dass sie in die Hände klatschte.

«Dürfen wir Luftballons aufhängen?», fragte Charlie.

«Charlie», sagte Fiona, weil Charlie eigentlich wusste, dass sie nie um etwas bitten sollte.

«Ja, Charlie, das machen wir», antwortete Miss Webster lachend.

«Die teuren?», fragte Charlie weiter.

«Keine Ahnung, Charlie.» Miss Webster lächelte Mr

Pettinger über Charlies Kopf hinweg an. «Was sind denn die teuren?»

«Sie meint Folien-Heliumballons», erklärte Fiona an Charlies Stelle und gab sich damit geschlagen.

«Wir durften noch nie die teuren haben», klagte Charlie.

«Oh, Charlie», seufzte Fiona.

«Ja, davon kaufen wir auch einen ganzen Schwung», stimmte Miss Webster fröhlich zu und legte eine Hand auf Fionas Knie, um sie zu beschwichtigen.

«Ich freue mich genauso darauf wie ihr. Ich war seit Jahren nicht mehr richtig für eine Party shoppen, mit Ballons und allem Drum und Dran, und das ist das perfekte Ambiente zum Feiern, weil ...» Sie hielt inne, sah Mr Pettinger an, als wollte sie um Erlaubnis fragen, und fuhr fort, als er nickte. «Bei der Party verkünden wir dann auch unsere große Neuigkeit!»

Fiona warf Charlie auf der Stelle einen warnenden Blick zu, aber Charlie sagte nur: «Wir haben auch ein Geheimnis!»

«Und ich auch!», rief Marlin aufgeregt. «Ich habe auch etwas zu verkünden! Zubehör für Tortendekoration ist das perfekte Geschenk. Genau das brauche ich für mein Projekt.»

«Meinst du das Projekt, das so viel Geld einbringt?», fragte Fiona. «Verrätst du uns dann auf der Party, um was es sich handelt?»

«Ich sage kein Wort mehr!», erwiderte Marlin selbstbewusst und tat so, als würde sie ihre Lippen abschließen und den Schlüssel wegwerfen.

*Verstehe,* dachte Fiona, *sie will ein Tortengeschäft aufbauen. Das ist gar nicht mal so schlecht. Es bringt nicht so viel Geld, wie sie denkt, aber selbst wenn ein wenig Taschengeld dabei herauskommt und sie glücklich macht, ist es etwas Gutes. Und wenn sie es uns verkündet, tue ich so, als hätte ich keine Ahnung.*

Die Mädchen konnten es kaum erwarten, dass es endlich Samstag wurde. Miss Webster holte sie um neun Uhr mit dem Auto ab und fuhr mit ihnen zum ersten Mal, seit sie am Flughafen angekommen waren, nach St. Mary's By the Sea hinein und wieder heraus. Die Fahrt über die Insel nach Shoreline dauerte eine Stunde. Das Geburtstagskind – auf einen Tag kam es schließlich nicht an, saß vorne neben Miss Webster, während die anderen sich auf die Rückbank des kleinen Wagens quetschten und aus dem Fenster schauten, als würden sie das alles zum ersten Mal sehen.

«Als wir ankamen, war der Jetlag so schlimm, dass ich mich an die Landschaft überhaupt nicht erinnern kann», sagte Fiona.

«Schaut euch die Klippen aus Sandstein an!», rief Natasha. «Dort nisten Taubenteisten.»

Als sie sich Shoreline näherten, war es zunächst seltsam, dass plötzlich so viel Verkehr herrschte, nachdem sie monatelang davon verschont gewesen waren. Es gab Supermärkte und Tankstellen und überall sausten Autos hin und her.

Miss Webster parkte vor einem Einkaufszentrum. «Schau mal, Marlin, in Shoreline gibt es ein eigenes Geschäft für Tortendekoration.»

Auf dem Schild über dem Laden stand MISS MAISIES TORTEN.

Marlin konnte ihr Entzücken nicht verbergen, sprang aus dem Auto und rannte zur Ladentür, bevor die anderen überhaupt ausgestiegen waren.

Miss Webster lachte: «Also, das ist ja schon mal ein Erfolg.»

Während Marlin durch die Gänge ging, betrachteten die anderen die Torten und die Poster mit den Kuchen.

«Donnerstags finden hier Kurse zur Tortendekoration statt», erklärte eine Frau mit einer Schürze, die mit Cupcakes bedruckt war.

«Sind Sie Miss Maisie?», fragte Charlie.

«Höchstpersönlich!», antwortete die Frau lachend. «Verzierst du gerne Torten?»

«Ich nicht, aber meine Schwester.» Charlie zeigte auf Marlin, die mehrere Flaschen in die Hand nahm und die Etiketten las.

Fiona nutzte die Gelegenheit, ging zu Marlin und flüsterte ihr zu: «Vergiss nicht, dass Miss Webster das alles bezahlt. Sei also nicht zu gierig.»

«Für wen hältst du mich?», knurrte Marlin.

«Dein Geburtstag soll schön werden. Aber Mom würde genau das Gleiche sagen, wenn sie hier wäre, das weißt du.»

«Keine Sorge. Du bist nicht die Einzige mit Manieren.»

«Ich weiß», lenkte Fiona ein und tat so, als würde sie

sich für die Abteilung mit dem Streudekor interessieren. Wider Erwarten fand sie das Angebot tatsächlich interessant, da Miss Maisie fünfzig verschiedene Sorten hatte.

«Okay», sagte Marlin schließlich, nachdem sie sich alles genau angesehen hatte. «Ich möchte das hier. Das ist eine ziemlich gute Lebensmittelfarbe. Das habe ich gelesen. Man muss nur eine winzige Menge mit dem Zahnstocher in den Zuckerguss tun und erhält eine richtig gute Sättigung.»

«Das ist alles?» Miss Webster zeigte sich enttäuscht. «Oh, Marlin, du weißt nicht, wie man Geburtstag feiert!» Sie holte einen Einkaufskorb: «Den machst du jetzt voll, pack ein, was du im Supermarkt wahrscheinlich nicht bekommst. Dort gibt es vermutlich zwar auch Aromen und Dekoartikel, aber das Besondere sollten wir hier kaufen.»

Daraufhin zuckte Marlin in Fionas Richtung mit den Achseln, als wollte sie sagen, ich habe es versucht, und legte zwar nicht alles in den Korb, was sie gerne hätte, aber doch eine ganze Menge. Mit diesem Korb ging Miss Webster zur Kasse und bezahlte.

«Weiter!», dirigierte sie dann.

Bei Walmart erstand Miss Webster nicht nur weiteres Zubehör zum Dekorieren von Torten und einen Cupcake-Baum, Cupcake-Förmchen aus Papier in vielen bunten Farben, Streusel aller Art sowie eine Drehscheibe, auf die man die Torte stellte, um sie mit Zuckerguss zu verzieren. Sie bestand auch darauf, den Mädchen neue Sneakers zu kaufen.

«Das können wir nicht annehmen», versuchte Fiona

Miss Webster zu bremsen, die gerade Charlie half, die richtige Größe zu finden.

«Doch. Das könnt ihr. Als ich in eurer Situation war, habe ich nur überlebt, weil mir so viele Menschen geholfen haben, und ich habe versprochen, etwas davon weiterzugeben. Heute ist Zahltag. Außerdem möchte ich es noch aus einem anderen Grund tun, den werdet ihr morgen erfahren», fuhr sie geheimnisvoll fort.

*Weil sie uns adoptieren*, dachte Fiona und beschloss, es gut sein zu lassen und Miss Websters Großzügigkeit einfach zu genießen.

«Und Mr Pettinger möchte auch seinen Teil beitragen und deshalb könnt ihr euch alle ein Kleidungsstück oder ein Spielzeug aussuchen, das er euch dann schenkt.»

«Aber Marlin hat doch Geburtstag, nicht wir», protestierte Natasha.

«Stimmt, aber das sind *kleine Gastgeschenke*», entgegnete Miss Webster. «Keine Party ohne Gastgeschenke.»

Charlie entschied sich für die Puppe, die sie sich schon lange wünschte. Ashley hatte genau die Gleiche und dazu gab es ein rotes und ein schwarzes Ballkleid. Natasha suchte sich ein Fernglas aus, klein genug, damit es in ihre Hosentasche passte, gleichzeitig aber so leistungsfähig, dass sie die Vögel aus weiter Ferne wie aus nächster Nähe beobachten konnte. Die Ferngläser, die sie bisher benutzt hatte, hatten Tante Martha gehört und waren groß, schwer und zu umständlich, um sie gern mit sich herumzutragen. Während Marlin eine neue Bluse für den Sommer wählte, entfernte Fiona sich von den anderen und schlich sich in die

Kleiderabteilung. Doch da sie nichts fand, das schön genug für die Sommerfeier oder ausreichend günstig gewesen wäre, um Mr Pettinger dafür bezahlen zu lassen, verwarf sie diese Idee direkt wieder und entschied sich ebenfalls für eine Bluse von dem Ständer, an dem auch Marlin fündig geworden war. Miss Webster beendete die Shoppingtour mit dem Kauf von Gummistiefeln, die sie alle dringend brauchten und bisher schmerzlich vermisst hatten. Sie verstauten ihre Einkäufe im Auto, gingen zum Mittagessen in ein Burger-Restaurant und beendeten den Ausflug in einem Ein-Dollar-Laden, wo Miss Webster einen dicken Strauß Folienballons kaufte.

«Das ist der glücklichste Tag in meinem ganzen Leben», schwärmte Charlie auf der Rückfahrt, während sie mitten in dem Strauß von Ballons saß.

«Oh, Charlie», sagte Fiona lachend, aber es gab ihr auch einen Stich, dass ein Tag nach dem Tod ihrer Eltern der glücklichste sein sollte.

«Also, für mich ist es ebenfalls einer der erfreulichsten Tage, die ich je erlebt habe», stimmte Miss Webster in das Lachen mit ein. «Ich werde mich immer sehr gern daran erinnern.»

Als sie schließlich vor der McCready-Farm vorfuhr, stiegen alle aus und Miss Webster half den Mädchen noch, die Einkäufe ins Haus zu bringen. Schon im Begriff zu gehen, wiederholte sie: «Nicht vergessen, Mr Pettinger und ich holen das Abendessen beim Chinesen. Ihr müsst also nur den Kuchen beisteuern.»

Marlin nahm ihr Zubehör aus den Tüten und Schachteln, spülte geschäftig ihre neuen Gerätschaften und heizte den Ofen vor.

«Oh Mann, ich will diesen Kuchen schon seit ewigen Zeiten backen. Es tut mir nur leid, dass es zu spät ist, um ihn in meinem Projekt ...» An diesem Punkt verstummte sie.

«Ist das ein Hinweis auf deine große Ankündigung?», fragte Miss Webster.

«Tststs –, das wollte ich nicht sagen. Ich bin wirklich eine tolle Geheimniskrämerin.»

«Das verstehe ich gut. Ich wollte das auch nicht gesagt haben, dass ich mich an diesen Tag erinnern werde. Beinahe hätte ich mich verplappert!»

Und damit verabschiedete sie sich.

Fiona und Natasha setzten sich auf die Vordertreppe und sahen zu, wie Miss Webster abfuhr. Charlie war nach oben gelaufen, um ihre Puppe aus der Verpackung zu nehmen und mit ihr zu spielen.

Fiona war verblüfft. «Was hat Miss Webster damit gemeint, dass sie sich gerne daran erinnern wird? Das war eine komische Bemerkung.»

«Keine Ahnung. Vielleicht wollte sie sagen, dass wir allmählich Familienerinnerungen zusammentragen, wenn sie uns adoptieren. Übrigens würde sich das doch irgendwie komisch anfühlen», meinte Natasha und zog plötzlich ein ernstes Gesicht. «Versteh mich nicht falsch, ich habe sie beide schrecklich gern, Miss Webster und Mr Pettinger. Aber ... sie wollen doch nicht wirklich Mom und Dad ersetzen, oder? Sie sind nicht wirklich unsere Familie. Ich *möchte nicht*, dass wir eine Familie werden, nicht so. Es fühlt sich nicht richtig an.»

«Ich weiß genau, was du meinst», bestätigte Fiona rasch. «Trotzdem Nat, wir brauchen einen Erwachsenen, aus gesetzlichen Gründen. Das ist wichtig.»

«Wieso können wir nicht einfach so weitermachen?»

«Du weißt, dass ich nichts dagegen hätte, aber es gibt schon einige, also offizielle Dinge, die ich lieber einem Erwachsenen überlassen würde.»

«Vielleicht solltest du mir das einfach einmal zeigen. Ich könnte versuchen, dir zu helfen.»

«Nein, glaub mir, wenn ich schon nicht kapiere, worum es bei bestimmten Dingen geht, hast du keine Chance.»

«Und wo bringen wir Miss Webster und Mr Pettinger unter, wenn sie bei uns einziehen? Das haben wir noch gar nicht besprochen. Ich meine, selbst wenn Mr Pettinger einen Anbau errichtet, müssen sie doch bis dahin irgendwo schlafen.»

«Das weiß ich auch nicht, Nat. Darüber können wir uns immer noch Gedanken machen. Ich kann dir nichts anderes sagen, als dass es das kleinere Übel ist, sie hierzuhaben.» Fiona kam sich undankbar vor, als sie es so ausdrückte – nach allem, was Miss Webster für sie getan hatte, und dann auch noch an einem Tag wie diesem, an dem sie ihnen so viele Sachen gekauft hatte. Aber sie wusste auch genau, was Natasha meinte. Obwohl Miss Webster und Mr Pettinger wundervolle Menschen und absolut erste Wahl für den Posten des gesetzlichen Vormunds waren, gehörten sie doch ganz entschieden nicht zur Familie. Es würde tatsächlich schräg und schwierig sein, mit ihnen zusammenzuleben. Als hätte man permanent Gäste, die nie wieder gingen.

«Ich schaue mir mal ein paar Vögel mit meinem neuen Fernglas an.» Natasha sprang von der Treppe und ließ Fiona allein zurück.

*Ich werde mir nicht den Rest des Tages mit Sorgen verderben. Sorgen können wie alles andere zur Gewohnheit werden, wenn man sonst nichts tut. Heute mache ich das nicht mehr, heute nehme ich mir mal frei.* Dann verstaute auch sie ihre neuen Sneakers und die Gummistiefel und die pinkfarbene Sommerbluse. Anschließend band sie den Strauß mit den Ballons an einen Küchenstuhl. Dieser Tag war ganz wunderbar gewesen und der nächste würde allein wegen der Party bestimmt noch viel schöner.

# DIE PARTY

Der Sonntag brach so schön an, wie man sich einen Junitag nur vorstellen konnte. Charlie rannte unruhig durchs Haus, immer mit der Puppe in der Hand, und war wegen der Party aufgeregter als alle anderen. Während Fiona und Natasha wie jeden Sonntag putzten, türmte Marlin ihre Teigschichten aufeinander und dekorierte die Torte oben und an den Seiten mit ihren neuen Errungenschaften von Miss Maisies.

«Charlie, deckst du bitte den Tisch?», bat Fiona.

Charlie kam ins Zimmer gerannt und legte mit ihrer neuen Puppe Gabeln und Messer auf den Tisch, die Messer rechts vom Teller, die Gabeln links, so wie sie es gelernt hatte.

«Du hast für sieben gedeckt, Charlie, aber wir sind nur zu sechst.»

Charlie zählte an ihren Fingern die Gäste ab und sagte dann: «Nein, wir sind sieben.»

«Wir vier und Miss Webster und Mr Pettinger», berichtigte Fiona. «Vier plus zwei macht sechs.»

«Und Al», ergänzte Charlie.

«Al kommt nicht.»

«Doch, ich habe ihn eingeladen.»

«DU HAST AL ZU MEINER PARTY EINGELADEN?», rief Marlin entrüstet.

«Ja, ich habe ihn getroffen, als ich die Mülltonne rausgebracht habe. Da ich gedacht habe, er wäre bereits eingeladen, habe ich von der Party angefangen und als er keine Ahnung hatte, worum es ging, habe ich gesagt, er solle doch auch kommen.»

«Und was hat er gesagt?», fragte Fiona.

«Er würde darüber nachdenken.»

«Ach so, na siehst du, Marlin, du musst dir keine Sorgen machen», seufzte Fiona. «Er kommt sowieso nicht.»

«Nein, wahrscheinlich nicht», murmelte Marlin und widmete sich wieder der sorgfältigen Verzierung der Torte mit eigens geformten Rosenknospen.

«Und du solltest niemanden einladen, ohne uns zu fragen», ermahnte Fiona Charlie.

«Ich wusste ja nicht, dass ihr ihn nicht dabeihaben wollt. Du hast dich gefreut, als er die Steuer gemacht hat. Außerdem ist er mein Freund.»

«Was soll's. Du kannst gern für sieben decken. Wenn er nicht kommt, ist sein Gedeck schnell wieder abgeräumt.» Sie warf Marlin einen vielsagenden Blick zu, den diese jedoch gar nicht wahrnahm, weil die Torte ihre volle Aufmerksamkeit forderte.

Anschließend legten sie die verpackten Geschenke mitten auf den Tisch.

«Was ist das denn?», flüsterte Fiona Charlie zu, als sie ein weiteres Päckchen entdeckte.

«Ich habe ein Bild von Billy Bär gemalt und es in einen neuen Rahmen vom Speicher gesteckt. Es ist für Al – als kleines Gastgeschenk.»

«Wir haben gar keine kleinen Gastgeschenke für Miss Webster und Mr Pettinger», wandte Natasha ein.

Charlie sauste los, um weitere Bilder zu malen und passende Rahmen zu suchen. Dann malte sie ein Bild von Miss Webster für Mr Pettinger und eines von Mr Pettinger für Miss Webster.

«Sehr schön», lobte Fiona geistesabwesend, während sie einen Strauß Wildblumen für den Tisch zurechtsteckte und Charlie die kleinen Gastgeschenke an die Plätze von Miss Webster und Mr Pettinger legte.

Um 17 Uhr kamen Miss Webster und Mr Pettinger. Statt den gesamten Sonntagnachmittag mit den Mädchen zu verbringen, kamen sie später als gewohnt, weil sie in letzter Minute das Essen beim Chinesen abholen wollten, damit sie es noch warm genießen konnten.

Es wurde eine fröhliche Party. Miss Webster wirkte ganz besonders glücklich und umarmte alle vier Mädchen der Reihe nach. Marlin fing Fionas Blick auf und vermittelte ihr mit ihrer Miene ‹Siehste!›. Adoption im Anmarsch. Fiona ging nicht darauf ein, da sie Angst hatte, sie würden sich verraten oder Charlie damit ermuntern, mit der Neuigkeit herauszuplatzen, bevor Miss Webster sie selbst verkünden konnte.

Fiona und Natasha verteilten die Teller, Marlin saß an ihrem Ehrenplatz am Kopf der Tafel und Mr Pettinger und Miss Webster öffneten aus einem schier endlos erscheinenden Angebot einen Pappkarton mit chinesischen Speisen nach dem anderen und steckten Servierlöffel hinein.

«Wir wussten nicht genau, was ihr mögt», erklärte Mr Pettinger.

«Deshalb haben wir eine Auswahl mitgebracht», ergänzte Miss Webster.

«So wie es aussieht, ungefähr einmal die Speisekarte rauf und runter», neckte sie Marlin.

«Heute ist ja auch ein besonderer Tag!», rief Miss Webster. «Ein sehr, sehr besonderer Tag!»

«Wo bleibt denn Al? Bestimmt hat er es vergessen. Ich gehe mal kurz nach nebenan und hole ihn», sagte Charlie.

«Al Farber kommt auch?», fragte Miss Webster überrascht.

«Er meinte, er überlegt es sich», erwiderte Fiona. «Hol ihn nicht, Charlie. Er hat es sicher nicht vergessen. Er wird seine Gründe haben, warum er nicht gekommen ist.»

«Ja, hol ihn nicht», bat auch Marlin.

«Aber dann verpasst er das Abendessen!», protestierte Charlie.

«Hey, das Geburtstagskind hat das Sagen!», rief Marlin und brachte Charlie damit zum Schweigen. Die Geburtstagsregel der Familie besagte, dass das jeweilige Geburtstagskind bestimmen durfte, was wie an diesem Tag geschehen sollte, solange es im Rahmen blieb. Hin und wieder waren recht seltsame Geburtstage dabei herausgekommen. Drei Jahre in Folge hatte Natasha nicht nur kein Gemüse zum Abendessen gewünscht, sondern es auch den anderen verwehrt. Es durfte KEINE SPUR von Gemüse geben. Und auf Fidschi, wo sie ebenfalls ein Jahr gelebt hatten, mussten sie auf Marlins Kommando hin Partyhüte aus

Kokosnusshälften tragen, die sie wenig erfolgreich selbst gebastelt hatte. Denn als sie die Hüte zum Tisch gebracht hatte, waren sie noch nicht trocken gewesen, aber ihre Mutter hatte gesagt, das wäre nicht schlimm, denn Kokosmilch wäre gut für die Haare.

So begann das Abendessen ohne Al und Charlie bestand darauf, sein Gedeck nicht abzuräumen, falls er doch noch kommen sollte. Die Kartons mit dem Essen wurden durchgereicht und die Mädchen aßen genießerisch Rindfleisch mit Ingwer, Frühlingsrollen, Schweinefleisch in süß-saurer Soße, gebratenen Reis mit Hühnchen, Egg-Foo-Yung-Omelette, Wonton-Suppe, gebratene Ente, Mandelhühnchen, Garnelen mit Zuckerschoten, Chop Suey mit Champignons und Chow Mein mit Krabben. Alle hatten sich große Portionen auf die Teller gehäuft und Miss Webster bot an, ihnen beizubringen, wie man mit Stäbchen aß, doch das konnten die Mädchen natürlich schon. Schließlich hatten sie bereits an vielen Orten auf der ganzen Welt gelebt. Als alle satt waren und ihre Stühle zurückschoben, sagte Charlie traurig: «Es ist noch so viel übrig.»

Alle lachten.

«Wir lassen euch die Reste da, dann habt ihr morgen auch noch etwas davon», meinte Mr Pettinger.

«Davon können wir uns die ganze Woche ernähren.» Schmunzelnd betrachtete Fiona die vielen halbvollen Kartons.

«Umso besser», freute sich Miss Webster. «Dann muss Marlin ausnahmsweise einmal nicht kochen. Gibt es jetzt den Kuchen?»

«Ich wäre für eine kleine Pause», schlug Marlin vor. «Im Moment kriege ich keinen Bissen mehr runter.»

«Tja dann ist es jetzt wohl an der Zeit für die Neuigkeiten, was?», fragte Miss Webster. «Wir haben zwei und das Geburtstagskind eine, soweit ich weiß. Wer zuerst?»

«SIE! SIE!», rief Charlie.

Fiona warf ihr einen warnenden Blick zu.

«Einverstanden», sagte Miss Webster. Dann klopfte es laut an die Tür.

*Wer in aller Welt,* dachte Fiona und stöhnte innerlich. Natürlich. Sie hatten Al nicht gesagt, wann es Abendessen geben würde, und er hatte vermutlich gedacht, sie würden um 18 Uhr essen. Das war jetzt wirklich peinlich. Obwohl mit Sicherheit noch genug für ihn da war, wirkte es grob unhöflich, dass sie bereits ohne ihn gegessen hatten. Sie hatte keine Sekunde geglaubt, dass er tatsächlich kommen würde.

«Das ist Al!» Charlie sprang fröhlich auf und rannte zur Haustür.

Al, der wie immer sein schmutziges T-Shirt und seine zerrissene Hose trug, kam ins Haus, verharrte einen Moment an der Tür und betrachtete den Tisch mit den Essensresten.

«Kommen Sie rein», sagte Fiona liebenswürdig. «Wir dachten, Sie kommen nicht, aber es ist noch sehr viel Essen übrig.»

«Wusste nicht, äh, wann.» Al schwankte leicht.

Miss Webster runzelte die Stirn und sah Mr Pettinger an, der aufstand und Al unter dem Vorwand stützte, ihm die Hand zu schütteln. Er brachte ihn zu seinem Platz und versorgte ihn mit Stäbchen und einigen Essenskartons. Al zuckte mit den Schultern, häufte sich alles auf den Teller und schlang es in sich hinein.

«Das hast du gekocht?», fragte er Marlin.

«Es ist in Pappkartons vom Chinesen!», antwortete Marlin entrüstet.

«Wir wollten gerade einige Neuigkeiten verkünden», ging Miss Webster schnell dazwischen, bevor Marlin noch unhöflicher werden konnte.

«Klar, lassen Sie sich nicht stören.» Al schaufelte weiter das Essen in sich hinein.

Charlie rückte ihren Stuhl näher an Al heran und legte das Päckchen mit dem kleinen Gastgeschenk neben seinen Teller.

«Was ist das?», fragte er, während ihm eine Nudel aus dem Mund hing.

«Ein Bild von Billy Bär, das ich für Sie gemalt habe», klärte Charlie ihn auf.

Er öffnete das Päckchen und betrachtete erstaunt das Bild. «Wow, das ist ...» Er sah es unverwandt an, als würden ihm die Worte fehlen.

«Die Neuigkeiten?», warf Marlin ein.

«Er sieht genauso aus wie Billy Bär.» Charlie zappelte beglückt auf ihrem Stuhl.

«Ganz genau», stimmte Al zu und aß weiter.

«Ähem», räusperte sich Miss Webster und klopfte mit ihrem Messer seitlich an ihr Wasserglas, bis ein Ton erklang. «Gut, also, Mr Pettinger und ich geben zwei große, wichtige Neuigkeiten bekannt. Vor allem könnt ihr uns nun endlich mit Diana und Don ansprechen.»

«Weil ihr zur *FAMILIE* gehört!», krähte Charlie.

«Ja, ihr werdet uns hoffentlich immer als Familie betrachten, Charlie», stimmte Miss Webster zu, ohne die Anspielung zu verstehen. «Wie gesagt, besteht unsere Bekanntmachung aus zwei Teilen. Erstens, Don und ich werden heiraten!»

«Ich wusste es. Ich wusste es. Aber Fiona hat gesagt, das kann gar nicht sein, weil Sie sich *gerade erst kennengelernt haben*!», rief Charlie und hüpfte auf dem Stuhl auf und ab.

Miss Webster lachte schallend. «Du trägst schon zu lange die Verantwortung, Fiona. Du verwandelst dich in eine Mutter.»

Fiona errötete. «Damit meint sie Herzlichen Glückwunsch», sagte sie mit Blick auf Charlie.

«Vielen Dank.»

«Dann gibt es für Sie wohl ein wunderbares Happy End», fuhr Fiona in dem Versuch fort, sich daran zu erinnern, was ihre Mutter bei solchen Gelegenheiten immer sagte, bis ihr wieder einfiel, dass Mrs Weatherspoon genau diese Worte gebraucht hatte, als sie dachte, sie wären nun sicher bei Tante Martha untergebracht.

«Nun ja, an das Ende wollen wir jetzt noch nicht denken – eher an einen Anfang, abgesehen davon, dass ich nicht so richtig an ein einziges Happy End glaube.» Miss Webster lächelte Mr Pettinger an. «Ich bin mehr für viele kleine mittlere Glücksmomente.»

«Auf viele kleine mittlere Glücksmomente», wiederholte Fiona verwirrt. Das war es, der zweite Teil der Bekanntgabe, auf den sie so lange gewartet hatten. Viele kleine mittlere Glücksmomente? Einen für jede der McCready-Schwestern?

«Dürfen wir Blumenmädchen werden?», fragte Charlie, die immer schon gerne eines sein wollte.

«Nun, leider nein, weil – und damit kommen wir zu unserer zweiten Neuigkeit.»

«Sie kaufen Ponys!», rief Charlie, bevor sie sich beherrschen konnte. «Nein, halt, das wäre der dritte Teil.»

«PSSST, Charlie», wies Fiona sie streng zurecht. «Lass Miss Webster ausreden!» Sie hatte plötzlich ein ungutes Gefühl, denn sie wüsste nicht, wie die Tatsache, dass sie keine Blumenmädchen werden konnten, dazu führen sollte, dass die Adoption der McCreadys durch Mr Pettinger und Miss Webster verkündet wurde.

«Die zweite Neuigkeit besteht darin, dass Don und ich hoch an den Yukon ziehen werden. Man hat Don dort einen Job angeboten, ungefähr dort, wo er aufgewachsen ist. Es ist eine großartige Chance, zumal er gerne zurückkehren möchte und ich die Gegend schon immer mal sehen wollte. Und jetzt werde ich dort leben!»

Diesmal erschallten keine freudigen Rufe. Eine tiefe Stille setzte ein. Charlie wirkte völlig perplex.

«Dann ziehen wir also *alle* dorthin?», fragte sie schließlich nach.

«Wie bitte?» Jetzt war Miss Webster verdattert. «Oh, nein, Charlie. Wir heiraten da oben und das ist auch der Grund, warum du kein Blumenmädchen werden kannst.

Wenn wir *hier* heiraten würden, wärst du das natürlich. Aber weißt du, ich habe keine Familie und Dons Verwandte leben alle am Yukon. Darum ist es nur sinnvoll, gleich im Norden zu heiraten. Aber ich schicke euch ganz viele Fotos, versprochen», schloss sie unbeholfen.

Miss Webster versuchte die darauffolgende neuerliche unbehagliche Stille mit begeistertem Plappern zu füllen, doch es klang hohl. «Und ich bin ja so stolz auf euch alle. Ich sehe ja, dass ihr mittlerweile gut zurechtkommt. Selbstverständlich kann ich nicht mehr wie bisher jede Woche nach dem Rechten sehen, aber wir können über E-Mails in Kontakt bleiben und ich rufe euch jeden Sonntag an. Es war nicht so leicht, eine Nachfolgerin für meinen Posten als Leiterin der Grundschule zu finden, und ich wollte nichts verraten, bevor nicht alles in trockenen Tüchern war, aber die Schulbehörde ist davon überzeugt, dass Mrs Edwards hervorragend in die Schule passt. Sie fängt bereits nächste Woche an. Ich habe Al in eurem Ordner als Vormund eingetragen und kann mir nicht denken, dass Mrs Edwards, die sich um viele andere Dinge kümmern muss, da sie neu an der Schule und neu in der Gemeinde ist, es überhaupt zur Kenntnis nehmen geschweige denn infrage stellen wird. Andernfalls werde ich mich für ihn verbürgen. Es fällt mir unendlich schwer, euch vier zu verlassen, aber so eine Gelegenheit kommt so schnell nicht wieder und ich hoffe, dass ihr euch mit uns freut.»

«Selbstverständlich freuen wir uns», sagte Fiona automatisch.

Doch wenn man sich am Tisch umsah, war von Freude

nicht viel zu sehen. Al schlang immer noch ungerührt sein Essen herunter. Charlie wirkte nach wie vor total durcheinander. Natasha hatte sich wieder einmal in eine ihrer kleinen Welten zurückgezogen, als hätte sie kein Wort von alldem gehört, und Marlin war wie vor den Kopf geschlagen.

Schließlich verkündete Fiona in der Hoffnung, die Situation irgendwie zu retten: «Das sind wirklich wundervolle Neuigkeiten und jetzt bist du mit *deiner* freudigen Nachricht an der Reihe, Marlin!»

Marlin riss sich sichtlich zusammen und stand auf, als fiele ihr gerade erst wieder ein, was sie Tolles zu verkünden hatte.

«Genau!», übernahm sie das Wort. «Ich habe in den letzten Monaten ein Kochbuch geschrieben. Der Titel lautet: *Dreißig Mahlzeiten, die eine Zwölfjährige kochen kann und bereits gekocht hat!* Auf diesen Titel bin ich ganz besonders stolz. Ich habe es an einen Verlag geschickt, es wird veröffentlicht und ich werde haufenweise Geld verdienen, weil mir noch viele andere Kochbücher einfallen, die ich danach schreiben werde. Und auch andere Bücher. Vielleicht wird es eine Serie, zum Beispiel *Dreißig Dinge, die eine Zwölfjährige reparieren kann und bereits repariert hat!* Damit will ich zeigen, dass Zwölfjährige all das können, was wir hier lernen mussten. Natürlich ist das der Aufhänger, aber ich interessiere mich hauptsächlich fürs Kochen und Backen. Dennoch soll die Serie vor allem eine Menge Geld einbringen, von dem wir leben können. Dann kann Nat auch Geige lernen.»

«Du bringst ein Buch heraus!», wiederholte Miss Webster voller Verwunderung. «Das ist *fantastisch*!»

«In welchem Verlag?», erkundigte sich Al mit vollem Mund.

«Random House.»

«Random House hat dir einen Vertrag geschickt?» Al sah sie verblüfft an.

«Bisher habe ich zwar noch nichts gehört, aber ich habe das Manuskript eingesandt», antwortete Marlin stolz. «Ich konnte mich eine Zeit lang nicht entscheiden, welchen Verlag ich nehmen sollte, aber da mir die Kochbücher gefallen, die dort erscheinen, habe ich mich für Random House entschieden.»

Al schnaubte. «Weißt du eigentlich, wie viele Manuskripte dort eingehen? Die *lesen* das nicht einmal, Marlin. Du brauchst einen Agenten, damit überhaupt jemand dein Manuskript prüft, und selbst dann ist die Chance, dass es verlegt wird, gleich Null.»

«Gar nicht WAHR!» Marlin stand wütend auf. «Was wissen Sie schon! Sie haben ein Buch veröffentlicht und das ist zehn Jahre her. Und was ist eigentlich mit Ihnen los? Sind Sie nur gekommen, um mir MEINEN GEBURTSTAG ZU VERDERBEN?»

«Ja, vielleicht ein andermal, Mr Farber.» Miss Webster versuchte freundlich, die Gemüter zu beruhigen.

«Ha, ein andermal? Erzählen Sie mir nichts über den richtigen Zeitpunkt. Sie haben der Kleinen gerade heute an ihrem Geburtstag erzählt, dass Sie sie und ihre Schwestern im Stich lassen. Also kommen Sie mir ja nicht mit Timing.»

Miss Webster sah ihn erschrocken und entsetzt an. «Sie wissen, dass wir sie nicht im Stich lassen!»

«Ach ja, ist das so? Sie ziehen nach Norden an den Yukon, stimmt's? Glauben Sie ja nicht, ich wüsste nicht, was hier läuft. Charlie erzählt mir alles. Sie dachte, Sie würden die Mädchen adoptieren. Sie dachte, es wäre das, was Sie heute feierlich verkünden würden.»

«Oh nein», flüsterte Miss Webster. «Hast du das wirklich gedacht, Charlie?»

Charlie fing an zu weinen.

«Da haben Sie's», sagte Al und zeigte mit dem Essstäbchen auf sie. «Herzlichen Glückwunsch zum Geburtstag, tada!»

«Oh, Charlie.» Miss Webster ging zu ihr, um sie in den Arm zu nehmen.

Fiona warf einen Blick auf Marlin, die immer noch wütend wirkte, und überlegte fieberhaft, wie sie die in Auflösung begriffene Party retten könnte. Die Party, auf die sie sich alle die ganze Woche gefreut hatten.

«Wie wäre es mit einem Stück Kuchen?», fragte sie mit gespielter Munterkeit.

«Nein, danke.» Al schob den Stuhl zurück und legte die Stäbchen auf den Teller. «Ich gehe nach Hause. Hier bin ich wohl eindeutig unerwünscht.»

Er schnappte sich sein gerahmtes Bild von Billy Bär und stand auf. Dann, als hätte er es fast vergessen, holte er ein Ringetui aus seiner Jeanstasche und warf es auf den Tisch. «Für dich, Marlin. Herzlichen Glückwunsch zum Geburtstag. Ich habe ihn für Martha gekauft, aber die wollte ihn nicht, und deshalb dachte ich, er sollte an eine von euch übergehen. Ihr könnt ihn auch verkaufen, wenn ihr wollt. Ich habe zweitausend Dollar dafür bezahlt. Lasst euch nicht mit weniger als fünfzehnhundert abspeisen, falls ihr ihn zu Geld machen wollt.»

Mit diesen Worten marschierte er zur Tür hinaus.

Mr Pettinger gab das Etui an Marlin weiter, die es öffnete. Darin lag ein Diamantring.

«Mit diesem Ring hat er Tante Martha offenbar einen Heiratsantrag gemacht.» Marlin betrachtete ihn ehrfürchtig.

«Das ist ein völlig unangemessenes Geschenk für eine Dreizehnjährige. Trag ihn ja nicht in der Schule, Marlin», schimpfte Miss Webster.

«Ich trage ihn überhaupt nicht. Für Schmuck habe ich nichts übrig», erwiderte Marlin.

«Aber du kannst ihn auch verkaufen, hat er gesagt … Das ist schon ein großzügiges Geschenk …»

«Wenn du Lust hast, Marl, können wir jetzt auch die anderen Geschenke auspacken», schlug Fiona vor.

«Klar. Ich habe immer noch Geburtstag. Er hat es zwar versucht, aber er hat ihn mir nicht verdorben.» Dann ärgerte sie sich von Neuem. «Er will einfach nicht, dass ich ein Buch veröffentliche! Er hält sich für oberschlau, nur weil er für die *New York Times* geschrieben hat. Dabei hat er keine Ahnung, wie gut mein Buch ist. Er weiß überhaupt nichts darüber.»

«Natürlich nicht», versuchte Fiona die Wogen zu glätten. «Irgendwer hat an jedem Projekt etwas rumzumeckern.»

«Das war abscheulich, so etwas an meinem Geburtstag zu sagen», ereiferte sich Marlin weiter.

«Trotzdem kein Grund, so gemein zu ihm zu sein», murrte Charlie. «Er hat dir einen Ring geschenkt! Mom hat immer gesagt, dass man seine Gäste höflich behandeln muss.»

«Er war auch nicht höflich zu mir», zischte Marlin zurück. «Als Gast soll man sich ebenfalls höflich verhalten. Außerdem bin ich das Geburtstagskind. Ich werde den Ring nicht behalten. Wenn ich ihm das nächste Mal sein Abendessen bringe, gebe ich Al den Ring zurück.»

«Lasst uns abräumen und die Kuchenteller herausholen», sagte Miss Webster rasch. «Ich kann es nicht erwarten, die Torte zu probieren, von der du so lange geschwärmt hast!»

Es war offensichtlich, dass Marlin sich weniger darüber aufregte, dass Miss Webster und Mr Pettinger fortzogen, als dass die Neuigkeit über ihre ausstehende Buchveröffentlichung gefloppt war. Dagegen hatte Fiona das deutliche Gefühl, dass Charlie es trotz Miss Websters Klarstellung immer noch nicht ganz kapiert hatte und nach wie vor glaubte, sie würden alle zusammen an den Yukon ziehen.

Alle am Tisch hatten traurige Gesichter gemacht, aber das änderte sich, als die Torte präsentiert wurde.

«Moment.» Marlin holte ihr Handy heraus und machte ein Foto. «Ich habe alle meine Gerichte fotografiert. Wahrscheinlich schreibe ich als Nächstes ein Buch über Torten. *Dreißig Torten, die eine Zwölfjährige backen kann und bereits gebacken hat!*»

«Du bist dreizehn», berichtigte Natasha.

«Ja, aber als ich sie gebacken habe, war ich zwölf. Außerdem klingt zwölf im Titel besser. Dreizehn hört sich nicht mehr nach Kind an. Über solche Dinge muss man nachdenken, wenn man anfängt, Bücher zu schreiben», plusterte Marlin sich auf.

«Ich finde deine Buchideen großartig», sagte Miss Webster. «Und die Titel klingen sehr verlockend.»

«Und der Kuchen ist unglaublich», schwärmte nun auch Mr Pettinger. «Er sieht sehr professionell aus. Sieht er nicht professionell aus, Diana?»

«Und wie!», pflichtete Miss Webster ihm bei.

«Danke.» Marlin war etwas besänftigt.

Fiona steckte dreizehn Kerzen in die Torte und zündete sie an. Nachdem Marlin sie ausgeblasen hatte, sagte sie: «Wetten, dass alle wissen, was ich mir gewünscht habe?»

«Du darfst es nicht verraten.»

«Ich verrate es nicht, Charlie. Ich sage nur, dass es sich jeder denken kann. Na gut, ich hasse es zwar, diesen schönen Anblick zu zerstören, aber es wird Zeit, dass wir die Torte anschneiden. Eigentlich ist es sogar das Beste vom Ganzen, weil ihr dann den ganzen Zauber erkennen könnt.»

Marlin hatte nicht zu viel versprochen, denn die Torte war in der Tat zauberhaft – ein Wunder in Schichten. Marlin nahm sich viel Zeit, um die Tortenstücke genau zu portionieren. Zunächst schnitt sie zwei Stücke zurecht, bevor sie das erste auf einen Teller gab. Sie hatte gelesen, dass man auf diese Weise vorgehen sollte, um zu vermeiden, dass die Stücke zerbrachen. Schließlich verteilte sie wunderschöne Regenbogentortenstücke, jedes mit sieben Schichten, die jeweils eine eigene Farbe und einen eigenen Geschmack hatten. Einen Augenblick lang bewunderten alle die Kuchenstücke auf ihren Tellern und wollten diesen perfekten Anblick eigentlich nicht zerstören.

«Sehr schön», rühmte Fiona.

«Vanille, Schokolade, Kokos, Kirsche, Zitrone, Mandel und Orange», erklärte Marlin. «Zwischen die Schichten habe ich jeweils schlichte Vanille-Buttercreme getan, damit sich der Zuckerguss nicht mit den unterschiedlichen Aromen vermischt.»

«Welche Farbe hat welchen Geschmack?», fragte Natasha.

«Probiere und rate.» Marlin steckte sich einen Bissen in den Mund.

Als sie schließlich lange genug gerätselt und herausgefunden hatten, dass weiß Vanille war, braun Schokolade, grün Kokos, rot Kirsch, gelb Zitrone, blau Mandel und orange Orange, ging es allen ein bisschen besser.

Marlin packte die Geschenke ihrer Schwestern aus und freute sich sichtlich. Miss Webster und Mr Pettinger bewunderten die Bilder, die Charlie gemalt hatte, und erklärten die Ähnlichkeit für verblüffend. Schließlich war es an der Zeit, dass Miss Webster und Mr Pettinger sich verabschiedeten.

An der Tür nahm Miss Webster Fiona beiseite. «Du weißt, dass ich euch nicht im Stich lasse, oder?»

Fiona nickte, aber dann war sie wieder niedergeschlagen.

All die Sorgen, von denen sie dachte, sie wäre sie bald los, lasteten erneut auf ihr. «Wann ist der Umzug?»

«Nächsten Samstag. Ihr schafft das wirklich, Fiona, ihr alle. Ich würde nicht fortgehen, wenn ich mir nicht sicher wäre.»

«Ich weiß», behauptete Fiona. «Machen Sie sich keine Sorgen.»

Sie umarmten sich. Als Miss Webster und Mr Pettinger gegangen waren, spülten Fiona, Natasha und Charlie in aller Eile und räumten das saubere Geschirr zurück in die Schränke. Marlin, als Geburtstagskind, musste selbstverständlich nicht mithelfen. Danach gingen Charlie und Natasha ins Bett und Fiona hörte noch lange, wie Charlie Natasha immer wieder löcherte, warum Miss Webster und Mr Pettinger sie nun doch nicht adoptierten. Fiona war dankbar, dass Natasha mit Charlie in einem Zimmer schlief, und nicht sie. Sie glaubte nicht, dass sie es ertragen könnte, jemanden auch nur eine halbe Stunde zu trösten, wo sie selbst so mutlos war.

«Na ja, also, ich habe schon schlimmere Geburtstage erlebt», meinte Marlin, sobald sie und Fiona erschöpft unter ihren Bettdecken lagen.

«Ich weiß.»

«Der schlimmste war direkt nach Mommys und Daddys Tod. Und ich musste so tun, als würde ich mich freuen, weil Mrs Weatherspoon drei Kuchen für mich gebacken hatte.»

«Ja, der war eindeutig schlimmer als heute», bekräftigte Fiona.

«Ich habe wirklich daran geglaubt, dass sie uns adoptieren und bei uns einziehen. Du nicht auch?»

«Ich habe immer gesagt, dass wir uns nicht darauf verlassen dürfen.» Fiona war erschöpft. Sie wollte nicht einmal Marlin offenbaren, wie sehr sie die Enttäuschung schmerzte.

«Dann waren die Geschenke, die sie uns gekauft haben, ja wohl Abschieds- und keine Willkommen-in-der-Familie-Geschenke», sagte Marlin verbittert.

«Sie waren überhaupt nicht verpflichtet, irgendetwas für uns zu tun, Marlin.»

«Ich weiß, aber Mann! Irgendwie lassen sie uns doch im Stich, wie Al gesagt hat.»

«Nein, das stimmt nicht. Sie leben ihr Leben weiter und das werden wir auch tun.»

«Trotzdem finde ich, dass sie es irgendwie verpatzt haben.»

«Das kann man so nicht sagen. Sie wussten ja nicht einmal, dass wir die Adoption im Sinn hatten.»

«Und was ist mit Al und damit, dass außer ihm keiner ein Buch schreiben kann? Seinen blöden Ring behalte ich jedenfalls nicht. Ich kann es gar nicht erwarten, ihm das blöde Ding vor die Füße zu werfen. Dann bin ich die zweite McCready, die das macht. Vielleicht sollte er mal darüber nachdenken, warum ihn keiner leiden kann, vielleicht sollte er ...»

«Marlin ... wir brauchen das Geld. Wir behalten den Ring.»

Es wurde still. «Meinetwegen.» Nachdem sie wieder

eine Weile geschwiegen hatte, fügte sie hinzu: «Aber es ärgert mich.»

«Ich weiß. Es tut mir leid. Trotzdem *ist* es ein großzügiges Geschenk, wie Miss Webster gesagt hat.»

«Ich glaube nicht, dass ich jemals Diana und Don zu ihnen sagen kann.»

«Und ich glaube nicht, dass du dir darüber noch lange Gedanken machen musst», schloss Fiona.

Schließlich schwiegen sie beide und die Sterne rückten auf ihrer trägen nächtlichen Reise weiter. Der Große Wagen zog von einer Fensterecke in die andere, bis die beiden Mädchen, ihren Gedanken nachhängend, endlich einschliefen.

# DIE SOMMERFEIER

Ende der Woche fand in der Greenwillow-Grundschule eine Versammlung statt. Natasha erzählte Fiona auf der Rückfahrt davon. Die neue Schulleiterin war vorgestellt und Miss Webster von allen verabschiedet worden. Am Samstag legten Miss Webster und Mr Pettinger noch einen kurzen Zwischenstopp auf der Farm ein, um Auf Wiedersehen zu sagen. Miss Webster überließ den Mädchen ihre Nähmaschine, weil sie zu schwer wäre, um sie einzupacken, und Mr Pettinger gab ihnen ein paar Gerätschaften, die er weder mitnehmen noch verkaufen wollte. Dann fuhren sie zum Flughafen.

«Es ist so seltsam», sagte Marlin. «Als hätten sie zum Inventar gehört, und plötzlich macht es Peng und sie sind weg.»

«Das ist gerade bei ganz schön vielen Dingen so», murmelte Fiona, bevor sie sich wieder daran erinnerte, positiv zu denken.

Fiona machte sich doch Sorgen, dass die neue Schulleiterin Miss Websters beruhigenden Worten zum Trotz irgendwie herausfand, wie es um die Schwestern stand, und beim Jugendamt anrufen würde. Sie entspannte sich erst, als nach anderthalb Wochen nichts dergleichen geschehen war. Das Schuljahr endete am Freitag, am Samstagabend würde die Sommerfeier stattfinden und dann hatten sie bis

September frei. Die jüngeren Mädchen freuten sich auf die Sommerferien und Fiona freute sich aufs Tanzen. Schon lange hatte sie sich nicht mehr so sehr auf etwas gefreut.

Als sie am letzten Schultag aus dem Bus stiegen und die Einfahrt zum Haus hochliefen, erzählte Fiona es endlich ihren Schwestern.

«Wann hat er dich gefragt?», fragte Natasha.

«Vor ein paar Wochen.»

«Pah!» Marlin war entrüstet. «Danke, dass du es *uns* erzählt hast.»

«Das hatte ich vor», verteidigte sich Fiona. «Ich bin nur noch nicht dazu gekommen.»

«Was ziehst du an?»

«Meine guten Sachen, was sonst?»

«Ich habe gehört, dass alle Mädchen nach Shoreline fahren, um sich ein neues Kleid zu kaufen», mischte sich nun erneut Natasha ein.

«Alle außer einer.» Fiona lachte.

«Du kannst keine Hose anziehen», zweifelte Marlin.

«Doch.»

Marlin fixierte den Boden und dachte angestrengt nach: «Ich verkaufe den Ring und gebe dir von dem Geld etwas ab. Also kauf dir jetzt ein Kleid, und wir sagen einfach, dass es von dem Erlös des Rings bezahlt wird.»

«Das geht nicht, Marlin. Ich hatte zwar irgendwie gehofft, dass ich in letzter Minute noch ein Kleid bekomme, wenn Miss Webster und Mr Pettinger uns adoptiert hätten. Oder dass Miss Webster erfahren würde, dass ich zur Sommerfeier gehe, und vorschlagen würde, dass wir ein

Kleid kaufen. Aber wir müssen realistisch sein. Sie haben uns nicht adoptiert, und sie sind weg. Es wird kein Kleid geben. Und wir müssen sorgsam mit dem Geld umgehen und es vernünftig für notwendige Dinge ausgeben. Ein Kleid, das ich nur einmal trage, gehört nun mal nicht dazu. Außerdem geht die Welt davon nicht unter. Ich habe den anderen Mädchen erzählt, dass in London alle in Hose zum Tanzen gingen. Ich werde das modebewusste neue Mädchen mit Hose sein. Selbst wenn wir das Geld für ein Kleid hätten, gäbe es keine Möglichkeit, nach Shoreline zu fahren, um eines zu kaufen.»

«Hm ...» Marlin dachte nach. «Deine gute schwarze Hose ist in Ordnung, aber die weiße Bluse ist irgendwie öde und die Weste ist komplett aus der Mode. Als du sie damals bekommen hast, war das das Richtige für die *Kirche*, aber zum Tanzen kann man sie echt nicht anziehen. Kein Mensch trägt mehr Westen.»

«Das habe ich mir auch überlegt», sagte Fiona. «Ich stecke die Bluse nicht in die Hose, sondern trage sie offen darüber.»

«Vielleicht finden wir in Tante Marthas Sachen irgendetwas, das wir mit der Nähmaschine von Miss Webster passend machen können. Ich kann zwar nicht gut nähen, aber du. Du weißt, was ich meine, etwas mit Glitzer oder aus Chiffon oder einfach was Besseres. Den Sachen nach zu urteilen, die wir in ihrem Schlafzimmer eingepackt haben, war sie ziemlich klein. Die Sachen dürften dir passen. Vielleicht hat sie auch einen schönen Schal oder eine Stola, mit der du die Bluse aufpeppen kannst.»

«Ich hasse Schals», entgegnete Fiona. «Die rutschen immer runter und sehen nach alter Frau aus. Als wir Tante Marthas Sachen auf den Speicher geschafft haben, habe ich nichts gesehen, dass ich irgendwo tragen möchte, schon gar nicht zum Tanzen. Sie hatte nur zerschlissene T-Shirts und Pullover.»

«Und was ist mit dem Speicher? Da oben sind noch Kisten, die wir uns gar nicht angesehen haben. Vielleicht hat sie da irgendwelche schicken Sachen aufbewahrt, die wir ändern könnten. Sie muss ein paar gute Sachen gehabt haben, das geht nicht anders. Zum Teufel, zwei Männer waren hinter ihr her. Da kann sie nicht die ganze Zeit in schäbigen T-Shirts rumgelaufen sein.»

«Daran habe ich gar nicht gedacht», gestand Fiona.

Charlie und Natasha hatten keine Lust, sich auf dem Speicher umzusehen. Charlie spielte mit ihrer Puppe und Natasha ging mit ihrem Fernglas auf die Wiese, sodass die beiden älteren Mädchen den Freitagnachmittag damit verbrachten, in den Kartons zu wühlen. Sie fanden jedoch vor allem verstaubte alte Bücher, Geschirr und verrostetes Gartenwerkzeug.

«Wenn du mich fragst, stellen die Leute Sachen auf den Speicher, die sie eigentlich wegwerfen sollten», meinte Marlin, als sie endlich die letzte Kiste durchsucht hatten, ohne irgendwelche Anziehsachen gefunden zu haben.

«Das war's jedenfalls», sagte Fiona. «Meine schwarze Hose wird es, mit der weißen Bluse. Das Wichtigste ist doch, dass ich überhaupt tanzen gehe. Ich halte es da mit Moms Spruch, dass man das Kind nicht mit dem Bade ausschütten sollte. Es macht dir doch nichts aus, nachts mit Charlie und Natasha allein zu bleiben, oder? Schließlich habt ihr das noch nie gemacht.»

«Pfff», schnaubte Marlin. «Dreizehnjährige Babysitter sind wahrlich keine Seltenheit. Nächstes Jahr komme ich auf die weiterführende Schule. Das bedeutet ja wohl, dass ich alt genug bin.»

«Kann sein», murmelte Fiona.

«Ich bin auch mit ihnen allein, wenn du Einkaufen fährst.»

«Aber diesmal ist es abends und nachts.»

«Jetzt hör mal auf zu grübeln, und da wir gerade von nachts sprechen – wie willst du da eigentlich hinkommen? Du fährst doch nicht etwa mit dem Fahrrad auf dieser dunklen Straße mit den Bären und Pumas, oder?»

«Wenn die Feier anfängt, ist es noch hell.»

«Klar, aber nicht, wenn sie vorbei ist.»

«Ich weiß, ich weiß. Und obwohl ich dazu überhaupt keine Lust habe, muss ich wohl Al bitten, mich abzuholen. Er schuldet uns noch einen Gefallen für die Schoko-Kekse.»

«Der Mülltroll», stichelte Marlin.

«Ich weiß, dass du heute an der Reihe bist, ihm sein Essen zu bringen, aber das würde ich gern übernehmen, damit ich ihn fragen kann. Ich wollte es schon die ganze Woche tun, immer wenn ich ihm das Essen gebracht habe, aber dann hat mich der Mut jedes Mal wieder verlassen. Heute ist der letzte Abend vor der Sommerfeier, da wird es langsam Zeit. Aber es ist jedes Mal schrecklich, ihn um etwas zu bitten, weil er dann so laut wird.»

«Wenn du möchtest, kann ich ihn gerne fragen. Ich habe keine Angst vor ihm.»

«Ich habe auch keine Angst vor ihm, es ist nur einfach nervig.»

Auf dem Weg zu Al übte Fiona, wie sie ihn fragen wollte. «Sie wissen schon, dass Sie uns noch einen Gefallen schulden?» Oder: «Erinnern Sie sich noch an die Schoko-Kekse?» Oder ganz direkt: «Sie müssen mich morgen Abend zur Sommerfeier in der Schule bringen und wieder abholen.»

Da sie immer noch das ein oder andere im Kopf durchprobierte, während sie bereits an seine Tür klopfte, erschrak sie so sehr, als er öffnete und «WAS!» schrie, dass sie beinahe sein Abendessen fallengelassen hätte.

*«Mein Gott!»*, platzte sie heraus. «Ich wünschte wirklich, Sie würden damit aufhören.»

«Womit?»

«Jedes Mal ‹WAS!› zu schreien, wenn Sie die Tür aufmachen. Wir bringen Ihnen schon seit Monaten etwas zu essen.»

«Was gibt es denn heute?» Er schaute in die Frischhaltedose. «Ah, Marlins Koteletts. Mein Lieblingsessen.»

«Da wir gerade von Lieblingsessen sprechen», sagte Fiona, was sogar in ihren Ohren keinen Sinn ergab. Leider fiel ihr einfach kein guter Anschlusssatz ein. «Ich wollte fragen, ob Sie mich morgen Abend zur Sommerfeier in der Schule bringen könnten. Es fängt um 19 Uhr an und ist um zehn zu Ende. Wenn Sie mich dann wieder abholen könnten?»

«Sommerfeier, ah ja?»

«Ja.»

«Und wer bleibt bei den anderen, solange du tanzen gehst?»

«Marlin ist jetzt dreizehn. Alt genug zum Babysitten.»

«Ist das so? Von einer magischen Linie zwischen zwölf und dreizehn ist mir noch nichts zu Ohren gekommen. Aber egal, was habe ich über Chauffeurdienste gesagt?»

«Sie schulden uns noch etwas für die Schoko-Kekse.»

Al schwieg einen Moment und sortierte sich neu. «Stimmt», gab er schließlich zu. «Keiner soll sagen, ich würde meine Schulden nicht bezahlen. Okay. Wann soll ich dich abholen?»

«Um viertel vor sieben.» Und dann plapperte sie vor lauter Erleichterung, dass er ohne große Umstände Ja gesagt hatte, gedankenlos weiter: «Ich habe Davy gesagt, ich würde ihn um sieben dort treffen.»

«Aha! Du gehst also mit einem Jungen auf die Feier?»

«Ja», antwortete Fiona errötend und hoffte wider besseres Wissen, dass es damit gut sein würde.

«Dafür bist du alt genug, was?»

«Ja», betonte Fiona.

«Sososo. Jetzt wird es hier romantisch, wie?»

«Ich möchte lieber nicht darüber reden.»

«Netter Junge?»

*«Ja»*, fauchte Fiona, die entnervt die Beherrschung verlor.

«Verstehe. Wieso kommt er dann nicht hier raus, um dich abzuholen? Ein echter Kavalier würde das tun. Bis an die Tür würde er kommen und nicht nur auf der Einfahrt parken und hupen. Sag ihm das.»

«Er ist noch zu jung, um Auto zu fahren. Er ist erst fünfzehn.»

«Und wieso holen seine Eltern dich dann nicht ab?»

«Weil er seiner Familie nichts von uns erzählt.»

«Schämt er sich etwa für dich?»

Fiona lag eine scharfe Erwiderung auf der Zunge, doch sie merkte noch rechtzeitig, dass er sie auf den Arm nahm.

«Außerdem darf er aus den bekannten Gründen nicht zu uns kommen. Ich kann ihm ja nicht einmal erzählen, wie wir leben.»

«Verstehe. Ganz schön schwierig, ein normales Leben zu führen, wenn man ein großes Geheimnis hat, was?»

«Möglich», sagte Fiona.

«Charlie ist anscheinend nicht als Einzige enttäuscht, weil das mit der Adoption nicht geklappt hat.»

«Wie Sie meinen. Übrigens soll ich Ihnen von Marlin ausrichten, dass wir morgen um viertel vor fünf essen und sie Ihnen das Abendessen früher bringt.»

«Wieso?»

«Ich will nicht mit vollem Magen tanzen.»

Al lachte und fragte dann: «Hat Marlin den Ring schon verkauft?»

«Noch nicht, aber sie will ihn auf eBay stellen. Ich glaube, sie hat vergessen, sich bei Ihnen zu bedanken, aber wir wissen das alle sehr zu schätzen. Es war überaus großzügig von Ihnen.»

«Ach, was sollte ich sonst damit machen? Schon etwas von Random House gehört?»

«Noch nicht», antwortete Fiona.

«Schade, dass sie sich so große Hoffnungen macht. Okay, dann bis morgen.»

«Danke.» Fiona drehte sich um und ging verlegen davon. Sie hörte nicht, dass Als Tür geschlossen wurde und spürte seinen Blick noch den ganzen Weg seine Einfahrt hinunter im Rücken. Manchmal war er gar nicht so schlecht, dachte sie. Eigentlich fast normal.

Am nächsten Morgen waren alle Mädchen so aufgeregt, als würden sie ebenfalls zur Sommerfeier gehen. Den ganzen Tag lang umschwirrten sie Fiona und machten Vorschläge, wie sie glanzvoller auftreten könnte, doch Fiona weigerte sich, ihre Haare zu toupieren, ihre Augenbrauen zu zupfen oder zu üben, wie man mit einem Buch auf dem Kopf durch den Raum stolzierte – wie Charlie es in einer Fernsehshow gesehen hatte. Sie hatten einen alten knallroten Lippenstift von Tante Martha gefunden, den Fiona abends auch tatsächlich ausprobierte, bevor sie sich damit albern vorkam. Stattdessen erlaubte sie Marlin, ein wenig davon auf ihren Wangen zu verteilen.

«Das soll man auf die Wangenknochen geben», erklärte Marlin. «Damit die Wangenknochen aussehen wie bei den Models. Wieso hatte Tante Martha Lippenstift, aber keine guten Anziehsachen? Wer legt Lippenstift auf und zieht ein schäbiges T-Shirt dazu an?»

Natasha pflückte ein paar Wildrosen und steckte sie Fiona ins Haar.

«Danke, Nat, das sieht wirklich hübsch aus.» Fiona nahm sich vor, sie herauszunehmen, sobald sie außer Sichtweite war.

«Du siehst gut aus», meinte Charlie. «Obwohl es nur deine alten Sonntagssachen sind.»

«Und du riechst gut», sagte Natasha. «Das liegt an den Wildrosen. Gut zu riechen ist wahrscheinlich wichtiger als gut auszusehen. In der Tierwelt ist es auf jeden Fall so.»

«Du siehst sehr schick aus. Der letzte Schrei aus London.» Marlin lachte. «Ich habe Al an den Fahrdienst erinnert, als ich ihm um halb fünf das Essen gebracht habe. Wann sollte er kommen? Es ist schon zehn vor sieben.»

«Er ist spät dran», murmelte Fiona mürrisch. «Wie ich ihn kenne, hat er es vergessen. Am besten gehe ich rüber.»

«Viel Spaß! Viel Spaß!», riefen die Schwestern von der Vordertreppe, als Fiona vorsichtig über die Einfahrt ging, damit ihre guten Schuhe sauber blieben.

*Den werde ich haben,* dachte sie glücklich. *Heute Abend vergesse ich einfach mal alles und amüsiere mich.* Sie hatte sich bereits endlose YouTube-Videos mit tanzenden Paaren angesehen. Langsame Tänze, schnelle Tänze, einfach um sicherzugehen, dass sie wusste, wie es ging. Sie bekam Bauchschmerzen vor lauter Nervosität, wenn sie sich vorstellte, wie sie die Arme um Davys Hals legte, und überlegte, ob sie irgendwann an diesem Abend allein sein würden – ob er sie küssen würde. Fiona hatte auch alte Filmclips von sich küssenden Paaren auf YouTube angeschaut, damit sie auf keinen Fall falsch reagierte, wenn er es tun würde. Davy hatte die Eintrittskarten für die Sommerfeier gekauft und kein Geld von ihr angenommen, was sie sehr romantisch fand. Sie fragte sich, ob Al es schaffen würde, den Mund zu halten, wenn er sie absetzte. Hoffentlich! Vielleicht sollte sie ihn bitten, sie einen Block vor der Schule rauszulassen. Ja, das war eine gute Idee. Dort konnte sie Al auch nach dem Tanzen wiedertreffen, damit er gar keine Gelegenheit bekam, sie zu hänseln oder vor Davy in Verlegenheit zu bringen.

Als sie zu Als Einfahrt kam, stand sein Pickup-Truck dort, wo er immer stand. *Immerhin weiß ich, dass er noch da ist.* Sie ging die kaputten Stufen hinauf und klopfte laut. Keine Antwort. Sie klopfte noch einmal. Als er nicht öffnete, ging sie zur Garage und spähte hinein, doch er war weder dort noch in seinem Truck. Schließlich kehrte sie zum Wohnwagen zurück, öffnete die Tür einen Spaltbreit und entdeckte ihn auf dem Sofa. Er lag da und schnarchte.

*Oh, verflixt, natürlich hat er es* wirklich *vergessen und ist eingeschlafen.* Sie ging zu ihm und klopfte ihm auf die Schulter. «Hallo! Hallo!», rief sie. «Es ist Zeit für die Sommerfeier. Wir kommen zu spät!»

Al schlug die Augen auf, wälzte sich auf den Bauch und schlief weiter.

Fiona blieb einen Augenblick lang verwirrt vor ihm stehen, bis sie den Stapel leerer Bierdosen neben dem Sofa entdeckte und den Biergeruch wahrnahm, der ihn wie Dunst umgab. *Nein, nein, er ist betrunken. Das kann nicht sein. Nicht heute Abend.*

Als sie ihm einen festen Stoß gab und er nicht aufwachte, fing sie an zu weinen. Selbst wenn er noch aufwachte, konnte er in seinem betrunkenen Zustand nicht fahren. Es war bereits sieben Uhr. Davy würde sich fragen, wo sie blieb. Er würde dort stehen und warten und sie würde nicht kommen und er würde nicht wissen, wieso. Was würde er denken? Wie lange würde er vor der Schule auf sie warten? Sollte sie mit dem Fahrrad fahren und ihm erzählen, was geschehen war? In ihrem verletzten Stolz und der Mischung aus angestauter Anspannung, Enttäuschung und den nagenden Sorgen des ganzen Jahres, die alle in diesem Moment unerwarteten Unglücks über sie hereinbrachen, schluchzte sie laut auf.

«Das ist *unfair!*», schrie sie den schnarchenden Al in dem zusammenhangslosen Wirrwarr ihres Frusts an. «Ich habe Miss Webster ziehen lassen, ohne mich zu beklagen. Ich habe nichts gesagt, als ich Geldsorgen hatte oder die Steuer machen oder Mr Pennypacker aus dem Weg gehen musste, weil ich mich auf diese eine Sache *freuen* konnte!»

Die letzten beiden Wörter schrie sie so laut, dass sie selbst erschrak und Al sich erneut herumwälzte und sie mit einem halb geöffneten Auge verwirrt ansah.

«Fiona?», murmelte er.

«Sie sollten mich in die Stadt bringen!», brüllte sie. «Zur SOMMERFEIER! Ich hätte mir denken können, dass Sie das nicht für mich tun würden. Ich wusste, dass es mir nicht vergönnt ist.» Sie schluchzte so sehr, dass sie nicht mehr klar denken oder verständlich sprechen konnte. «Ich habe das ganze Jahr lang versucht, alles richtig zu machen.

Für Marlin und Nat und Charlie. Ich habe mir nicht einmal EIN KLEID GEKAUFT!» Weinend drehte sie sich um und rannte davon.

Zu Hause rannte Fiona nach oben und schloss sich im Badezimmer ein, wo sie herzzerreißend weiterschluchzte. Ihre Schwestern, die ihr nachgegangen waren, klopften an die Badezimmertür.

«Was ist passiert?», fragte Marlin.

«Was glaubst du wohl?», schrie Fiona. «Er war BETRUNKEN! Nicht bei Bewusstsein.»

«Oh nein. Und was ist mit Davy?»

«Ich wollte ...» Fiona brach immer wieder ab, um weinend Luft zu holen. «Mit dem Fahrrad hinfahren ... und es ihm sagen ... aber es geht nicht. Fahrradfahren ist unmöglich ... ich kann nicht im Dunkeln nach Hause ... radeln. Aber ... jetzt kann ich gar nicht mehr. Total rot und fleckig ... so kann ich nicht gehen.» Sie schluchzte weiter, bis sie einen Schluckauf bekam.

«Ich fahre hin», beschloss Marlin. «Ich fahre hin und sage ihm, dass du krank geworden bist und nicht kommen konntest und mich geschickt hast, damit ich ihm das sage.»

«Okay», wimmerte Fiona. «Danke.»

«Aber komm da raus, du machst Charlie und Nat Angst.»

«Ich will aber nicht», schluchzte Fiona. «Ich will

einfach in der Badewanne sitzen und darauf warten, dass mich die Ewigkeit verschluckt. Lasst mich in Ruhe.»

Die Schwestern kehrten auf Zehenspitzen ins Erdgeschoss zurück.

«So schlecht geht es ihr gar nicht», versuchte Marlin die anderen beiden zu beruhigen. «Sie wartet nicht wirklich darauf, dass die Ewigkeit sie verschluckt, was immer das auch bedeuten soll. Hört zu, ihr zwei, ich fahre mit dem Fahrrad zur Schule. Ich werde ungefähr eine Stunde weg sein und wenn ich zurückkomme, ist es noch hell. Macht euch keine Sorgen. Schaut einfach ein wenig fern oder so.»

Charlie und Natasha sahen sie verängstigt an. Es war noch nie vorgekommen, dass Fiona komplett die Kontrolle verloren hatte. Nach dem Tod ihrer Eltern, in der Zeit mit Mrs Weatherspoon und nach dem Umzug auf Pine Island, wo sie den Tod ihrer Großtante zu beklagen hatten, war sie ihr Fels in der Brandung gewesen. Ohne ihren Rückhalt geriet ihr eigenes Leben schmerzlich ins Wanken.

Marlin verfrachtete Natasha und Charlie mit einer Schachtel Kräcker auf das Sofa, stieg aufs Fahrrad und fuhr so schnell sie konnte zur Schule. Doch als sie endlich dort ankam, stand niemand mehr vor der Schule und es kam auch niemand mehr an, um noch auf die Feier zu gehen. Marlin ging in die Schule und steuerte die Turnhalle an.

«Moment, Liebes, was machst du hier?», fragte eine Lehrerin, die vor der Tür zur Turnhalle auf einem Stuhl saß. «Ich kenne dich nicht, oder?»

«Nein. Ich bin Fiona McCreadys Schwester. Ich muss nur kurz diesen Jungen finden, Davy Clement», antwortete sie. «Meine Schwester wollte sich mit ihm treffen, aber jetzt kann sie nicht kommen.»

«Okay, Liebes, schauen wir mal, ob jemand weiß, wo er ist.» Die Lehrerin ging mit Marlin in die dunkle Halle. Doch der Lehrer, der Davy Clement kannte, konnte ihn nirgends entdecken und nachdem sie sich durchgefragt hatten, fand sich schließlich ein Mädchen, das sagte, er hätte eine Weile draußen vor der Tür gewartet und wäre dann gegangen.

«Nach Hause?», rief Marlin in dem Versuch, den Lärm der Musik und Gespräche zu übertönen.

«Keine Ahnung.» Das Mädchen zuckte mit den Schultern. «In der Turnhalle habe ich ihn jedenfalls nicht mehr gesehen.»

«Okay, danke.» Marlin formte die Worte mit den Lippen, um sich bei dem Mädchen und dem Lehrer zu bedanken, und ging.

In der Zeit, die Marlin brauchte, um wieder nach Hause zu radeln, hatte Fiona sich beruhigt und saß mit Charlie und Natasha auf dem Sofa. Vom Weinen war ihr Gesicht fleckig und die Augen waren ganz verquollen.

«Gut, dass du nicht selbst mit dem Fahrrad zur Turnhalle gefahren bist. Du siehst aus wie Miss Piggy.»

«Herzlichen Dank. Und, was hat er gesagt?»

«Er war nicht da, Fi», antwortete Marlin. «Jemand hat gesehen, wie er draußen eine Zeit lang gewartet hat und dann gegangen ist. Kannst du ihn anrufen?»

«Nein. Er hat kein Handy und will nicht, dass seine Familie von uns erfährt. Seine Festnetznummer habe ich auch nicht. Wahrscheinlich hasst er mich jetzt sowieso.»

«Und du kannst es ihm auch nicht am Montag erklären, weil wir keine Schule mehr haben», sagte Natasha.

«Super, dass du auch noch darauf herumreitest, Nat», schimpfte Marlin.

«Ach, lass sie in Ruhe.» Fiona klang erschöpft. «Unserer Familie passiert nie etwas Gutes. Ich hätte nichts anderes erwarten dürfen.»

Als die unablässig positiv denkende Fiona etwas Derartiges über die Lippen brachte, waren ihre Schwestern schockiert.

«Ab und zu passiert doch etwas Gutes», widersprach Charlie. «Marlin bringt ihr Buch heraus.»

Marlin senkte den Blick. «Ja, vielleicht», murmelte sie.

«Egal, gib mir die Kräcker», verlangte Fiona und steckte sich geistesabwesend eine ganze Ladung in den Mund. Beim Abendessen hatte sie vor lauter Aufregung nur wenig gegessen. Nun hatte sie einen Bärenhunger. «Was gibt's im Fernsehen?»

«Du darfst aussuchen», sagte Marlin.

Daraufhin zappte Fiona durch die Sender, bis sie etwas Erträgliches gefunden hatte, doch sie konnte sich nicht auf die Show konzentrieren. Ihre Gedanken rasten wie ein Hamster im Rad, während sie überlegte, wie sie Davy jemals erklären sollte, dass sie ihn hatte sitzenlassen – falls sie ihn je wiedersah. Sie konnte ja wohl kaum sagen, dass ihr Vormund völlig betrunken das Bewusstsein verloren hatte. Alle anderen Erklärungsversuche klangen wenig überzeugend und vorgetäuscht. Sie wollte nicht darüber nachdenken. Sie würde es einfach an die lange Liste der Dinge hängen, über die sie niemals wieder nachdenken wollte.

Sie war erleichtert, als sie schließlich alle ins Bett gingen.

Schweigend schauten sie und Marlin auf den Großen Wagen. Fiona wusste, dass Marlin sie nicht zum Reden drängen wollte, wenn sie keine Lust dazu hatte, und das hatte sie wirklich nicht. Dennoch sagte sie schließlich: «Ich rede nie wieder ein Wort mit Al.»

«Das ist dein gutes Recht. Würde ich auch nicht machen. Von jetzt an bringe ich ihm das Abendessen und du kannst ihn aus deinem Leben streichen.»

«Danke», murmelte Fiona schläfrig. «Hast du Mädchen gesehen, die getanzt und eine Hose getragen haben?»

«Nein.» Marlin versuchte, sich zu erinnern. «Aber es war dunkel.»

«Na ja. Ist jetzt auch egal.» Dann schlief sie ein.

# DAS BOOT

Marlin hatte ihre eigenen Gründe, warum sie Al das Abendessen bringen wollte. Sie hatte in dieser Woche ein Absageschreiben von Random House bekommen. Als sie mit Als Abendessen an seiner Türschwelle auftauchte, öffnete er diesmal nicht die Tür und schrie sofort «WAS!», sondern sagte leise: «Hör mal, wegen gestern Abend –»

«Das spielt jetzt keine Rolle», erwiderte Marlin kurz angebunden. Was gab es da bitte auch zu erklären?

«Ich wollte Ihnen nur sagen, dass Sie recht hatten. Ich habe eine Absage von Random House bekommen.»

«Was? Das ist echt schade, Marlin. Was haben die anderen dazu gesagt?»

«Ich werde es ihnen nicht erzählen. Es ist zu peinlich.»

Al nickte nur.

«Aber darum geht es jetzt nicht», fuhr sie rasch fort. «Ich finde das Buch immer noch gut und ich möchte, dass Sie mir helfen, es zu veröffentlichen.»

«ICH?»

«Ja. Kenne ich etwa noch jemanden, der ein Buch geschrieben hat?»

«Einen internationalen Bestseller», betonte Al.

«Soweit ich weiß, war es in den USA und in Kanada ein Bestseller, oder? Das heißt nicht, dass es auf der ganzen *Welt* ein Bestseller war», verbesserte Marlin, die sich seit der Absage genauer über den Buchmarkt informiert hatte. «Nur zwei Länder, und schon ist es international.»

«Das mag sein, aber zufällig ist es *doch* auf der ganzen Welt erschienen, du Schlaubergerin», konterte Al. «Und was meinst du eigentlich mit *nur*? Weißt du, wie viele Exemplare man verkaufen muss, um in den USA auf die Bestsellerliste zu kommen?»

«Ist ja gut. Damit haben Sie mich in meiner Einschätzung nur bestätigt. Sie sind der Richtige, um mir zu helfen. Ich möchte, dass Sie das Buch an Ihren Agenten schicken.»

«Moment, Moment.»

«Sie haben doch noch einen Agenten, oder?»

«Ja, aber ich habe seit Jahren nichts veröffentlicht. Und ich schicke meinem Agenten nichts, was ich nicht selbst gelesen habe.»

«Sie können es lesen.»

«Und wie kommst du darauf, dass ich das tun will?»

«Nach dem, was Sie Fiona angetan haben, sind Sie uns etwas schuldig, finde ich. Sie hat sich im Badezimmer eingeschlossen und gesagt, dass sie in der Badewanne sitzen bleibt, bis die Ewigkeit sie verschluckt.»

Al lachte schallend. «Das hat sie gesagt? Sie will darauf warten, dass die Ewigkeit sie verschluckt?»

«Das ist nicht lustig. Sie konnte Davy nicht einmal sagen, warum sie nicht kommen konnte, und jetzt ist das Schuljahr zu Ende und sie sieht ihn erst im Herbst wieder. Sie haben alles kaputtgemacht.»

Al hörte schlagartig auf zu lachen. «Und überhaupt, was meinst du damit, ich wäre euch noch etwas *schuldig*?

Wer hat dir denn einen Zweitausend-Dollar-Verlobungs-Ring geschenkt?»

«Vielen Dank. Ich wollte mich schon bei Ihnen bedanken, aber an jenem Abend ist so viel passiert. Außerdem ändert das nichts an dem, was Sie Fiona angetan haben. Sie hat die ganze Nacht geweint.»

«Ach, wirklich, hat sie das?» Al schaute ernüchtert in den Wald. «Tja, dann gehe ich mal rüber und entschuldige mich. Es war wirklich nicht meine Absicht, ihr den Abend zu verderben. Ich bin eingeschlafen und habe es irgendwie vergessen.»

«Das haben wir gehört. Wir haben *alles* darüber gehört», betonte Marlin. «Und an Ihrer Stelle würde ich nicht rüberkommen. Fiona ist immer noch sehr verletzt.»

«Oh je, wirklich?»

«Und Charlie will auch nicht mehr mit Ihnen auf die Suche nach Billy Bär gehen. Sie ist sauer auf Sie, weil Sie Fiona zum Weinen gebracht haben.»

«Oh, Mann.»

«Also, helfen Sie mir nun oder nicht? Mein Kochbuch ist auf dem MacBook, aber das kann ich Ihnen nicht leihen, weil ich erstens an meinem zweiten Buch schreibe und zweitens die anderen damit ins Internet gehen. Das heißt, ich muss bei Ihnen bleiben, während Sie es lesen. Außerdem möchte ich Ihnen ein paar Stellen zeigen, die ich mit Ihrer Hilfe überarbeiten will.»

«Ich soll das lesen, während du mir über die Schulter schaust? Na, super. Ach, was soll's, bring's her. Aber nicht mehr heute Abend.»

«Dann morgen Abend, wenn ich das Essen bringe?»

«Nein, nicht abends. Ich möchte es lesen, wenn ich fit bin. Bring es mir morgen Vormittag. Ihr habt doch jetzt keine Schule mehr, stimmt's?»

«Stimmt.»

«Dann machen wir es so.»

Al stellte sich als eine größere Hilfe heraus, als Marlin erwartet hatte. Er lehrte sie, die Sätze umzuschreiben und ihr Kochbuch lesefreundlicher zu gestalten.

«Es ist wirklich kein schlechtes Kochbuch», betonte er. «Wie du neulich bereits beim Abendessen gesagt hast, hat es einen cleveren Titel. Aber ich habe keinen Schimmer vom Kochbuchmarkt und es ist ein hartes Geschäft, überhaupt etwas zu veröffentlichen.»

«Sieht so aus», erwiderte Marlin trocken.

Von nun an arbeiteten sie jeden Morgen daran. Fiona hatte in der Stadt einen Job als Babysitterin für ein Kleinkind gefunden, sodass Marlin den ganzen Sommer über auf Charlie und Natasha aufpasste. Charlie und Natasha interessierten sich nicht dafür, warum Marlin jeden Morgen zum Wohnwagen ging. Sie waren zu sehr mit sich selbst beschäftigt. Natasha katalogisierte Vögel und Tiere und Charlie bekam fast täglich Besuch von Ashley. Als Ashleys Mutter sie zum ersten Mal morgens bei ihnen absetzte, teilte Marlin ihr mit, dass sie im Sommer ihre Schwestern hütete, und Ashleys Mutter ging anscheinend davon aus, dass man zu dieser Lösung gekommen war, da der Vormund arbeiten musste. Ashleys Mutter freute sich, als Marlin erklärte, sie könne auch auf Ashley aufpassen, solange Ashleys Mutter sie herbrachte und wieder abholte. Und als Ashleys Mutter sie einmal nicht abholen konnte, war Al sogar bereit, sie nach Hause zu bringen. Er fuhr mit seinem Truck vor und behauptete, er wäre früher von der Arbeit gekommen.

«Die freut sich, dass du umsonst babysittest», sagte Fiona, als die vier Schwestern eines Abends am Tisch saßen.

«Win-Win, kann ich da nur sagen. Charlie gefällt es so, oder Charlie? Und wenn ich morgens eine Stunde bei Al bin, spielen sie einfach drinnen, solange ich weg bin.»

«Wieso gehst du denn überhaupt da hin?», fragte Fiona.

«Er hilft mir bei meinem Kochbuch.»

«Ich verstehe nicht, wie du das dort aushältst. Das ist doch das reinste Chaos!»

«Stell dir vor, er hat die Badewanne und den Kühlschrank vom Rasen geholt und zur Müllkippe gebracht. Er hat sogar die Treppe zum Wohnwagen repariert und sämtliche Bierdosen entsorgt.»

«Hm. Da kommen sicherlich wieder neue nach.»

«Irgendwie nicht», sagte Marlin, als würde es ihr gerade erst bewusst. «Aber er hat einen Haufen Coladosen rumstehen. Die leeren entsorgt er in seiner Recycling-Tonne, echt jetzt. Es ist viel ordentlicher geworden. Andererseits nehmen wir unsere Umgebung nicht wirklich wahr. Man muss sich voll konzentrieren, um einen Text umzuschreiben.»

«Das ist nichts dagegen, ein Kleinkind zu hüten», stöhnte Fiona.

Fiona hatte das Kleinkind die blonde Bestie getauft. Sie musste täglich von neun bis fünf auf das Mädchen aufpassen und fuhr jeden Abend um halb sechs schlecht gelaunt nach Hause. «Es gibt nichts Schlimmeres als den ganzen Tag ein Kleinkind bei Laune zu halten. Dein Verstand verwandelt sich in Wackelpudding. Immerhin macht sie einen Mittagsschlaf, sodass ich eine Stunde in einem Buch lesen kann. Ansonsten würde ich völlig bekloppt.»

«Immerhin verdienst du ziemlich viel Geld», sagte Natasha. «Heißt das, ich kann doch Geige lernen?»

«Nein, Nat, es tut mir leid. Ich habe mich nicht darauf verlassen, dass Miss Webster und Mr Pettinger für uns bezahlen, aber ich hatte gehofft, dass sie einen Beitrag zu den Lebenshaltungskosten leisten würden, wenn sie bei uns wohnen. Jetzt sind wir wieder da, wo wir vorher waren, und wir brauchen jeden Penny.»

«Ach, weil wir gerade davon sprechen, hier.» Marlin lief zu ihrem Rucksack und holte ein Bündel Zwanzigerscheine heraus, darunter auch den, den Fiona ihr an diesem Morgen mitgegeben hatte. «Als ich Al den Zwanzigdollarschein für diese Woche gegeben habe, hat er mir nicht nur den einen, sondern *alle* zurückgegeben, die er je von uns bekommen hat.»

Fiona nahm das Bündel Geldscheine entgegen und betrachtete es, als wüsste sie nicht, was es ist.

«Na, das nenne ich eine Überraschung», sagte sie schließlich.

«Er hat mich extra gebeten, es auch ja Charlie zu zeigen und dir, Charlie, zu sagen, dass er sich freuen würde, wenn du samstags nochmal mit ihm zu Billy Bär fahren würdest. Er hat gesagt, er besucht ihn immer noch.»

Charlie schüttelte den Kopf.

«Fahr ruhig mit», ermunterte Fiona sie. «Wegen mir musst du es nicht sein lassen.»

«Außerdem hat er noch gesagt, dass er heute Abend nach dem Essen rüberkommt und mit dir reden möchte, Fiona. Er hat einen Plan.»

«Herrje, was denn noch alles? Weiß er nicht, dass ich ihn nicht sehen will?»

«Es tut ihm sehr leid, was passiert ist.»

«Ich will trotzdem nicht mit ihm reden. Nie wieder.»

«Musst du ja nicht. Aber erinnerst du dich, was Mom immer gesagt hat, dass man seinen Feinden auch verzeihen sollte?»

«Nie wieder», beharrte Fiona. «Außerdem habe ich ganz andere Probleme.»

«Was denn?»

«Ach, das Übliche», seufzte Fiona und stellte ihr Geschirr ins Spülbecken. Da sie den ganzen Tag babysittete, hatten sie die Hausarbeit neu aufgeteilt. Charlie und Natasha spülten und trockneten ab, während Marlin wie immer das Abendessen kochte und Mittagessen machte. «Ich gehe in die Badewanne.»

In der Badewanne ließ Fiona ihren Gedanken freien Lauf. Nach einer Ruhepause war Mr Pennypacker dazu übergegangen, immer bedrohlichere Betreffzeilen in seinen E-Mails zu schreiben. UNBEDINGT LESEN!!! DIE ZEIT DRÄNGT!!! BEI ANDAUERNDEM SCHWEIGEN BIN ICH VERPFLICHTET, DAS JUGENDAMT ZU INFORMIEREN!!! Diese letzte E-Mail beunruhigte sie am meisten. Sie hatte Mr Pennypacker mitgeteilt, dass Al die Dokumente gemäß Tante Marthas Wunsch, Al als gesetzlichen Betreuer einzusetzen, verlegt hatte, und versprochen, ihn kurzfristig auf den neuesten Stand zu bringen. Doch damals hatte sie noch geglaubt, dass sie adoptiert und sämtliche Probleme einer Lösung zugeführt werden würden, vorausgesetzt, sie konnte ihn noch mit einer kleinen Lüge hinhalten. Jetzt wusste sie nicht, was sie tun sollte. Jeden Tag, wenn sie nach Hause radelte, rechnete sie damit, eine Sozialarbeiterin oder gar einen Polizisten auf der Vordertreppe vorzufinden. War es ein Verbrechen, alle anzulügen und in Kanada zu bleiben, ohne dass der rechtliche Status geklärt war, und ohne einen gesetzlichen Vormund? Davon war auszugehen. Vermutlich konnte man sie abschieben. Sie waren keine Kanadier, sondern qua Geburt amerikanische Staatsbürger. Fionas Gedanken drehten sich immer wieder im Kreis, machten sie verrückt und hielten sie nachts wach. Auch jetzt machte sie sich solche Sorgen, dass sie Als angekündigten Besuch vergessen hatte. Bis er plötzlich an die Haustür klopfte.

Sie sprang aus der Badewanne, doch dann hörte sie, wie Marlin unten die Lage meisterte. «Nein», hörte Fiona sie sagen. «Sie will nicht mit Ihnen reden. Charlie hat sich in ihrem Zimmer versteckt. Sie will auch nicht mit Ihnen sprechen.»

«Hör zu, Marlin, das ist nur bedingt der Grund meines Besuchs. Ich denke, es hat jemand angebissen, was dein Buch angeht. Mein Agent vermittelt normalerweise keine Kochbücher, aber er fand die Idee so gut, dass er eine Anfrage an eine Freundin geschickt hat, die sich damit auskennt. Sie ist eine gute Agentin, sie arbeitet mit Kochbüchern und sie will es sich ansehen.»

«Sie will mein Buch sehen!», kreischte Marlin.

«Komm kurz mit zum Wohnwagen und wir schreiben einen eindrucksvollen Brief, den wir dem Manuskript beilegen.»

«FIONA! Ich gehe zu Al!»

«Okay!», rief Fiona aus dem Badezimmer.

«Hi, Fiona!», trompetete Al. «Ich weiß, dass du es nicht hören willst, aber mein Versäumnis tut mir sehr leid.»

Fiona gab keine Antwort. *Versäumnis?* Für jemanden, der gut mit Worten umgehen konnte, war das eine sehr unangemessene Formulierung. Oder er schrieb den Vorfall damit ab, um kein schlechtes Gewissen mehr haben zu müssen.

«Und ich habe einen Plan, um es wieder gut zu machen, falls du ihn hören möchtest!», fuhr Al fort.

Fiona blieb still.

«Ich dachte, ich fahre dich zu Davy Clements Haus, damit du ihm kurz erklärst, was passiert ist. Also, dass ich eingeschlafen bin und dich nicht hinbringen konnte. Nur als Erklärung.»

«Sind Sie verrückt geworden?»

«Wieso? Es war nicht *deine* Schuld.»

«Ich weiß nicht, wo er wohnt!»

«Aber ich. Ich habe nachgeschaut.»

«Seine Familie weiß nichts von uns. Was sollen die *denken*?»

«Dann schreib ihm eine Nachricht. Ich habe die Adresse, obwohl du sie mit ein bisschen Einsatz selbst hättest finden können.»

«Hauen Sie ab! Das geht Sie überhaupt nichts an und ich will nicht mit Ihnen reden.»

«Die McCready-Frauen», sagte Al gut verständlich zu Marlin. «Harte Nüsse, schwer zu knacken.»

Als Marlin bei Al fertig und nach Hause zurückgekehrt und ins Bett gegangen war, drehte sie sich zu Fiona um und sagte: «Übrigens habe ich von Random House eine Absage bekommen.»

«Ach, echt?», fragte Fiona taktvoll, weil sie sich das bereits gedacht hatte, nachdem Marlin stets das Thema gewechselt hatte, wenn jemand die Sprache darauf brachte.

«Aber Al hilft mir, einen Verlag zu finden und wenn ich noch im Sommer meinen Vorschuss bekomme, kannst du mit dem Babysitten aufhören.»

«Das wäre schön», antwortete Fiona erschöpft, drehte sich auf den Rücken und schlief ein.

Aber schon am nächsten Tag kribbelte es wieder in ihrem Hinterkopf. Der gefährliche kleine Hoffnungsfunke. Wenn eine von ihnen etwas Spektakuläres auf die Beine stellen konnte, dann Marlin. Von den vieren war sie die Originellste, diejenige, die zuerst um die Ecke dachte. Es würde zu ihr passen, sie zu retten, indem sie Bestseller-Autorin wurde. Fionas Gedanken schweiften zu neuen Anziehsachen und dem Gefühl, sich keine Sorgen mehr um Rechnungen und eventuell nicht einmal über ihre Collegeausbildung machen zu müssen. Sie war realistisch und wusste, wie unwahrscheinlich es war, dass Marlins Buch jemals herauskam, geschweige denn eine Menge Geld einbrachte, aber es verschaffte ihr einen angenehmen Tagtraum, während sie die blonde Bestie auf der Schaukel anschubste und die Leere füllte, die zuvor von Tagträumen über Davy erfüllt gewesen war.

Während sie nach Hause radelte, kannte ihre Fantasie keine Grenzen. Mittlerweile reisten sie darin zu viert nach Europa, weil Marlin als Erste den Literaturnobelpreis für ein Kochbuch gewann, das wie *Fischerin Martha* ein Bestseller wurde. Fiona genoss diese Träumerei ungemein, doch als sie das Fahrrad die Einfahrt hoch schob, blieb ihr fast das Herz stehen. Auf der Vordertreppe saß eine Frau in einem modischen Hosenanzug und unterhielt sich mit Charlie.

*Das Jugendamt*, dachte Fiona. Die Frau war eine Sozialarbeiterin, wie sie im Buche stand. Sie war gekommen, als Fiona nicht einmal da war, um die Dinge zu regeln. Und wenn die Sozialarbeiterin schon mit jemandem reden musste, musste es dann ausgerechnet Charlie sein? Charlie, die zwar die besten Absichten hegte, sich aber immer sofort verplapperte? Und da saß Charlie, in Hochform wie es schien, plauderte eifrig drauflos und zerstörte zweifelsohne alles.

Die Frau stand auf, als sie Fiona sah, und sagte: «Oh, du bist sicher Charlies große Schwester Fiona. Sie hat mir schon so viel über dich erzählt.»

*Oh nein, oh nein,* dachte Fiona. Was hatte Charlie bloß gesagt? Es spielte keine Rolle, denn die ganze harte Arbeit war umsonst gewesen, das spürte sie jetzt schon. Das war's, es war vorbei. Sie würden aufgeteilt und in alle vier Himmelsrichtungen verstreut und Fiona konnte rein gar nichts mehr dagegen tun.

«Ja, ich bin Fiona.» Auf einmal konnte sie nur noch flüstern.

«Ich heiße Mrs Masterson. Ich komme vom Jugendamt», erklärte die Frau.

«Wer hat Sie geschickt?», krächzte Fiona. «Mr Pennypacker?»

«Nein, die Mutter von Charlies Freundin Ashley. Sie war beunruhigt wegen etwas, das Charlie zu Ashley gesagt hat. Deshalb dachte ich, ich spaziere mal kurz vorbei und werfe einen kleinen Blick auf euch.»

*Oh nein, dachte Fiona. Was hast du uns angetan, Charlie?*

«Aber glücklicherweise», fuhr Mrs Masterson fort, «hat Mr Farber bereits alles aufgeklärt. Also, dass es sich bei dem Wohnwagen um die Ecke um sein Büro handelt, und vor allem das mit den Dokumenten, die in dem Durcheinander um den plötzlichen Tod eurer Tante verloren gegangen sind. Du meine Güte, was habt ihr Mädchen durchgemacht!

Gott sei Dank habt ihr Mr Farber, das sagt ihr euch sicherlich auch jeden Tag.»

«Oh», war das Einzige, was Fiona herausbrachte und setzte sich rasch mit weichen Knien auf einen Verandastuhl.

In diesem Augenblick kamen Al, Marlin und Natasha mit Limonadengläsern aus dem Haus. Al trug ein sauberes Polohemd und eine Chinohose. Er war frisch rasiert und roch nach Seife. Als er Fiona und Mrs Masterson anlächelte, versprühte er Charme aus allen Poren: «Schön, schön, wie ich sehe, haben Sie unsere kleine Fiona kennengelernt. Trink einen Schluck Limonade, Fiona, du siehst ein wenig mitgenommen aus.»

«Hier, du kannst meine haben.» Natasha reichte Fiona ihr Glas und verschwand wieder im Haus.

*Um sich zu verstecken*, dachte Fiona neidisch.

«Fiona verdient sich mit dem Babysitten in der Stadt ein wenig Taschengeld dazu», flötete Al weiter. «Eine wahre kleine Unternehmerin, unsere Fiona.»

«Das ist ja großartig, meine Liebe. Als ich in deinem Alter war, habe ich so auch meine Sommer verbracht.»

«Ach, wirklich?», fragte Al geschmeidig und reichte Mrs Masterson ein Glas. «Da kannst du mal sehen, Fiona. Du musst deine Trümpfe nur richtig ausspielen, dann kannst du Sozialarbeiterin werden, wenn du groß bist.»

Fiona lächelte verhalten. Mrs Masterson hatte keine Ahnung, dass Al sich lustig machte. Seine gesamte Erscheinung und sein Verhalten grenzten in ihrer übersteigerten Höflichkeit an Schauspielerei.

«Als ich heute Morgen mit eurer Schwester Marlin

gesprochen habe», sagte Mrs Masterson, «meinte sie, Mr Farber würde alles aufklären, wenn er vom Einkaufen zurückkäme. Er hat zurückgerufen und mich sogar eingeladen, mir die Farm anzusehen. Die Fahrt von Shoreline ist sehr lang, aber ich liebe St. Mary's By the Sea. So malerisch. Und diese Farm! Schönes altes Ackerland und herrliche alte Gebäude.»

«Oh», sagte Fiona erneut.

«Natürlich würde ich gerne noch bleiben und länger mit euch plaudern, aber jetzt habe ich schon zwei Gläser von dieser köstlichen Limonade getrunken, noch dazu nach einem Originalrezept von Marlin, und muss mich sputen. Wir haben viel zu wenig Personal. Kommen Sie einfach mit den Dokumenten vorbei, Mr Farber, wenn Sie das nächste Mal in Shoreline sind. Es eilt nicht. Wie Sie es einrichten können, sobald Sie die Papiere gefunden haben.»

«Wird gemacht. Und bitte, nennen Sie mich Al.»

Als Mrs Masterson einfältig lächelte, verdrehte Marlin die Augen und erntete einen warnenden Blick von Fiona.

«Wir haben uns sehr über Ihren Besuch gefreut. Warten Sie, ich bringe Sie noch zum Wagen», fuhr Al fort und geleitete die Sozialarbeiterin über die Einfahrt zu ihrem Auto.

«Charlie, was meinte Mrs Masterson damit, dass sie wegen irgendetwas hier war, das du gesagt hast?», zischte Fiona, als Mrs Masterson außer Hörweite war.

«Nichts!»

«Mrs Masterson hat gesagt, Ashley hätte ihrer Mutter erzählt, Charlies Lieblingsspiel mit den Puppen wäre, so zu tun, als wären die Eltern tot und sie würden heimlich allein leben», erklärte Marlin.

«Oh nein», stöhnte Fiona verzweifelt. «Wir hatten alle Hände voll damit zu tun, Erwachsene fernzuhalten. Ich wäre nie auf die Idee gekommen, dass Charlies Puppe uns verraten könnte. Aber Ashleys Vater hat Al doch während der Suche nach Natasha bei uns gesehen. Und Al hat Ashley einmal nach Hause gebracht.»

«Ja, aber Ashley hat ihrer Mutter erzählt, dass sein Truck immer neben dem Wohnwagen steht, und nachdem Ashley ihr von dem Puppenspiel erzählt hat, hat Ashleys Mutter zwei und zwei zusammengezählt und angefangen, sich zu wundern, weil Als Truck nicht nebenan beim Wohnwagen stehen dürfte, wenn er angeblich den ganzen Tag bei der Arbeit war. Deshalb hat sie beim Jugendamt angerufen und Mrs Masterson hat hier angerufen und hatte mich am Apparat», berichtete Marlin weiter. «Ich habe dann Al angerufen und Al hat Mrs Masterson zurückgerufen und sie hierher eingeladen. Schließlich ist er geschniegelt und gespornt hier aufgetaucht, sie haben sich kennengelernt, und wir haben alle so getan, als wäre er unser gesetzlicher Vormund. Al hat sich sogar den Bart abrasiert, um einen besseren Eindruck zu machen. Er hat Mrs Masterson erklärt, im Wohnwagen hätte er sein Büro eingerichtet und manchmal würde er eben auch dorthin fahren, obwohl es ja eigentlich nebenan sei. Und sie hat ihm geglaubt, weil sie schon halb in ihn verliebt war, als er gerade mal zu Ende geredet hatte.»

Die Schwestern sahen zu, wie Al sich von Mrs

Masterson verabschiedete und der Motorhaube ihres Wagens einen Klaps gab. Sie winkte fröhlich aus dem Fenster und fuhr ab. Al kam zurück und setzte sich zu ihnen auf die Veranda.

«Also, das ist echt gut gelaufen», sagte er selbstgefällig.

«Ja, danke.» Fiona blieb kurz angebunden.

«Das fiel ja wohl unter unsere Abmachung. Wobei ich euch ja das Geld zurückgegeben habe, weshalb ihr vielleicht doch in meiner Schuld steht. Ein einfaches ‹Dankeschön› reicht mir schon.»

«Ich habe mich bedankt», erwiderte Fiona kühl.

«Ernsthaft, Fiona, wie lange willst du noch sauer auf mich sein?»

«Ich bin nicht sauer auf Sie. Sie sind mir vollkommen gleichgültig. Ich weiß zu schätzen, was Sie für uns getan haben, aber das schindet nur Zeit. Mrs Masterson will irgendwann die Dokumente sehen, die wir nicht haben, und dafür fällt mir keine Lösung ein.»

Al rieb sich das Kinn. «Nein, mir auch nicht so recht», murmelte er.

«Und selbst wenn Sie uns das Geld zurückgegeben haben, bekommen Sie immer noch Ihr Abendessen von uns.» Damit stolzierte Fiona ins Haus.

«Da wir gerade davon sprechen. Ich kann mein Essen auch gleich mitnehmen und dir den Weg ersparen, Marl.»

«Für Sie immer noch Marlin!», rief Fiona von drinnen. «Ich bin die Einzige, die sie Marl nennen darf.»

«Du solltest meine Geduld nicht überstrapazieren!», rief Al zurück.

«Ich kann machen, was ich will. Sie sind nicht mein *echter* Vormund!»

«Genau, und du solltest lieber hoffen, dass Mrs Masterson das nicht rausfindet!», schrie Al wütend zurück.

«Schreien Sie Fiona nicht an!» Charlie hatte den Schlagabtausch besorgt verfolgt.

«Oh, Charlie, lass mich in Ruhe, ja?», zischte Al und ging, noch bevor Marlin sein Abendessen in die Frischhaltedose legen konnte.

Da Marlin das Manuskript an diesem Nachmittag der Agentin geschickt hatte, ging sie morgens nicht mehr zum Arbeiten zu Al. Als sie abends klopfte, machte er nicht auf, sondern stellte nur seine leere Frischhaltedose mit einem Zettel vor die Tür, auf dem stand, dass Marlin das Abendessen dort abstellen und ihn nicht stören solle, er hätte zu tun.

Nachdem eine Woche vergangen war und Al keine Neuigkeiten von der Agentin überbrachte, beschloss Marlin, an dem zweiten Buch der Reihe weiterzuarbeiten.

Es wurde Hochsommer und Fiona entspannte sich allmählich wieder, weil keine neuen Drohbriefe von Mr Pennypacker mehr eintrafen und sie auch von Mrs Masterson nichts mehr gehört hatte. Vielleicht hatte Mrs Masterson sie vergessen! Oder die Dokumente. Al hatte sich herausgeputzt und erfolgreich den Vormund gespielt. Wenn sie beim Jugendamt zu wenig Personal hatten, zerbrachen sie sich über die McCreadys vielleicht nicht den Kopf.

Gerade, als Fiona aufhörte, sich deswegen allzu große Sorgen zu machen, fuhr sie eines Abends nach einem besonders schwierigen Tag mit der blonden Bestie, die schlecht gelaunt gewesen war und fast den ganzen Tag geheult hatte, mit dem Fahrrad nach Hause. Dort fand sie nicht etwa Al und auch nicht Mrs Masterson, sondern Mr Pennypacker auf der Veranda vor. Da er noch Weste und Krawatte trug, vermutete sie, dass er direkt nach der Arbeit hergekommen war. Er wirkte hochoffiziell und einschüchternd und diesmal weniger wie ein Gartenzwerg, sondern eher wie ein Todesengel.

Mr Pennypacker begrüßte sie nicht einmal, als er die Treppe hinunterging. Sie sahen sich einfach schweigend an – sie, das ausweichende Opfer seiner E-Mails und er, das Phantom des Grauens.

«So», sagte sie schließlich und setzte sich.

«Ja, dein Verhalten ist in der Tat unverzeihlich. Es kommt nur selten vor, dass ich Klienten zu Hause aufspüren muss.»

«Vermutlich haben Sie nur selten Klienten, die so viel zu verlieren haben», erwiderte Fiona erschöpft.

«Oder zu gewinnen. Das ist das Ärgerliche. Ich bin ein vielbeschäftigter Mann und trotzdem muss ich mir die Zeit nehmen und den weiten Weg hier rausfahren, um dir eine gute Nachricht zu überbringen. Alles nur, weil du dich weigerst meine E-Mails zu beantworten und, wie wir beide wissen, über die kanadische Post oder per Telefon ebenso schlecht zu erreichen bist. Ich war kurz davor, die ganze Sache fallenzulassen und den Bootsverkauf abzublasen, aber das konnte ich Martha nicht antun. Ihrem Gedenken zuliebe bin ich schließlich gekommen, bevor der potenzielle Käufer es sich noch anders überlegt.»

«Bootsverkauf?», fragte Fiona.

«Wie ich sehe, beantwortest du meine E-Mails nicht nur nicht, du liest sie nicht einmal. Ja, wie ich bereits ganz am Anfang sagte, wollte ich mich um den Verkauf kümmern, und nun habe ich ein sehr interessiertes Paar gefunden. Ich konnte einen sehr guten Preis aushandeln, aber als Eigentümerin musst du den Verkauf billigen und die Papiere unterschreiben.»

«Oh mein Gott!» Fiona war voller Erleichterung. «Es tut mir schrecklich leid. Ich dachte, also ich dachte, es wären schlechte Neuigkeiten.»

«Ganz im Gegenteil, es handelt sich um sehr gute Neuigkeiten», erwiderte Mr Pennypacker pikiert.

Als er ihr den Kaufvertrag reichte, wäre sie angesichts der Summe beinahe ohnmächtig geworden. Mit dem Geld konnten sie ein weiteres Jahr überleben!

«Lies ihn durch, bevor du unterschreibst», warnte er sie.

«Nicht nötig. Wir brauchen das Geld.»

«Doch, das würde ich dringend empfehlen», riet Mr Pennypacker.

Als sie unterschrieben hatte, seufzte er. «Ich werde euch auch meine Provision erlassen. Martha hat mir zu Lebzeiten nur selten erlaubt, etwas für sie zu tun, und umso lieber verwalte ich ihren Nachlass für euch. Wenn sie es wüsste, wäre sie mir sicherlich dankbar. Und ehrlich gesagt, setzt es mir sehr zu, das Boot im Verkauf zu sehen. Dieses Boot hat Martha alles bedeutet. Und sich davon zu verabschieden, kommt mir wie der letzte Abschied von ihr vor. Du wirst verstehen, dass ich es nicht als reine Geschäftssache betrachten kann. Das, was es für dich bedeutet, nämlich eine Einkommensquelle, ist nicht das Gleiche, was es für mich bedeutet. Ganz davon abgesehen, was es ihr bedeutete.»

«Ja», hauchte Fiona. «Al Farbers Buch. In dem Buch steht, dass sie ihr Boot liebte und ihn wegen der Fischerei nicht heiraten wollte. Weil sie es vorzog, so zu leben. Weil sie dieses Leben mehr liebte als ihn.»

«Kann sein», knurrte Mr Pennypacker. «Auf jeden Fall liebte sie es mehr als uns beide. Ich denke, dass sie Al Farber gar nicht geliebt hat und ohnedies zu viel Geschmack hatte, um einen solchen Mülltroll zu heiraten. Wenn sie überhaupt einen Antrag angenommen hätte, wäre es wohl meiner gewesen. Aber sie hatte kein Interesse am Heiraten. Sie sagte, jeder Mensch bräuchte zwei Dinge im Leben – eine Familie und einen Lebenszweck – und ihr Boot würde diese beiden Dinge für sie abdecken und mehr wäre nicht nötig. Deshalb fühlt es sich merkwürdig an, das Boot zu verkaufen. Es war ... ihr so wichtig. Ihre Familie und ihr Lebenszweck. Nun, ich will nicht rührselig werden. *Omnia temporaria sunt*, wie man so schön sagt.»

Fiona schwieg. Mr Pennypacker sah sie gequält an, während er den Kaufvertrag mit beiden Händen umklammerte. Sie begriff, dass sie zwei Männer kennengelernt hatte, die ihre Tante gekannt, geliebt und betrauert hatten, im Gegensatz zu allen vier Mädchen, die dennoch fast ihren gesamten Besitz geerbt hatten. Al und Mr Pennypacker musste das seltsam anmuten.

«Es tut mir leid.» Etwas Besseres fiel ihr augenblicklich nicht ein.

«Schon gut.» Er schüttelte sich unauffällig. «Da wäre noch etwas anderes. Soweit es dich angeht, ist es vielleicht sogar wichtiger. Al Farber war bei mir im Büro. Er hat mich gebeten, mit dir über eine heikle Angelegenheit zu sprechen. Er wollte es nicht selbst tun, weil er den Eindruck hat, dass du» – er nickte Fiona zu – «kein Interesse an einer Unterhaltung mit ihm hast. Aber da er das Gefühl hat, es wäre das Beste für Charlie, hat er mich gebeten, dir diesen Vorschlag zu unterbreiten. Mr Farber vertraut zu Recht darauf, dass ich diesen Vorschlag befürworte, obwohl ich ihn nicht ausstehen kann. Erstens müsste ich mich nicht länger bemühen, *dich* zu erreichen.» Erneut nickte er Fiona zu. «Was mir erheblich auf die Nerven gegangen ist, wenn ich das einmal so sagen darf. Außerdem befürworte ich seinen Vorschlag *tatsächlich*, weil es so aussieht, als hätte er Ordnung in sein Leben gebracht, wie man so schön sagt. Selbstverständlich habe ich nie geglaubt, dass er zu eurem Vormund ernannt worden wäre, obwohl ich bereit war, sehr nachsichtig mit euch zu sein und auf den Beweis zu warten. Das war nicht nur in hohem Maße unprofessionell von mir, sondern auch absolut untypisch, aber alles, was euch betraf, habe ich für Martha getan. Ich habe versucht, in ihrem Sinne zu handeln. Ich weiß natürlich nicht, was sie davon halten würde, aber ich glaube nicht, dass es ihr missfallen würde. Al Farber bemüht sich anscheinend trotz, sagen wir mal, gewisser Vorlieben ein aufrechter Bürger zu werden. Selbstverständlich kann keiner wissen, ob es ihm auf Dauer gelingt. Und es ist nicht meine Aufgabe, diesem Plan, den er mir vorgelegt hat, zuzustimmen. Das liegt ganz bei euch.»

«Worum geht es?», meldete sich Marlin, die mit Charlie und Natasha aus der Küche gelauscht hatte. Jetzt, da sie gehört hatten, dass nichts Schlimmes passieren würde, waren sie auf die Veranda geschlichen und setzten sich neben Fiona. «Hat er über den Verlagsvertrag mit Ihnen gesprochen? Geht es um mein Buch?»

«Ein Verlagsvertrag?» Mr Pennypacker zog überrascht die Augenbrauen hoch. «Nein. Er will euch adoptieren.»

*«Adoptieren?»,* wiederholte Fiona verblüfft.

«Ja, alle vier.»

Sie waren völlig fassungslos. Was auch immer Fiona möglicherweise erwartet hatte, das jedenfalls nicht.

«Würde er, also will er hier einziehen?» Denn obwohl Fiona einsah, dass sich auf diese Weise viele Probleme lösen ließen und die vier Schwestern zusammenbleiben konnten, gefiel ihr die Vorstellung überhaupt nicht, dass Al Farber im Haus umherstapfte und Tag und Nacht «WAS!» schrie.

«Nein. Ich soll euch sagen, dass er sein, sein, äh, seine Gewohnheit, sich zu betrinken, aufgegeben und sich erneut dem Schreiben zugewandt hat. Aber er will nicht in eurem Haus wohnen. Allerdings könnte man seinen Wohnwagen auf euer Grundstück stellen. Er muss schlicht und einfach ein paar Dinge hinsichtlich des Abwassersystems erledigen und ein paar Wasserleitungen installieren. Falls ihr damit und mit der Adoption als solcher einverstanden seid, findet er, man sollte, wie er es ausdrückt, hinnemachen, bevor Mrs Masterson erneut ihre Nase in eure Angelegenheiten steckt.»

«Wird er, was wird er sein, unser Vater?», fragte Charlie verwirrt.

«Nein!», brüllte Fiona, bevor sie es verhindern konnte.

«Was dann?», wollte nun auch Natasha wissen.

«Er wird …» Marlin dachte darüber nach. «Unser hauseigener Mülltroll.»

# EIN WEITERER MITTLERER GLÜCKSMOMENT

Mr Pennypacker leitete die Adoption in die Wege. Al zog mit dem Wohnwagen auf das Grundstück der Mädchen und zwei Unternehmen installierten lärmend eine Abwasseranlage und Wasserleitungen, bis der Wohnwagen schließlich an die Versorgung angeschlossen war. Dann wurde er auf Zementblöcke aufgebockt.

«Das bedeutet ja wohl, dass Sie in nächster Zeit nicht umziehen», stellte Marlin fest.

«Alles schön positiv sehen, so wie deine Schwestern, was?»

Am ersten Samstag nach dem Umzug fuhr er mit Fiona und dem Pickup in die Stadt zum Einkaufen.

«Das ist wirklich nicht nötig. Sie müssen Ihre Gewohnheiten wegen uns überhaupt nicht ändern. Es macht mir nichts aus, mit dem Fahrrad zu fahren.»

«Ich wollte mit dir reden.» Al sah auf die Straße statt zu ihr.

«Oh.» Zwischen ihnen war noch längst nicht alles gut.

«Wenn diese Regelung funktionieren soll, müssen wir uns miteinander anfreunden», setzte Al an.

«Wir sind Freunde», erwiderte Fiona bedächtig. «Irgendwie.»

«Damit meine ich, dass ich nicht ständig damit

rechnen will, von dir mit Küchenmessern beworfen zu werden.»

«Ich habe nichts gegen Sie. Ich bin wirklich froh, dass Sie das gemacht haben, und ich gebe mir Mühe, damit die anderen Ihnen nicht zur Last fallen. Das ist das Mindeste, was wir tun können. Ihretwegen können wir vier zusammenbleiben und das ist alles, was ich je wollte. Ich verstehe nur nicht, warum Sie es getan haben.»

«Wieso interessiert dich das? Jetzt, da für dich alles gut ausgegangen ist?»

«Liegt es an Tante Martha? Tun Sie es *für sie*? So wie Mr Pennypacker, der keine Provision verlangt hat und ihren Nachlass verwaltet, weil er es für Tante Martha tut. Mr Pennypacker hat gesagt, dass Sie sogar aufgehört haben, Bier zu trinken. Oder ist es wegen Charlie?»

«Also, das mit dem Bier, war eher, was weiß ich, eine schlechte Angewohnheit. Es war nie wirklich schlimm, bis auf den Abend des Abschlussballs natürlich.»

«Sommerfeier, nicht Abschlussball», berichtigte Fiona.

«Egal. Nachdem Martha mich abgewiesen hat, bin ich irgendwie auf Autopilot gefahren. Ich sah keinen Sinn mehr. Ich wusste nicht, was ich mit mir anfangen sollte. Mein Sinn, das war sie gewesen. Aber das ist vorbei. Jetzt habe ich sogar wieder angefangen zu schreiben und dafür brauche ich einen klaren Kopf.»

«Sie schreiben wieder?»

«Na ja, Marlin kann schließlich nicht auf der Bestsellerliste landen, bevor mein nächstes Buch rauskommt.»

«Wow. Worum geht's? Ist es wieder autobiografisch?»

«Erstens rede ich nicht über meine Bücher, solange ich an ihnen schreibe. Zweitens, nein, es wird ein Roman. Und zurück zu deiner Frage von eben, ja, einerseits will ich mich um euch wegen Martha kümmern, andererseits wegen Charlie. Und manchmal weiß ich selbst nicht, warum. Um mich zu quälen vielleicht. Aber genau darum geht es – du musst ein paar Aspekte dieser Regelung verstehen. Ich wohne nicht nur auf eurem Grundstück. Ich adoptiere euch nicht nur auf dem Papier. Ich ziehe das durch. Das bedeutet, ich werde mich auch um die Rechnungen kümmern.»

«Wie denn? Sie sind doch auch nicht viel besser dran als wir. Sie leben in einem Wohnwagen!»

«Ich habe den Wohnwagen gekauft, weil ich ein Dach über dem Kopf brauchte, nachdem ich das Grundstück neben Martha gekauft habe. Ich dachte immer, wir kommen doch noch zusammen, und dann würde ich bei ihr einziehen und wir würden unsere Grundstücke vereinen. Als sie gestorben ist, konnte ich es nicht fassen, dass es nie dazu gekommen war. Dass es nie mehr dazu kommen *wird*. Es hat mich völlig umgehauen. Aber darum geht es hier gar nicht, sondern darum, dass ich nicht in dem Wohnwagen gewohnt habe, weil ich mir nichts anderes hätte leisten können. Ich dachte, ich würde vorübergehend darin wohnen, während ich auf Martha wartete. Aber ich habe jede Menge Geld auf der Bank. Du weißt, dass ich einen *internationalen Bestseller* geschrieben habe, Fiona. Ich habe reichlich Geld und bin fest entschlossen, noch viel mehr zu verdienen.»

«Und trotzdem haben Sie unsere Zwanzigdollarscheine angenommen?»

«Du hast mich genervt. Als du dir eingebildet hast, ich hätte nichts Besseres zu tun, als eure Probleme zu lösen.»

«Was Sie jetzt doch machen.»

«An deiner Stelle würde ich nicht zu weit gehen.»

«Wie auch immer, Sie müssen unsere Rechnungen nicht bezahlen. Den Teil kann ich schon noch übernehmen.»

«Unsinn!», sagte Al. «Meinst du, ich sehe nicht, wie du an den Nägeln kaust? Spiel nicht die Märtyrerin. Wenn dir jemand seine Hilfe anbietet, nimm sie an. Wenn du so stolz bist, kannst du ja deinerseits jemand anderem helfen.»

«Das hat Miss Webster auch gesagt», gestand Fiona.

«Oh, die verehrte Miss Webster», stichelte Al. «Hat sie von sich hören lassen? Wenn ich es richtig sehe, hat sie einmal bei Walmart bezahlt und dann war sie weg.»

«Lassen Sie das, sie war nett», verteidigte Fiona. «Wahrscheinlich hat sie viel zu tun. Frisch verheiratet, wie sie ist.»

«Hmmm», brummte Al. «Noch mal zu uns. Drei Dinge. Erstens, du kannst mit dem Babysitten aufhören. Zweitens, ab heute kaufe ich ein. Schließlich ernähre ich mich auch von diesen Lebensmitteln.»

«Danke. Sie müssen erst Ersatz für mich finden, bevor ich kündigen kann, aber das wäre echt super.»

«Und drittens kannst du Natasha sagen, dass sie Geige lernen kann. Charlie ist deswegen beunruhigt. Ich kann das bezahlen. Das macht den Kohl auch nicht mehr fett.»

«Das ist großzügig von Ihnen. Natasha kann sich dafür selbst bedanken.»

«Als Gegenleistung verlange ich nur, dass ihr mich nicht

beim Schreiben stört. Wenn ich all das bezahlen will, muss ich unseren Lebensunterhalt verdienen, und das geht nur, wenn ihr nicht ständig an meine Tür klopft. Ich freue mich nicht ausdrücklich darauf, mit einem Haufen Kindern zusammenzuleben, aber wenn es schon so ist, dann belästigt mich gefälligst nur dann, wenn ihr quasi den Kopf unter dem Arm tragt.»

«Versprochen. Wir versprechen es alle. Ich verspreche es für meine Schwestern.»

Am Ende der Woche hatte die Familie, für die Fiona arbeitete, eine neue Babysitterin gefunden, und obwohl der Sommer zum größten Teil vorbei war, machte Fiona es sich gemütlich und genoss, was davon übrig war. Sie radelte häufig in die Stadt und fand sich öfter in der Nähe des Toffee-Fee-Standes wieder, natürlich reiner Zufall. Doch so oft sie auch dort vorbeiging, Davy Clement ließ sich nicht blicken. Vielleicht war seine Familie den Sommer über weggefahren, dachte Fiona, und außerdem wüsste sie im Herbst vielleicht endlich, was sie ihm sagen wollte.

Fiona hielt sich an ihr Versprechen, Al nicht bei der Arbeit zu stören, aber die anderen drei ließen diese Regel schleifen, je mehr sie sich an seine Anwesenheit gewöhnten.

Wenn er nicht schrieb, widmete er sich seinen häuslichen Pflichten. Er baute den Mädchen eine Verandaschaukel, die sie sich schon lange wünschten. Er säuberte die Regenrinnen, damit es bei Starkregen nicht mehr durchs Dach regnete. Er versprach, Natasha zu helfen, einen Weg durch die Wälder bis zum Berggipfel zu schlagen, weil sie gehört hatte, dass sich die Raubvögel von Pine Island im September dort versammelten und von dort in Schwärmen nach Süden zogen. Natasha hatte im Internet gelesen, dass es ein ziemlich eindrückliches Schauspiel sein musste, und gedacht, sie würde sich auf dem Weg nach oben nicht noch einmal verirren, wenn es einen erkennbaren Weg durchs Gestrüpp bis zum Gipfel gäbe.

An einem Sommertag saß Fiona auf der Veranda und schaukelte, während sie ihre Schwestern im Blick behielt, damit sie nicht an die Wohnwagentür klopften. Das taten sie nämlich gerne, wenn sie sie nicht davon abhielt. Doch sie hatten ihre Wege gefunden und nutzten ihre jeweilige Chance, wenn Fiona in regelmäßigen Abständen ins Haus ging.

Natasha war der Meinung, dass es endlich kühl genug war, damit sie mit Al und dem passenden Werkzeug beginnen konnte, den Pfad zu bahnen. Deshalb klopfte sie an seine Wohnwagentür, als Fiona von der Veranda verschwand.

«Wollen wir jetzt anfangen den Weg zu schlagen?», fragte sie, als er antwortete.

«ICH ARBEITE!», schrie Al. «Das machen wir am Wochenende, wie besprochen!»

Charlie hatte an diesem Tag schon zahlreiche Gründe gefunden, an die Tür zu klopfen. Sie ließ sich von Als Weigerung nicht beeindrucken, die bei ihr nie so genervt und laut ausfiel wie bei den anderen.

«Können wir zu Billy fahren?», bettelte sie, als Fiona erneut verschwunden war.

«Ich arbeite. Und heute ist nicht Samstag. Verschwinde.»

«Ashley konnte nicht kommen, kannst du mich hinfahren?», ging es eine Stunde später weiter.

«Jetzt nicht, ICH ARBEITE!»

Der letzte Versuch lautete: «Ich weiß, wir können kein Pferd bekommen, aber dann vielleicht ein Hündchen?»

«EINEN HUND?» Diesmal brüllte Al tatsächlich, so überrascht war er, doch Charlie ließ sich davon nicht abschrecken.

«Wir haben eine große eingezäunte Wiese. Wir könnten zwei nehmen. Dann können sie miteinander spielen, wenn wir in der Schule sind.»

«HUNDE? Du willst ZWEI Hunde. Oh, na gut», lenkte er ein, als Charlies Unterlippe zu zittern begann. «Hunde können nicht schaden, aber ich will erst nach dem Abendessen darüber reden. ICH ARBEITE!»

Marlin kam an diesem Nachmittag am häufigsten an seine Tür. Sie hatte endlos viele Fragen zu dem Buch, an dem sie gerade schrieb, und die nicht warten konnten – zum Beispiel: War dieser Satz besser oder der andere? Musste dort ein Komma stehen? Dazu pausenlose Erkundigungen, wann die Agentur endlich etwas von sich hören lassen würde. Die neue Agentin hatte das Kochbuch inzwischen verschiedenen Verlagen angeboten, aber bisher nur Absagen bekommen.

«Meinst du, ich sollte es vielleicht bei einer anderen Agentin versuchen?», fragte Marlin, als Al mit wildem Blick abermals die Tür geöffnet hatte.

«ICH ARBEITE!»

«TJA, ICH AUCH!», brüllte Marlin zurück, die es ihm stets mit gleicher Münze zurückzahlte.

Al wollte wieder hineingehen, als Marlin sich beruhigte und fragte: «Glaubst du, dass es jemals veröffentlicht wird? IRGENDWANN?»

Al hielt inne und sah sie nachdenklich an. «Die Launen des Verlagsgeschäfts sind undurchschaubar, aber ich würde sagen, es hat Chancen. In meinen Augen ist es ein gutes Buch. Und soweit ich das beurteilen kann, gibt es so etwas auf dem Markt noch nicht.»

«Ja, aber sagst du das nur, damit es mir besser geht?»

«Marlin, auch wenn man sich nicht immer hundertprozentig auf mich verlassen kann, dann aber darauf, dass ich dir die Wahrheit sage. Wer hat dir in einem früheren Stadium gesagt, dass es dir gar nichts bringen würde, es unverlangt bei Random House einzureichen, als alle noch wollten, dass es dir besser ging, indem sie einfach behaupteten, es würde schon einen Verlag finden? WER?»

«Du», antwortete Marlin kleinlaut.

«Also!» Al knallte die Tür zu.

Fiona lächelte, als sie auf die Veranda zurückkehrte und diesen kleinen Schlagabtausch miterlebte. Es machte ihr nichts mehr aus, wenn Al schrie und polterte. Wie hatte es nur passieren können, fragte sie sich, dass er in den wenigen Monaten, die sie nun auf Pine Island lebten, zu einem Teil ihres Lebens geworden war? Seine Macken und Vorzüge hatten sich mit ihren eigenen vermischt, sodass «WAS!» zu schreien fester Bestandteil ihrer Einheit geworden war. Also zu dem, was sie als Ganzes auszeichnete. Fiona glaubte immer noch, dass sie ihre Schwestern durch pure Entschlossenheit retten konnte. Charlie hielt immer noch Ausschau nach Gefahren. Natasha trieb immer noch im Hier und Jetzt durchs Leben, ohne daran zu denken, was als Nächstes geschehen konnte, während Marlin mit beiden Beinen auf dem Boden stand. Doch nun hatten sie auch noch Al, der polterte und schrie, der ihnen aber auch stets die Wahrheit sagte, und wenn sie noch so wehtat. So wie die Eigenschaften der vier Schwestern, die guten und die schlechten, wollte Fiona auch seine nicht ändern, seit er zu ihnen gehörte. Sie würde nie wissen, wer sie ohne die anderen war, zuerst ohne die drei und jetzt ohne die vier.

«Fiona!», rief Al von der Wohnwagentreppe. «Ich wurde so oft unterbrochen, dass ich während des Abendessens durcharbeiten muss. Bringst du es mir in den Wohnwagen?»

«Ja, Sir, unverzüglich, Sir», murrte Fiona.

Seufzend legte sie das Buch aus der Hand. Manchmal aß Al abends mit ihnen, aber meistens zog er es vor, im Wohnwagen zu essen und weiterzuarbeiten. Sie hörte, wie Marlin etwas in den Ofen schob, und ging in die Küche, um die Portion für Al in die Frischhaltedose zu geben. Als sie ihm sein Essen schließlich brachte, tippte er bereits wieder drinnen am Computer. Er öffnete ein wenig geschafft die Tür und reichte ihr die leere, ungespülte Dose vom Vortag.

«Weißt du was, wenn wir dir schon das Abendessen bringen, könntest du wenigstens die Dose spülen, bevor du sie zurückgibst.»

«WENIGSTENS?», brüllte er. «*Wenigstens?* Wer bahnt denn hier Wege durch die Wälder, schreibt Kochbücher um, bezahlt Rechnungen, schlägt sich Tag und Nacht mit dem Gartenzwerg herum, kauft jetzt auch noch HUNDE, und schreibt, zum Teufel, endlosen Unterbrechungen zum Trotz ein neues Buch, damit GEWISSE MÄDCHEN irgendwann aufs College gehen können? Ich bin dieser Typ, der das alles für euch macht, während *ihr MIR* zum Donnerwetter nochmal WAS bedeutet?» Bevor sie reagieren konnte, schlug er mal wieder die Wohnwagentür zu.

Fiona starrte auf die leeren Stufen, auf denen Al eben noch gestanden hatte. Sie dachte an den Großen Wagen, der in jeder Nacht quer über ihr Schlafzimmerfenster zog. Glänzend schillerte er, als würde er es nur für sie und Marlin tun, bevor er wieder verschwand. Wie schrecklich traurig war es, dass Menschen, die sie liebte, das Gleiche taten. Und wie entsetzlich, zu wissen, dass Menschen, die zu einem gehörten, einfach *sterben* konnten. Fiona hoffte, dass sie eines Tages alle wieder auftauchten wie allnächtlich der Große Wagen, aber das konnte man eben nicht *wissen*. So war es wohl für jeden. Al hatte Billy und Martha verloren, aber im Moment hatte er die vier Schwestern. Plötzlich musste sie lächeln, weil sie begriff, was sie für ihn bedeuteten. Was sie einander bedeuteten. «Wir sind dein Boot.»

# DANKSAGUNG

Ich bedanke mich sehr bei Andrea Cascardi, Margaret Ferguson, Lynne Missen und Ken Setterington.

293 Seiten, gebunden mit Schutzumschlag
ISBN 978-3-7725-2894-1

Der zehnjährige Rupert Brown kommt aus einer kinderreichen, entsetzlich armen Familie. Selbst die Mutter und der arbeitslose Vater verlieren den Überblick, wie viele Kinder sie haben und wie sie alle heißen. Doch Rupert träumt davon, einmal seiner Familie wirklich helfen zu können. Eines Tages kommt er auf wunderliche Weise mit einer unermesslich reichen Familie in Berührung … Polly Horvath erzählt in ihrer unnachahmlich fantasiereichen und doppelbödigen Art von herrlich skurrilen Charakteren und Abenteuern!

Verlag Freies Geistesleben

Liebe Leserin, lieber Leser,

mit dieser Karte können Sie uns Ihre Fragen und Wünsche
oder Ihre Meinung zum Buch mitteilen.

Diese Karte entnahm ich dem Buch: ______________________________

Meine Meinung zu diesem Buch:

Ich habe folgende Fragen / Wünsche:

☐ **Ich bin damit einverstanden, dass meine Meinung eventuell veröffentlicht wird.** (Ggfs. bitte ankreuzen!)